불가리아 출신
율리안 모데스트의 에스페란토 원작 장편소설

TRA LA PADOJ DE LA VIVO
인생의 오솔길을 지나

율리안 모데스트(Julian Modest) 지음

인생의 오솔길을 지나

인　쇄 : 2021년 11월 24일 초판 1쇄
발　행 : 2024년 1월 16일 초판 3쇄
지은이 : 율리안 모데스트(Julian Modest)
옮긴이 : 오태영(Mateno)
표지디자인 : 노혜지
펴낸이 : 오태영
출판사 : 진달래
신고 번호 : 제25100-2020-000085호
신고 일자 : 2020.10.29
주　소 : 서울시 구로구 부일로 985, 101호
전　화 : 02-2688-1561
팩　스 : 0504-200-1561
이메일 : 5morning@naver.com
인쇄소 : TECH D & P(마포구)

값 : 15,000원
ISBN : 979-11-91643-30-5(03890)

불가리아 출신
율리안 모데스트의 에스페란토 원작 장편소설

TRA LA PADOJ DE LA VIVO
인생의 오솔길을 지나

율리안 모데스트(Julian Modest) 지음
오태영(Mateno) 옮김

진달래 출판사

JULIAN MODEST

TRA LA PADOJ DE LA VIVO

romano, originale verkita en Esperanto

Redaktis: Fernando Pita

율리안 모데스트
인생의 오솔길을 지나
에스페란토 원작 장편 소설
페르난도 피타 편집

번역자의 말

『인생의 오솔길을 지나』는 인생 소설입니다.

이 책을 구매하신 모든 분께 감사드립니다.

스레브로보 라는 지방에서 나고 자라 결혼하고 약학을 공부한 주인공은 얼마 뒤 이혼하고 약사로 일하는 약국에서 긴 잿빛의 날을 보냅니다.

어릴 적 친구와 고교 졸업하자마자 바로 결혼하고 성급한 결혼 탓에 조금 살다가 이혼하면서 인생이라는 오솔길은 척박하고 힘들고 어렵게 펼쳐집니다.

이 소설은 주인공의 인생 오솔길에서 만나는 수많은 사람들과 그들의 반응을 그리고 있습니다. 나중에는 우여곡절 끝에 얻은 외동딸을 키우며 자녀의 꿈을 뒷바라지하는 어머니의 힘든 삶도 나옵니다.

읽는 내내 마음이 착잡해졌습니다.

안타까우면서도 힘들게 가까스로 오솔길을 헤쳐나가는 주인공에게 손뼉을 보냅니다.

율리안 모데스트 작가의 아름다운 문체와 읽기 쉬운 단어, 그리고 인생 이야기로 인해 에스페란토 학습자에게는 재미있고 무언가 느끼며 읽을 수 있는 유익한 책이라고 생각합니다.

책을 읽고 번역하면서 다시 읽게 되고, 수정하면서 다시 읽고, 책을 출판하기 위해 다시 읽고, 여러 번 읽게 되어 저는 아주 행복합니다.

바쁜 하루에서 조그마한 시간을 내어 내가 좋아하는 책을 읽고 묵상하는 것은 힘든 세상에서 우리를 지탱해 줄 힘을 얻기 때문입니다.

오태영(mateno, 진달래출판사 대표)

목차(Enhavo)

1.

Pluvis senĉese. La nuboj, similaj al grizaj vilaj lupoj, rampis super mia kapo. Mi staris ĉe bushaltejo, proksime al ĵurnalvendejo, nun fermata.

Hieraŭ Kiril telefonis al mi kaj kiel ĉiam la konversacio kun li estis mallonga. Lia voĉo sekis, eble pro la cigaredoj, kiujn li senĉese fumas.

-Mi veturos tra Serda – diris li malrapide. – Mi atendos vin en la parko de motelo "Pirin".

En motelo "Pirin" tranoktas la ŝoforoj de la grandaj kamionoj, kiuj transportas varojn al diversaj landoj. Kiril kutime parkas tie la kamionon, kiam li revenas el Turkio aŭ el Greklando.

Nun de malproksime mi vidas lian kamionon, similan al grandega elefanto. Kiril atendas min. Mi iras tien, malfermas la pordeton, eniras la kamionon kaj sidas ĉe Kiril.

-Ĉu vi ankoraŭ vivas sola? – demandas li.

– Ĉu vi ne edziniĝis denove?

Tion Kiril ĉiam ripetas, kiam ni renkontiĝas.

1장. 다시 결혼 안 했어요?

끊임없이 비가 내렸다. 회색 털의 늑대같은 구름이 내 머리 위로 힘들게 천천히 기어갔다.

나는 지금 문이 닫힌 신문판매대 옆

버스 정류장에 서 있었다.

어제 키릴이 내게 전화를 했지만, 항상 전화로 하는 대화는 짧았다.

키릴의 목소리는 건조한데 아마 끊임없이 피우는 담배 때문일 것이다.

"세르다를 지나 갈 거예요." 하고 천천히 말했다.

"모텔 '피린' 주차장에서 당신을 기다릴게요."

모텔 '피린'에서는 여러 나라로 물건을 선적하는 큰 트럭 운전사가 숙박한다.

키릴은 터카나 그리스에서 돌아올 때 보통 거기에 화물트럭을 주차한다.

지금 멀리 커다란 코끼리 같은 화물트럭을 보았다.

키릴은 나를 기다린다.

나는 거기로 가서 작은 차 문을 열고 화물트럭에 타 키릴 옆에 앉는다.

"아직 혼자 살아요? 다시 결혼 안 했어요?"

키릴은 묻는다.

우리가 만날 때마다 키릴은 항상 그 말을 되풀이한다.

Mi ne respondas. Mi silentas. Dum kelkaj minutoj ni ne parolas.

-Kiel fartas Lili? – demandas Kiril.

Lili estas nia filino. Ŝi naskiĝis antaŭ dek jaroj.

-Lili fartas bone – respondas mi. – Ŝi lernas. Baldaŭ estos baletspektaklo, en kiu ŝi dancos.

-Bedaŭrinde mi ne povos spekti ĝin – diras Kiril malrapide.

Li elprenas el sia poŝo koverton kaj donas ĝin al mi. En la koverto estas mono.

-Por Lili – diras li.

Ĉiun monaton Kiril devas doni monon por Lili.

-Dankon. Ĝis revido – mi alrigardas lin kaj eliras el la kamiono. Mi fermas la kamionpordeton kaj mi aŭdas:

-Kisu Lili.

En tiuj ĉi du vortoj senteblas tristo. Mi ekiras al la aŭtobushaltejo.

Mi scias, Kiril rigardas min. La rigardo de liaj plumbkoloraj okuloj pikas mian dorson. En mia kapo kiel enigitaj najloj estas liaj demandoj: "Ĉu vi ankoraŭ vivas sola? Ĉu vi ne edziniĝis denove?" Jes. Mi ankoraŭ ne edziniĝis. Mi vivas kun Lili. Nur ni duope.

나는 대답 하지 않는다. 조용하다.

몇 분 동안 우리는 말을 하지 않는다.

"릴리는 어떻게 지내요?" 키릴이 묻는다.

릴리는 우리 딸이다. 열 살 먹었다.

"릴리는 잘 지내요. 공부해요. 곧 발레 공연에서 춤출 거예요." 내가 대답한다.

"그것을 볼 수 없어 아쉽네요."

키릴이 천천히 말한다.

주머니에서 봉투를 꺼내 그것을 내게 준다.

봉투 속에는 돈이 들어 있다.

"릴리를 위해." 하고 말한다.

매달 키릴은 릴리를 위해 돈을 주어야 한다.

"고마워요, 잘 가요!"

나는 키릴을 쳐다보고 화물트럭에서 내린다.

차 문을 닫으면서 "릴리에게 뽀뽀해 줘요." 하는 소리를 듣는다.

이 말 속에서 슬픔을 느낄 수 있다.

나는 버스 정류장으로 출발한다.

나는 키릴이 나를 바라본다는 것을 안다.

납색 눈동자의 시선이 내 등을 찌른다.

잘 박힌 못처럼 내 머릿속에 키릴의 질문이 남아 있다.

"아직 혼자 살아요? 다시 결혼 안 했어요?"

맞아. 나는 아직 결혼하지 않았다.

나는 릴리랑 산다. 오직 우리 둘이서.

2.

Mi havis malŝancon kun la edzoj. Tre juna mi estis, kiam mi edziniĝis. Tiam mi ĵus finis gimnazion. Mia unua edzo nomiĝis Ivo, mia najbaro. Ni konis unu la alian jam de la infanaĝo. Ni kunlernis en la baza lernejo kaj en la gimnazio. Ni geedziĝis tuj post la fino de la gimnazio. Tiam ni ne havis paciencon atendi plu. Niaj gepatroj same deziris, ke ni geedziĝu. La patrino de Ivo ofte diris al mia patrino, ke ŝi estos tre feliĉa, se mi iĝos ŝia bofilino. Jes, mi iĝis ŝia bofilino, sed mi ne feliĉigis ŝin.
Post la geedziĝo mi komencis studi farmacion. Ivo studis en la teknika universitato. Ni loĝis en nia naska urbo Srebrovo, sed mi studis en la ĉefurbo kaj Ivo — en urbo Ruse. La distanco inter Ruse kaj la ĉefurbo estis kvincent kilometrojn. Niaj gepatroj laboris, subtenis nin finance, sed baldaŭ Ivo kaj mi konstatis, ke ni ne povas vivi kune.
Unu monaton, post la divorco, la patrino de Ivo venis en mian domon. Ŝi sonorigis ĉe la pordo. Mi malfermis.

2장. 첫 결혼과 이혼

나는 남편 복이 없다. 아주 젊어서 결혼했다. 그때 나는 고등학교를 막 졸업했다.

첫 남편은 **이보**라는 이름의 이웃이었다.

우리는 이미 어릴 때부터 서로 알고 있었다.

우리는 초등학교와 고등학교에서 같이 공부했다.

우리는 고등학교를 졸업하자 곧 결혼했다.

그때 우리는 더 기다릴 인내심이 없었다.

우리 부모님도 똑같이 우리가 결혼하기를 원했다.

이보 어머니는 내 엄마에게 내가 자기 며느리가 되면 매우 행복할 거라고 자주 말했다.

정말 나는 이보 어머니의 며느리가 되었지만 시어머니를 행복하게 해 주지 못했다.

결혼하고 나는 약학을 공부하기 시작했다.

이보는 기술 대학에서 공부했다.

우리는 우리가 태어난 고향 마을 스레브로보에서 살았지만, 나는 수도에서, 이보는 루세라는 곳에서 공부했다. 루세와 수도는 50km 떨어져 있다. 우리 부모님은 일해서 우리를 경제적으로 지원해 주었지만, 곧 이보와 나는 함께 살 수 없다고 확신했다.

이혼하고 한 달 뒤, 이보 어머니는 내 집에 오셨다.

문에서 초인종을 누르셨다. 내가 문을 열었다.

Ŝi staris kaj ŝiaj bluaj glaciaj okuloj fiksrigardis min malice.

-Vi divorcis — diris ŝi.

-Jes — respondis mi trankvile.

-Mi venis preni la vestojn de Ivo — kaj ŝi rapide ekiris al la ĉambro. — Jen — ŝi elprenis el retikulo liston kaj eklegis: - kostumo blua, pantalono nigra, du ĉemizoj — blanka kaj verda, pulovero bruna···

Mi malfermis la vestoŝrankon kaj komencis amasigi la vestojn de Ivo sur la tablon. Ŝi precize kontrolis ĉion laŭ la listo, poste ŝi metis la vestojn en grandan sakon. Kiam ŝi plenigis la sakon, ŝi eliris kaj en la ŝtuparejo ŝi vokis Ivon.

-Ivo, venu preni la sakon.

Ivo venis. Li ne kuraĝis rigardi min. Li prenis la pezan sakon kaj rapide li kaj lia patrino foriris.

시어머니는 서서 파랗고 얼음장 같은 눈으로 나를 위협하듯 뚫어지게 보셨다.

"너희들 이혼했다며?" 하고 말씀했다.

"예." 나는 조용히 대답했다.

"이보의 옷가지를 챙기러 왔어."

그리고 시어머니는 서둘러 방으로 들어가셨다.

손가방에서 목록을 꺼내 읽기 시작하셨다.

"여기 파란 정장, 검은 바지, 하얀색과 초록색 셔츠 두 벌, 갈색 스웨터…."

나는 옷장을 열고 이보의 옷가지를 탁자에 쌓기 시작했다. 시어머니는 목록에 따라 모든 것을 정확히 점검하더니 나중에 큰 가방에 옷을 넣으셨다. 가방이 다 차자 밖으로 나가 계단참에서 이보를 부르셨다.

"이보야, 가방을 가지러 와라." 이보가 왔다.

전 남편은 감히 나를 쳐다볼 용기도 없었다.

무거운 가방을 들고 서둘러 시어머니랑 함께 떠났다.

3.

Post la divorco kun Ivo mia vivo en Srebrovo similis al velkita kampo. La tagoj en la apoteko, kie mi laboris, estis longaj kaj grizaj. Mi estis kiel malliberulo inter la blankaj muroj kaj bretoj, kie precize ordigitaj estis la diversaj kuraciloj, siropoj, ungventoj, bandaĵoj···

Mi staris senmova en la silenta ejo, kiu similis al muzeo, kaj mi demandis min kial mi ne sukcesis tiel ordigi mian vivon, ke ĝi estu kiel apoteko.

Kial en mia vivo ne estas tirkestoj?

Ekzemple tirkesto por amikoj, tirkesto por amuziĝo, tirkesto por ĝojo, tirkesto por rido···

Estos tre facile kaj oportune. Mi malfermos tirkeston kaj en ĝi estos la geamikoj, en alia tirkesto estos ĝojo, en tria − rido, en kvara − feliĉo···

Ĉio estos klare kaj trankvile, bone ordigite.

Tamen en mia vivo ne estis tirkestoj, sed ĥaoso kaj mi havis emon pri nenio.

Matene mi iris en la apotekon, posttagmeze mi revenis hejmen.

3장. 드라고미르와 첫 만남

이보와 이혼한 뒤 스레브로보에서 내 인생은
시든 들판 같았다.
내가 일하는 약국에서의 하루는 길고 잿빛이었다.
나는 여러 치료 약. 시럽, 연고, 반창고들이
정확하게 정리된 흰 벽과 선반 사이에 갇힌 죄수 같았다.
박물관처럼 조용한 장소에서 꼼짝하지 않고 서 있었다.
무엇때문에 약국처럼 내 인생을
그렇게 잘 정리하지 못할까 하고
스스로에게 물었다.
왜 내 인생에는 서랍이 없을까?
예를 들어 친구용 서랍, 놀이용 서랍, 기쁨의 서랍, 웃음의
서랍 등.
매우 쉽고 편할 텐데.
내가 서랍을 열면 그 안에 친구가 있고,
두 번 째 서랍에는 기쁨이 있고,
세 번 째 서랍에는 웃음이 있고,
또 네 번 째 서랍에는 행복이 있고 등등.
모든 것이 분명하고 편안하고 잘 정리될 것이다.
그러나 내 삶에는 서랍이 없어 혼란스럽고
무엇을 할 마음도 없었다.
아침에 약국에 가서 오후에 집에 돌아왔다.

Mi sidis senmova ĉe la fenestro, mi gapis la straton, mi ne parolis, ne legis librojn eĉ televizion mi ne spektis.

Iun matenon en la apotekon eniris juna viro. Mi ne scias kial, sed mi ektremis kaj mi eksentis, ke eble ĝuste tiun ĉi viron mi atendis.

Li alrigardis min kaj lia rigardo kvazaŭ lumigus min. Mi ekbrilis. Li montris al mi recepton pri kuracilo.

Mi rigardis ĝin kaj mi mem ne scas kial, sed mi diris, ke tiu ĉi kuracilo nun mankas, tamen mi mendos ĝin.

-Bonvolu veni morgaŭ – diris mi.

Pro emocio miaj genuoj iĝis molaj kiel kaŭĉuko.

-Dankon – kaj li foriris.

Mi mensogis lin. La kuracilo ne mankis, sed subite mi deziris denove vidi tiun ĉi allogan viron. Tra la vitrino de la apoteko mi postrigardis lin. Li rapide malproksimiĝis.

Kiu li estas? Kial ĝis nun mi ne vidis lin en la urbo, ĉu morgaŭ li venos aŭ li iros en alian apotekon por aĉeti la kuracilon, ĉu mi denove vidos lin?

Mi demandis min maltrankvile.

창가에서 움직이지 않고, 앉아서 거리를 쳐다보고,
말도 없이 책도 읽지 않고 TV조차 보지 않았다.
어느 아침에 약국으로 젊은 남자가 들어왔다.
이유를 알지 못하지만 떨리면서 아마 정말로 이 남자를 내
가 기다렸다는 느낌을 받았다.
남자가 나를 쳐다보는데 시선이 마치 나를 빛나게 하는 듯
했다. 나는 빛나기 시작했다.
남자는 내게 치료 약 처방전을 보여 줬다.
나는 그것을 보고 스스로 이유를 알지 못하지만, 이 약이
지금 없으니 그것을 주문할 거라고 말했다.
"내일 와 주세요." 하고 말했다.
감정 때문에 내 무릎은 고무처럼 부드러워졌다.
"감사합니다." 하고 남자는 떠났다.
내가 남자에게 거짓말했다.
약은 없지 않았지만, 갑자기 나는 이 매력 있는 남자를 다
시 보고 싶었다.
약국 진열장을 통해 나는 남자의 뒷모습을 쳐다보았다.
남자는 서둘러 멀어졌다.
누구일까?
왜 지금까지 이 도시에서 보지 못했을까?
내일 남자가 올 것인가
아니면 약을 사러 다른 약국으로 갈까?
내가 다시 볼 수 있을까?
나는 불안해하며 궁금했다.

Mi decidis, ke se li ne venos morgaŭ en la apotekon, mi serĉos lin en la tuta urbo kaj mi nepre trovos lin.

Preskaŭ dum la tuta nokto mi meditis pri li.

Mia interna voĉo flustris: li venos, li venos.

Mi deziris nepre vidi lin denove.

Matene mi pli frue iris en la apotekon.

Mi ekstremis, kiam je la deka horo li venis.

-Bonan tagon – salutis li. – Hieraŭ mi estis ĉi tie. Ĉu vi mendis la kuracilon, kiun mi ŝatus aĉeti?

-Jes – tuj respondis mi. Mi provis aspekti trankvila. – Mi telefonis kaj oni liveris ĝin, sed bedaŭrinde nur unu skatoleton. Mi vidas, ke vi bezonas du skatoletojn. Nun mi donos al vi tiun ĉi skatoleton. Mi petos vian telefonnumeron kaj kiam oni liveros pli, mi tuj telefonos al vi.

La viro rigardis min.

Certe ĝis nun al li ne okazis io simila.

Tamen mi bone pripensis ĉion.

Mi deziris konatiĝi kun li kaj mi pretis mensogi, ruzeti, eĉ humiliĝi.

Ĝis nun mi ne supozis, ke viro povus tiel rapide kaj forte sorĉi min.

내일 약국에 그 남자가 오지 않으면 모든 도시를 뒤져 찾아 나서야지. 그래서 꼭 찾아낼 거야 하고 다짐했다. 거의 밤 새도록 그 남자 생각을 했다.

내 속의 목소리가 '올 것이다. 그 남자는 올 것이다.' 하고 속삭였다.

나는 꼭 다시 보기 원했다.

아침에 평소보다 일찍 약국에 갔다.

10시에 남자가 왔을 때 떨리기 시작했다.

"안녕하세요." 남자가 인사했다.

"어제 여기 왔는데요. 내가 사고 싶은 치료 약을 주문하셨나요?"

"예." 나는 즉시 대답했다.

나는 편안하게 보이려고 애썼다.

"제가 전화해서 배달이 왔습니다. 하지만 아쉽게도 오직 한 상자입니다. 두 상자가 필요하다고 보는데요. 지금 제가 이 상자를 드릴게요. 전화번호를 부탁드립니다. 더 많이 배달이 오면 제가 바로 전화할게요."

남자는 나를 쳐다보았다.

아마도 지금까지 이런 비슷한 일이 일어나지 않았을 것이다. 하지만 나는 모든 것을 잘 생각했다. 먼저 남자를 알기 원해서 거짓말을 준비했고 조금 교활하게 했다는 생각에 부끄럽기까지 했다.

지금껏 남자가 그렇게 빨리 그리고 강하게 자기를 홀릴 수 있다고 짐작도 못했다.

Mi rigardis liajn malhelajn okulojn, lian densan nigran hararon, similan al korvan brilan flugilon, lian rideton kaj mia koro batis freneze. Ĉu tio estas la subita amo? Nekredeble! Ĝi atakis min kiel tempesto, skuis min, blindigis min. Mi falis en abismon, dronis en mallumo. Nenion alian mi vidis - nur lin. Ĝis tiu ĉi momento mi ne sciis kio estas la amo. Ja, mi estis edzinita, sed mi ne amis tiel forte Ivon. Nun la amsento bruligis kaj fandis min.

Li diktis al mi sian telefonnumeron.

-Mia nomo estas Dragomir Markov – aldonis li.

-Dankon, sinjoro Markov. Mi tuj telefonos al vi, kiam oni liveros la kuracilon – promesis mi.

-Mi ĝojus denove vidi vin – ekridetis li.

Mia vizaĝo iĝis tomate ruĝa kaj mi ŝvitis. Eble li divenis mian ruzaĵon, eble li komprenis, ke mi deziras denove vidi lin.

Post kelkaj tagoj mi telefonis al li. Mia koro tamburis.

-Halo – diris li.

-Sinjoro Markov, telefonas Eva, la apotekistino. Bonvolu veni por via kuracilo.

-Dankon. Mi tuj venos – diris li.

나는 남자의 어두운 눈동자, 까마귀의 빛나는 날개를 닮은 진한 긴 머리카락. 작은 웃음을 바라보면서,

내 심장은 미친 듯이 뛰었다.

이것이 갑자기 다가온 사랑인가? 믿을 수 없어. 그것이 태풍처럼 나를 공격해 나를 흔들고 눈멀게 했다.

나는 깊은 나락으로 떨어져 어둠 속에 빠져들었다.

남자를 제외하고 다른 아무것도 볼 수 없었다.

이 순간까지 사랑이 무엇인지 알지 못했다.

정말 나는 결혼 했었지만, 그처럼 세게 이보를 사랑하지 않았다.

지금 사랑의 감정이 나를 불태우고 녹였다.

남자는 내게 자기 전화번호를 불러 줬다.

"제 이름은 **드라고미르 마르코브**입니다." 하고 덧붙였다.

"감사합니다. 마르코브 씨. 치료 약을 배달해 주면 바로 전화 드리겠습니다." 내가 약속했다.

"다시 만나게 되어 기쁠겁니다." 하고 살짝 웃었다. 내 얼굴은 토마토처럼 빨개지고 진땀이 났다.

아마 내 교활함을 알아차렸을 거야. 아마 내가 다시 자기를 보고 싶어 한다는 것을 알았겠지.

며칠 뒤 나는 남자에게 전화했다. 내 심장은 북 치듯 소리 냈다. "여보세요." 남자가 말했다.

"마르코브 씨. 저는 약사 에바입니다.

약을 가지러 와 주세요"

"감사합니다. 곧 갈게요" 남자가 말했다.

Streĉita mi atendis lin. Post dudek minutoj mi vidis, ke blua aŭto "Sitroeno" haltas antaŭ la apoteko kaj li eliras el ĝi. Rapide li eniris la apotekon.

-Bonvolu – kaj mi donis al li la kuracilon.

-Mi kore dankas. En aliaj apotekoj la kuracilo ne estis.

Mi tamen ne kredis, ke li demandis pri la kuracilo en aliaj apotekoj. Certe li divenis mian ludon kaj li akceptis ĝin.

-Dankon – ripetis li. – Mi ŝatus iam renkonti vin. Kiam vi havos eblecon?

Denove mi ruĝiĝis kaj kvazaŭ somera pluvo surverŝus min.

-Al mi estos agrable – post ioma hezito ekflustris mi.

-Mi telefonos al vi.

Kelkajn tagojn maltrankvile mi atendis lian telefonalvokon. Kelkfoje mi pretis telefoni al li, sed mi retenis min. Iun posttagmezon mia poŝtelefono eksonoris.

-Saluton Eva. Mi estas Dragomir. Je kioma horo finiĝas via labortago?

-Je la sesa – respondis mi.

긴장을 한 채 남자를 기다렸다.

20분 뒤 파란색 시트로에노 차가 약국 앞에 서고

남자가 거기서 나오는 것을 보았다.

서둘러 남자는 약국으로 들어왔다.

"여기 있습니다." 하고 나는 치료 약을 남자에게 주었다.

"정말 감사합니다.

다른 약국에는 이 치료 약이 없었어요."

하지만 나는 남자가 다른 약국에서

치료 약에 관해 물었다고 믿지 않았다.

확실히 남자는 내 수작을 알아차리고 그것을 받아주었다.

"감사합니다." 남자가 되풀이했다.

"언젠가 만나고 싶습니다.

언제 가능하시나요?"

다시 빨개져서 마치 여름에 비가 내 위에 쏟아진 듯했다.

"아주 친절하시네요."

조금 멈추었다가 내가 작게 중얼거렸다.

"제가 전화할게요."

며칠간 불안해하며 나는 남자의 전화를 기다렸다.

몇 번 남자에게 전화를 걸려고 했지만 그만두었다.

어느 날 오후 내 휴대전화기가 울렸다.

"안녕하십니까? 에바 씨.

나는 드라고미르입니다.

몇 시에 일이 끝나시나요?"

"6시예요." 내가 대답했다.

-Bone. Mi venos je la sesa kaj ni iros vespermanĝi.

-Dankon – respondis mi iom embarasita.

Miraklo! Ĉivespere mi estos kun Dragomir.

Precize je la sesa horo li venis. Tra la vitrino de la apoteko mi denove vidis lian bluan aŭton. Dragomir eliris el ĝi. Vestita en somera helverda kostumo, li surhavis blankan ĉemizon kaj ĉerizkoloran kravaton. Li malfermis la pordon de la apoteko kaj eniris.

-Saluton Eva. Via labortago finiĝis.

-Jes – respondis mi.

-Ni vespermanĝos en restoracio "Muelejo". Tie oni kuiras bonguste.

Estis merkrede vespere kaj en la restoracio ne estis multaj homoj. Ni sidis ĉe tablo malproksime de la orkestro. Dragomir demandis min kion mi ŝatus vespermanĝi. Mi respondis, ke mi preferas ian legoman manĝaĵon kun terpomoj, tomatoj aŭ kun papriko.

-Kian vinon? – demandis li.

-Blankan.

Dragomir trinkis nur limonadon.

Ja, li ŝoforis.

"좋습니다.

6시까지 갈 테니 함께 저녁을 먹으러 가요."

"감사합니다." 나는 조금 당황한 채 대답했다.

기적이다. 오늘 밤 드라고미르 씨랑 같이 있게 된다.

정각 6시에 그 남자가 왔다.

약국 진열대 창을 통해 남자의 파란색 차를 다시 보았다.

드라고미르는 차에서 내렸다.

여름용 밝은 초록 정장을 입고 하얀 셔츠에 체리 색 넥타이를 맸다.

약국 문을 열고 들어왔다.

"안녕하십니까? 에바 씨. 일이 끝나셨죠."

"예." 내가 대답했다.

"식당 '무엘레요(방앗간)'에서 저녁 식사해요.

거기서 음식을 맛있게 요리해요."

수요일 저녁에 식당에는 손님이 많지 않았다.

우리는 악단에서 멀리 떨어진 탁자에 앉았다.

드라고미르가 내게 저녁으로 무슨 음식을 좋아하느냐고 물었다.

나는 감자, 토마토나 고추가 들어 있는 어떤 채소류를 더 좋아한다고 대답했다.

"어떤 포도주요?" 드라고미르가 물었다.

"흰 것이요."

드라고미르는 오직 레모네이드를 마셨다.

정말 운전을 하기 때문이었다.

La kelnerino alportis la manĝaĵon.

-De kie vi estas? Ĝis nun mi ne vidis vin en la urbo – demandis mi.

-Mi naskiĝis kaj loĝis en urbo Drjan. Antaŭ unu monato mi venis en Srebrovo, ĉar mi iĝis direktoro de la ĉokoladfabriko. Srebrovo plaĉas al mi. Mi ŝatas la etajn trankvilajn urbojn. Ĝi estas montara urbo kaj vintre ĉi tie mi skios.

Ni parolis pri la urbo, pri la laboro de Dragomir en la ĉokoladfabriko. Mi fartis bonege. Delonge mi ne konversaciis kun viro. Mi parolis. Mi deziris, ke li sciu kion mi pensas, kion mi ŝatas, kion mi preferas. Mi deziris esti longe kun li. Lia rigardo karesis min. Lia voĉo estis kiel varmeta vento. La brilo de liaj okuloj ravis min. Tio estis la plej feliĉa mia vespero.

Nokte mi dormis profunde kaj mi sonĝis belegan sonĝon. Matene mi ne povis rememori ĝin, sed mi sciis, ke la sonĝo estis belega kaj mirinda.

De tiu ĉi tago mi ne povis vivi sen Dragomir. Mi deziris ĉiam aŭdi lian voĉon, senti lin proksime al mi.

여종업원이 음식을 가져다주었다.

"어디 사세요? 지금까지 이 도시에서 본 적이 없었어요."
내가 물었다.

"난 드랸 지방에서 나서 살았어요. 한 달 전 스레브로보에
왔어요. 초콜릿 공장의 관리자가 됐기 때문이죠. 스레브로
보가 마음에 드네요. 작고 조용한 도시를 좋아하거든요. 산
골이라 여기서 겨울에 스키를 탈 거예요."

우리는 도시, 초콜릿 공장에서 드라고미르가 하는 일에 관
해 이야기했다.

아주 즐겁게 보냈다.

오랜만에 남자와 대화했다.

내가 말했다. 내가 무엇을 생각하고 무엇을 좋아하고 무엇
을 더 원하는지 남자가 알기를 원했다.

그 남자와 오래도록 같이 있기를 원했다.

남자의 시선은 나를 어루만졌다.

그의 목소리는 따뜻한 훈풍 같았다.

빛나는 눈동자가 나를 홀렸다.

그것은 가장 행복한 저녁이었다.

밤에 푹 자고 아주 멋진 꿈을 꾸었다.

아침에 그것을 기억할 순 없지만 꿈이 아름답고 놀랄만했다
는 것은 알았다.

이날부터 나는 드라고미르 없이는 살 수 없었다.

항상 드라고미르의 목소리를 듣고

가까이에서 느끼고 싶었다.

Dragomir proponis, ke ni loĝu en lia loĝejo, kiu estis en la centro de la urbo. Mi diris al miaj gepatroj, ke mi trovis la viron de mia vivo kaj mi translokiĝis en la domo de Dragomir. Miaj tagoj iĝis helaj kaj sunaj. Ĉio similis al belega fabelo sen komenco kaj sen fino.

Mi hazarde renkontis Dragomir, malgraŭ ke li diris, ke en la vivo nenio estas hazarda. Li ofte menciis la tagon, kiam li venis en la apotekon. Antaŭe li estis en du apotekoj en la urbo, kie oni diris al li, ke la kuracilo ne estas. En unu el la apotekoj oni direktis lin al mia apoteko.

-Mi planis veturi al la ĉefurbo por aĉeti la kuracilon, tamen mi decidis unue veni en vian apotekon – diris Dragomir. – Kiam mi eniris la apotekon, mi vidis viajn okulojn, grandajn, helverdajn. Belegajn okulojn vi havas, Eva.

Mi ne kuraĝis konfesi al li mian etan virinan ruzaĵon. Verŝajne nenio hazarda estas, kiel li diris.

드라고미르는 도심에 있는 자기 아파트에서 같이 살자고 제
안했다.
나는 부모님께 내 인생의 남자를 만났다고 말하고
드라고미르 집으로 이사했다.
나의 날들은 밝고 햇빛이 났다.
모든 것이 시작과 끝이 없는 멋진 동화 같았다.
삶에는 우연이 없다고 드라고미르가 말할지라도,
나는 우연히 드라고미르를 만났다.
드라고미르는 자주 약국에 온 그 날을 언급했다.
먼저 두 약국을 갔는데 치료제가 없다고 말했다.
약국 중 한 곳에서 내 약국을 알려 주었다.
　"나는 치료 약을 사러 수도로 갈 계획이었지만,
먼저 당신 약국에 가려고 마음먹었죠."
드라고미르가 말했다.
　"내가 약국에 들어갔을 때 크고 밝은 초록색 눈을 보았죠.
당신은 정말 예쁜 눈을 가졌어요. 에바 씨."
나는 감히 나의 여성스러운 작은 교활함을
고백하지 않았다.
드라고미르가 말했듯 정말 아무것도 우연은 없다.

4.

Dragomir kaj mi ŝatis veturi.

Sabate kaj dimanĉe ni multe veturis.

Foje li diris:

-Ĉidimanĉe ni iros en Starosel. Tie estas fama Traca Sanktejo. Multaj eksterlandanoj vizitas ĝin.

Estis friska junia tago. La vojo pasis preter kampoj, montetoj, arbaretoj.

Dragomir interesiĝis pri historio. Li ofte aĉetis historiajn librojn, revuojn, rakontis al mi pri la tracoj, pri ilia riĉa antikva kulturo.

Dragomir scipovis bele rakonti kaj mi aŭskultis lin ensorĉita.

Kiam ni venis en Starosel, mi senreviĝis. Mi imagis, ke la Traca Sanktejo estas granda, preskaŭ kiel egipta piramido, sed mi vidis monteton kun kelkaj ŝtonaj ŝtupoj.

Estis ŝtona ejo kun ses marmoraj skulptaĵoj.

La juna zorgantino pri la Sanktejo detale klarigis al ni la antikvajn tracajn ritojn kaj tradiciojn.

Ŝi parolis kaj rigardis nur Dragomir.

Sendube li plaĉis al ŝi.

4장. 드라고미르와 행복한 사귐

드라고미르와 나는 차로 다니기를 좋아했다.
주말에 우리는 많이 여행했다.
한 번은 드라고미르가 말했다.
"이번 일요일에 스타로셀에 갑시다.
거기에 유명한 트라키아 성지(聖地)가 있어요.
많은 외국인이 그곳을 방문해요."
화창한 6월의 하루였다.
길은 들판, 언덕, 작은 숲을 지나갔다.
드라고미르는 역사에 관심이 많았다.
자주 역사책과 잡지를 샀고, 트라키아에 대해, 그들의 풍요
로운 고대 문화에 대해 이야기했다.
드라고미르는 재미있게 이야기하는 능력이 있어
나는 심취해서 그것을 들었다.
우리가 스타로셀에 갔을 때 나의 환상이 깨졌다.
나는 트라키아 성지가 거의 이집트 피라미드처럼 크다고 상
상했는데, 몇 개 돌계단이 있는 작은 언덕을 보았을 뿐이다.
6개의 대리석 조각이 있는 돌로 된 곳이었다.
성지의 젊은 여자 관리인이 고대 트라키아 의식과 전통에
대해 자세히 설명해 주었다.
드라고미르에게만 말하고 뚫어지게 쳐다보았다.
의심 없이 드라고미르는 여자의 마음에 들었다.

Juna, svelta kun okuloj kiel vitroperloj, vestita en mallonga somera blua robo, ŝi parolis kiel torento kaj eldiris nomojn de tracaj militestroj, de triboj, datojn, faktojn. Dragomir atente aŭskultis ŝin. Mi komencis ĵaluzi, dezirante, ke ni pli rapide foriru.

Kiam ni eliris el la Sanktejo, mi trankviliĝis. Je unu kilometro kaj duono de la Sanktejo videblis nova hotelo, kies arkitekturo similis al la arkitekturo de la renesancaj domoj.

-Tie estas vinkelo – diris Dragomir. – Ni trarigardu ĝin.

Li haltigis la aŭton. Ni eniris la vinkelon, kie renkontis nin du junulinoj, eble dudekjaraj. Unu el ili, kies hararo estis kiel pajlo, kaj ŝiaj okuloj similis al riveraj ŝtonetoj, komencis rakonti al ni pri la produktado de la vino. Ŝi detale klarigis kiel la vinbero maturiĝas, kiel oni alportas ĝin en la vinkelon, kiel oni faras la vinon kaj konservas ĝin en grandaj bareloj. La junulino parolis kaj kiel la zorgantino en la Traca Sanktejo ŝi rigardis Dragomir. Mi ĵaluzis kaj malfacile kaŝis la ĵaluzon. Mi deziris, ke Dragomir estu nur mia.

젊고 날씬하고 유리 진주 같은 눈에
짧은 여름용 파란 웃옷을 입고
폭포처럼 트라키아 장수와 부족 이름,
날짜, 사실을 토해냈다.
드라고미르는 주의 깊게 여자의 이야기를 들었다.
빨리 떠나기를 바라며 질투가 나기 시작했다.
우리가 성지에서 나왔을 때 나는 마음이 편안해졌다.
성지에서 1.5km 지나 르네상스 시대 건축물 같은 새로 지
은 호텔이 보였다.
"저곳이 포도주 창고예요!" 드라고미르가 말했다.
"그것을 둘러봅시다."
드라고미르는 차를 세웠다.
우리는 포도주 창고에 들어가서 아마 스무 살 정도의 아가
씨를 두 명 만났다.
그들 중 밀짚 같은 머리카락에
강가 조약돌 같은 눈동자의 아가씨가
포도주 생산과정에 관해 이야기했다.
포도가 어떻게 익고, 포도주 창고로 어떻게 운반하고,
포도주를 어떻게 만들며,
큰 통에 어떻게 보관하는지 자세히 설명했다.
아가씨가 말하면서 트라키아 성지의 여자 관리인처럼 드라
고미르를 쳐다봤다.
나는 질투가 나와 그것을 숨기기가 쉽지 않았다.
나는 드라고미르가 오직 나의 사람이기를 원했다.

En la komenco de septembro Dragomir proponis, ke ni geedziĝu. Mi jam atendis tion. Estis vendredo. Ni veturis al urbo Kazanlak, kie Dragomir havis oficajn okupojn.

Tie ni trarigardis la Muzeon de la Rozo. Ja, en la regiono de Kazanlak estas la ĝardenoj de la fama rozo "Damiscena", el kiu oni produktas la rozan oleon. Neniam mi estis en Kazanlak kaj mi per granda intereso trarigardis la muzeon, en kiu agrable odoris je roza oleo. Mi imagis la belajn junulinojn, kiuj en majo frumatene kolektas la rozojn.

Post la trarigardo de la muzeo ni eniris restoracion por tagmanĝi. Ni sidis ĉe tablo sur la restoracia teraso. La blusilka ĉielo sennubis, la septembra suno mole brilis. La kronoj de la arboj, antaŭ la restoracio, estis ankoraŭ verdaj kaj nenio montris, ke baldaŭ venos la aŭtuno.

En oktobro la arbfolioj iĝos orkoloraj kaj ili falos sur la teron, la branĉoj estos nudaj, nigraj kiel sekaj maljunulaj brakoj.

Malvarmaj ventoj alflugos de la monto. Pluvos. Ĉio estos griza. La nuboj kiel peza tolo kovros la ĉielon.

9월 초에 결혼하자고 드라고미르가 제안했다.

나는 벌써 그것을 기다렸다.

금요일이었다.

우리는 드라고미르의 사무실 일로 카잔락 도시에 갔다.

거기서 우리는 장미 박물관을 둘러 보았다.

정말로 카잔락 지역에는 장미 기름을 생산하는 유명한 다미스쩨나 장미정원이 있었다.

나는 카잔락에 간 적이 없어서

향기롭게 장미 기름 냄새가 나는 박물관을

큰 흥미를 느끼고 둘러봤다.

5월 이른 아침에 장미를 따는 예쁜 아가씨를 상상했다.

박물관을 둘러본 뒤 점심을 먹으러 식당에 들어갔다.

식당 테라스에 있는 탁자에 앉았다.

비단 같은 파란 하늘은 구름 한 점 없고 9월의 해는 부드럽게 빛났다.

식당 앞 나뭇가지는 아직 푸르러

곧 가을이 올 기미가 없었다.

10월의 나뭇잎은 황금색이 되어 땅으로 떨어질 것이고,

가지는 메마른 노인의 팔처럼 헐벗어

검게 될 것이다.

찬바람이 산에서 불어온다.

비가 올 듯하다.

모든 것이 잿빛이다.

구름이 무거운 수건처럼 하늘을 덮을 듯하다.

Sed nun estis septembro kaj mi ŝatis la unuajn septembrajn tagojn, trankvilajn, silentajn, sunajn. En la komenco de septembro ĉio videblas pli klare.

Oni rimarkas eĉ la plej etajn detalojn en la naturo, kiujn antaŭe oni ne bone vidis. En septembro obsedas min dolĉa, iom nostalgia humoro. Mi sentas min pli trankvila, pli saĝa, pli matura kiel sukplena vinbero, lumigita de la suno. Mi forgesas la malbonajn, malagrablajn rememorojn, la malsukcesojn, la senreviĝojn. Mi estas bonanima, mi amas min.

Iam mi legis, ke gravas, ke ni amu nin mem, nur tiam ni amos la aliajn homojn. Estis benita septembra momento. Dragomir alrigardis min kaj diris:

-Eva, ĉu vi deziras esti mia edzino? Septembro estas la plej bela monato por geedziĝo.

Mi levis kapon. Ĉu mi bone aŭdis tion aŭ mi sonĝis? Eble mi dormis, karesanta de la milda septembra venteto sub la ombro de la restoracia teraso. Mi malfermis okulojn, mi deziris esti certa, ke tiujn ĉi vortojn eldiris Dragomir, ke li proponis al mi geedziĝon.

그러나 지금은 9월이었고,

나는 9월의 편안하고 조용한 해가 비치는 낮을 좋아했다.

9월 초에는 모든 것이 평소보다 선명하게 보인다.

전에는 잘 보지 못했던 자연의 가장 미세한 변화조차 사람들은 알아차린다.

9월에 나는 달콤하고 조금 그리운 기분에 사로잡힌다.

나는 더 편안하고 더 현명하고

햇빛을 받아 즙이 풍성한 포도처럼

성숙한 자신을 느낀다.

나는 나쁘고 불쾌한 기억, 실패, 환멸을 잊는다.

나는 기분이 좋고 나 자신을 사랑한다.

우리가 다른 사람을 사랑할 때만 우리 자신을 사랑하라,

그것이 중요하다고 언젠가 읽었다.

축복받은 9월의 한순간이었다.

드라고미르가 나를 쳐다보고 말했다.

 "에바 씨. 내 아내가 되어 주겠소?

9월은 결혼하기에 가장 아름다운 달이오."

나는 고개를 들었다.

내가 그 소리를 잘 들었는가 아니면 꿈을 꾸었는가?

아마 내가 식당 테라스 그늘아래

부드러운 9월의 바람을 온 몸으로 느끼며

자는 듯했다.

나는 눈을 뜨고 드라고미르가 내게 결혼하자고 요청하는 소리임을 확신하고 싶었다.

Iom da tempo mi silentis, rigardanta la urban placon antaŭ la restoracio. Tie pasis du junaj patrinoj kun infanveturiloj.

En la parko, ĉe la restoracio, estis alia junpatrino, kies filineto feliĉe lulis sin sur la infanlulilo. La patrino ridis kvazaŭ ne la filineto, sed ŝi mem lulas sin sur tiu ĉi mirakla lulilo, kiu flugas al la ĉielo.

Dum momento mi ekdeziris esti kiel tiu ĉi feliĉa junpatrino. Mi deziris havi infanon, promenadi kun ĝi, luli ĝin sur lulilo en la parko.

-Jes – respondis mi. – Mi deziras esti via edzino, - sed mi tuj eksilentis kvazaŭ iu bruligis min per cigaredo. – Vi scias, ke mi estas eksedzinita – diris mi.

Mi preskaŭ ne ekploris pro ĝojo kaj ĉagreno. Mi rememoris mian unuan geedziĝon. Mi rememoris Ivon. Kiam ni estis lernantoj, ni kune iris al la lernejo, ni kune lernis.

Kiam ni solvis matematikajn taskojn, Ivo ĉiam diris al mi, ke la taskoj ne estas malfacilaj, tamen oni devas ŝati la matematikon, oni povus ĉion kompreni, se oni amus aŭ ŝatus ĝin.

식당 앞 도시의 광장을 쳐다보면서 조금 침묵했다.
거기에 유모차를 밀며 젊은 엄마 두 명이 걸어갔다.
식당 옆 공원에서 딸이 그네를 행복하게 타고 있는
다른 젊은 엄마가 있었다.
엄마는 마치 딸이 아니라 자신이 하늘로 나는
이 놀라운 그네를 타고 있는 듯 웃었다.
이 순간 그 행복한 젊은 엄마처럼 되고 싶었다.
아이를 갖고 함께 산책하고
공원에서 그네를 태워 주고 싶었다.
"예. 당신의 아내가 되고 싶어요."
내가 대답했다.
그러나 마치 누가 담배로 나를 지진 듯 곧 조용해졌다.
"내가 이혼한 사람임을 아시죠?"
내가 말했다.
나는 기쁨과 고민 탓에 거의 울 뻔했다.
나는 나의 첫 결혼을 기억했다.
이보를 기억했다.
우리가 학생이었을 때
같이 학교에 가고 함께 공부했다.
우리가 수학 과제를 풀 때 이보는 항상 내게
'과제가 어렵지는 않지만
수학을 좋아해야만 해,
사랑하거나 좋아하면
모든 것을 이해할 수 있어' 라고 말했다.

Ĉu mi amis Ivon aŭ ni estis nur amikoj, du infanoj, kiuj dum pluraj jaroj estis kune kaj kredis, ke dum la tuta vivo ni estos kune.

-Jes, mi scias, ke vi eksedziĝis, sed mi amas vin.

-La hodiaŭa tago estas tre bela! Mi ne povus elteni tiom da ĝojo! – diris mi.

Kiam ni ekveturis de Kazanlak, mi havis la senton, ke ni ne veturas, sed flugas. Mi deziris, ke ni pli rapide estu en Srebrovo kaj mi diru al miaj gepatroj, ke mi geedziĝos, ke la viro, kies edzino mi estos, estas la plej bona viro en la mondo. Ĝis nun mi ne kuraĝis prezenti Dragomir al miaj gepatroj, sed nun mi deziris tuj diri al ili la ĝojan novaĵon.

내가 이보를 사랑했을까? 아니면 우리는 그냥 친구, 여러 해 함께해서 평생 같이 있을 것으로 믿은 어린아이 두 명이었을까?

"예, 당신이 이혼한 것을 알지만 당신을 사랑해요."

"오늘은 정말 멋진 날이에요.

그만한 기쁨을 감출 수 없어요."

우리가 카잔락에서 출발할 때 우리는 차로 가는 것이 아니라 날아간다고 느꼈다.

우리는 더 빨리 스레브로보에 가서,

내 부모에게 내가 결혼할 것이고, 나와 결혼할 남자는 이 세상에서 가장 좋은 남자라고 말하고 싶었다.

지금까지 부모님께 감히 드라고미르를 소개할 용기가 없었지만, 이제 나는 부모님께 좋은 소식을 금방이라도 말하고 싶었다.

5.

En la tago, kiam mi atendis Dragomir hejme, panjo kaj paĉjo estis pli emociigitaj ol mi. Paĉjo longe kaj atente razis sin.

Poste li vestis sian la plej novan kostumon. Kvazaŭ dum mallonga tempo paĉjo ŝanĝiĝus, li aspektis pli juna kaj kontenta. Verŝajne li longe atendis la momenton, kiam mi diros al li, ke mi denove edziniĝos. Li deziris vidi min edzino, ke mi havu infanojn kaj li - genepojn. Laŭ paĉjo oni nepre devas havi familion, gefilojn, genepojn. Nur tiel la vivo estos daŭrigita.

Por gastigi Dragomir panjo pretis kuiri la plej bongustan manĝaĵon kaj longe ŝi cerbumis kio ĝi estu. Bedaŭrinde mi ne sciis la ŝatatan manĝaĵon de Dragomir, malgraŭ ke ni loĝis kune jam kelkajn monatojn.

Mi provis rememori kiajn manĝaĵojn li preferas, sed mi ne sukcesis. Dragomir ne estis kaprica kaj postulema. Fin-fine ni decidis kuiri legomsupon kaj farĉitajn paprikojn. Deserte estu ĉokolada torto.

Panjo feste vestiĝis.

5장. 드라고미르와 결혼

내가 집에서 드라고미르를 기다릴 때 엄마 아빠는 나보다 더 들떠 있으셨다.

아빠는 오랫동안 꼼꼼히 면도를 하셨다.

나중에 가장 최신 정장을 입으셨다.

짧은 순간에 마치 변신하듯 아빠는 더 젊고 만족하게 보였다. 정말 오랫동안 내가 다시 결혼한다고 말하는 그 순간을 기다리셨다.

아빠는 내가 아내가 되고 아이를 가져 손자녀를 보기 원하셨다.

아빠에 따르면 사람은 반드시 가정, 자녀, 손자녀를 가져야 한다.

오직 그렇게 삶은 계속될 것이다.

드라고미르를 맞이하기 위해 엄마는 가장 맛있는 식사를 요리하려고 오랫동안 무엇을 할까 궁리하셨다.

우리가 벌써 몇 달째 같이 살고 있는데도 나는 드라고미르가 좋아하는 음식을 안타깝게도 몰랐다.

어떤 음식을 선호하는지 기억해내려고 했지만 실패했다.

드라고미르는 변덕스럽거나 요구하는 성격이 아니었다.

마침내 채솟국과 양념 고추를 준비하기로 마음먹었다.

후식으로는 초콜릿 과일 파이를 준비했다.

엄마는 축제에 갈 때처럼 옷을 입으셨다.

Ŝi surhavis belan silkan robon blukoloran, ornamitan per ruĝaj papavoj. Panjo eĉ surmetis orelringojn kaj oran kolieron. Preskaŭ neniam ŝi estis kun orelringoj kaj koliero.

Dragomir venis precize je la dekdua horo tagmeze. Li portis du grandajn bukedojn – blankajn rozojn al panjo kaj ruĝajn rozojn – al mi, belegan skatolon da ĉokoladbombonoj el la fabriko, kies direktoro li estas.

Al paĉjo li donis botelon da ruĝa vino, kiun Dragomir aĉetis, kiam ni estis en la vinkelo ĉe Starosel.

Vestita en tabakkolora kostumo, malhelflava ĉemizo kun verda kravato Dragomir estis tre eleganta kaj mi deziris tuj kisi lin.

Dum ni tagmanĝis Dragomir konversaciis kun miaj gepatroj. Paĉjo rakontis al li la historion de Srebrovo, la legendojn pri la ekesto de la urbo.

-La nomo estas Srebrovo – klarigis paĉjo, - ĉar laŭ la legendoj en la valo loĝis bela saĝa junulino, kies nomo estis Srebra. Ŝi estis tre kuraĝa. Post malfeliĉa amo ŝi decidis forkuri, venis ĉi tien, en la monton kaj ŝi ekloĝis sola.

예쁜 파란색 비단 웃옷, 빨간 양귀비꽃으로 꾸민 엄마는
귀고리, 황금색 목걸이도 착용하셨다.
거의 한번도 귀고리와 목걸이를 하지 않으셨다.
드라고미르는 정각 12시에 왔다.
커다란 꽃바구니를 두 개 가져와
하얀 장미는 엄마에게 붉은 장미는 내게 주었고,
자기가 관리자로 있는 공장에서 만든
예쁜 초콜릿 사탕 과자 상자도 가져왔다.
아빠에게는 우리가 스타로셀 포도주 창고에 갔을 때 산
적포도주 한 병을 드렸다.
담배 색 정장, 어두운 노란 셔츠, 푸른 넥타이를 한
드라고미르는 아주 우아해서 곧 키스하고 싶어졌다.
점심 식사하면서
드라고미르는 나의 부모님과 대화했다.
아빠는 드라고미르에게 스레브로보의 역사,
도시의 발생에 대한 전설을 이야기하셨다.
"이름은 스레브로보이지."
아빠가 설명하셨다.
"왜냐하면, 골짜기에 살면서 이름이 **스레브라**라고 하는
예쁘고 현명한 아가씨의 전설에 따랐기 때문이지.
아가씨는 매우 용감했어.
불행한 사랑 뒤에 없어지기로 마음먹고
이곳 산으로 와서 혼자 살기 시작했지.

Iom post iom ĉi tien venis aliaj homoj, ekestis vilaĝo kaj poste dum la Renesanco la vilaĝo iĝis urbon, kiun oni nomis Srebrovo je la nomo de la belega junulino.

Dragomir atente aŭskultis la rakonton de paĉjo. Ja, li ŝatis historiajn rakontojn. Verŝajne Dragomir kvazaŭ vidus belan Srebra, la arbaron, la monton, la tiaman etan vilaĝon en la arbaro.

-La montaraj urbetoj estas tre pitoreskaj – diris Dragomir. – Jam de la infaneco la montoj allogas min.

La rakonto de paĉjo similis al larĝa rivero, fluanta malrapide. Paĉjo parolis inspire. Liaj okuloj brilis. Mi komencis maltrankviliĝi. Eble pro la longa rakonto Dragomir ne sukcesos diri kial li venis kaj li ne povos anonci nian geedziĝon.

Fin-fine Dragomir alrigardis min kaj ekparolis:

-Mi kaj Eva deziras geedziĝi.

Panjo kaj paĉjo eksilentis.

Dum du minutoj en la ĉambro regis silento. Nur aŭdiĝis la susuro de la silka kurteno de la fenestro, kiu estis malfermita kaj tra ĝi alblovis venteto.

조금 뒤에 여기에 다른 사람들이 오고 마을이 생기고 나중에 르네상스 시대에 마을은 도시가 되고 아름다운 아가씨 이름을 따서, 스레브로보라고 불렀어.”
드라고미르는 주의 깊게 아빠 얘기를 들었다.
정말로 역사 이야기를 좋아했다.
드라고미르는 마치 예쁜 스레브라를, 숲을, 산을, 당시의 작은 마을을 본 것 같았다.
“산골 마을이 정말 그림 같네요.”
드라고미르가 말했다.
“이미 어릴 때부터 제겐 산이 매력적이었어요.”
아빠 이야기는 천천히 흐르는 큰 강 같았다.
아빠는 영감 있게 이야기하셨다.
두 사람의 눈동자가 빛났다.
나는 불안해지기 시작했다.
아마도 긴 이야기 때문에
드라고미르는 왜 왔는지 말하지 못하고
우리 결혼을 알릴 수도 없을 것이다.
마침내 드라고미르가 나를 쳐다보고 말을 꺼냈다.
“저와 에바 씨는 결혼하기를 원합니다.”
엄마와 아빠는 조용했다.
2분 정도 방안에 침묵이 가득했다.
창이 열려 있어
바람이 창을 통해 조금 들어와
비단 커튼을 살랑거리는 소리만 들렸다.

Mia koro batis rapide kaj mi similis al timigita leporo. Paĉjo diris:

-Ni gratulas vin! Estu sanaj kaj feliĉaj!

Vesperiĝis kiam Dragomir foriris. La vespero venis malrapide kiel viro, kiu post la longa tago, descendas de la monto laca. La vespera vento kvazaŭ alportus sennombrajn stelojn kaj mirindajn sonĝojn.

La preparoj por la edziĝfesto estis streĉaj. Mi devis elekti kaj aĉeti robon, ŝuojn, retikulon. Mi maltrankviliĝis. Mi ne deziris esti en blanka robo. Ja, mi jam estis junedzino. Mia dua edziĝfesto devis esti modesta. Tamen al Dragomir tio estos la unua edziĝfesto. Ĉeestos liaj gepatroj, lia frato, parencoj. Certe ili ŝatus vidi ĉiujn edziĝfestajn ritojn. Mi ne sciis kiel agi. Dragomir komprenos min, sed ĉu liaj parencoj komprenos? La tago de la edziĝfesto pli kaj pli proksimiĝis. Dragomir klopodis trankviligi min:

-Eva, gravas, ke vi estas la virino, kiun mi amas.

Tiuj ĉi liaj vortoj estis por mi kiel dolĉa trinkaĵo.

내 심장은 빠르게 뛰고 두려워하는 토끼를 닮았다.

아빠가 말씀하셨다.

"축하해. 건강하고 행복하거라."

저녁이 되어 드라고미르는 떠났다.

저녁은 긴 하루를 보내고 피곤한 채 산에서 내려오는 남자처럼 천천히 왔다.

저녁 바람은 마치 셀 수 없는 별과 놀랄만한 꿈을 가져온 듯했다.

결혼식 준비는 신경이 쓰였다.

의상, 신발, 손가방을 고르고 사야 했다.

불안했다. 하얀 드레스를 입고 싶지 않았다.

정말 나는 이미 젊은 신부를 경험했다.

내 두 번째 결혼식은 소박해야 한다.

그러나 드라고미르에게는 첫 번째 결혼식이다.

드라고미르의 부모, 형제, 친척이 참석할 것이다.

분명 그들은 모든 결혼식을 보고 싶어 한다.

나는 어떻게 행동할지 몰랐다.

드라고미르는 나를 이해할 것이지만,

친척들도 이해할까?

결혼식 날이 점점 가까워져 왔다.

드라고미르는 나를 안정시키려고 노력했다.

"에바 씨.

당신은 내가 사랑하는 여자라는 점이 중요해요."

드라고미르의 이 말은 내게 달콤한 음료수 같았다.

Mi decidis, ke mia edziĝfesta robo estu helblua kiel la bluaj montaj lagoj. Dragomir kaj mi konsentis ne inviti multajn gastojn. Estos nur niaj parencoj. La festa tagmanĝo estos en la urba restoracio "Montara Renkonto".

Ĉiun tagon Dragomir kaj mi aranĝis ion: en la presejo ni mendis la invitilojn, ni priparolis la detalojn kun la orkestro, kiu ludos en la restoracio. Ni eĉ planis nian edziĝfestan vojaĝon n··· Dragomir deziris, ke ni iru en iun montodomon, kie ni estu tutan semajnon nur ni duope, malproksime de la homoj, de la urba bruo, de niaj laborlokoj.

-Ni promenados en la arbaro – diris Dragomir. – Matene ni ĝuos la sunleviĝon kaj vespere ni rigardos la sunsubiron. Tre bela estas la sunsubiro en la monto. Tiam en la arbaro estiĝas profunda silento. Ne aŭdeblas nek birda kanto, nek susuro de la arbfolioj. Kvazaŭ la tuta naturo kvietiĝus antaŭ la alveno de la nokto. En la urbo ni ne rimarkas tiun ĉi momenton, sed en la monto ni vidas kaj sentas kiel la tago malaperas, la taga lumo lante estingiĝas kaj iom post iom iĝas nokto.

나는 결혼식 드레스를 파란 산정호수처럼 밝은 파란 색으로
결정했다.

드라고미르와 나는 많은 손님을 초대하지 않기로 동의했다.
오직 우리 친척들만 있을 것이다.

결혼식 점심은 도시 식당 '몬타라 렌코토'에서 한다.

날마다 드라고미르와 나는

인쇄소에서 초대장을 주문하고

식당에서 연주할 악단과 세부사항을 조율했다.

우리는 결혼식, 신혼여행도 계획했다.

드라고미르는 어느 산장(山莊)에 가서

사람에게서, 도시 소음에서, 우리 일터에서 떨어져

일주일 내내 둘만 있기를 원했다.

"우리는 숲에서 산책해요." 라고 드라고미르가 말했다.

"아침에 우리는 일출을 즐기고

저녁에 일몰을 바라봅시다.

산에서 일몰은 정말 예뻐요.

그때 숲에는 깊은 적막이 흘러요.

새소리도, 나뭇잎의 살랑거리는 소리도 들리지 않아요.

마치 모든 자연이 밤이 오기 전에 조용해지는 듯해요.

도시에서는 이 순간을 알아차릴 수 없지만

산에서는 낮이 어떻게 사라지는지

낮의 빛이 천천히 없어지고

조금씩 밤이 오는 것을

보고 느껴요.

Ĉio, kio okazis dum la tago restis en la pasinto: renkontoj, vortoj, sukcesoj, malsukcesoj ….

La nokto alportas iun misteran. Eble tial oni timas la nokton. Ne hazarde la antikvaj homoj diris: "La nokto estas graveda." Ni ne scias kia estos la nova tago.

Je la tagfino ni meditas: "Ĉu ni sukcesis iom proksimiĝi al niaj celoj, ĉu la tago, kiu forpasis estis bona. En la momento inter la tago kaj la nokto ekĝermas la estonto.

Tio estas sakramento.

낮에 발생한 모든 것, 만남, 말, 성공과 실패 등은 과거가
돼요.
밤은 무언가 신비로운 것을 가져와요.
아마 그래서 사람들은 밤을 두려워해요.
옛 사람이 '밤은 임신한다'고 말한 게 우연은 아니에요.
우리는 새로운 날이 어떨지 알지 못해요.
하루가 끝났을 때
'우리는 우리 목표에 조금 가까이 가는 데 성공했을까?
지나간 하루가 좋았을까?' 하고 우리는 깊이 생각해요.
밤과 낮 사이에 미래가 싹트기 시작해요.
그것은 성스러운 의식이에요."

6.

La 24-an de septembro, unu semajno post la geedziĝo, estis la plej funebra tago en mia vivo. La nuboj kiel peza lado kovris la ĉielon. Mi estis en la apoteko. Dum horo neniu venis aĉeti ion. Pluvis kaj verŝajne tutan tagon pluvos. Estis dekunua horo. Tra la vitrino mi vidis viron kun granda nigra pluvombrelo, kiu venis al la apoteko. Li rapide paŝis. La ombrelo similis al grandega birda flugilo.

Mi ne povis vidi la vizaĝon de la viro. La ombrelo kaŝis ĝin. Li eniris en la apotekon kaj mi tuj rekonis lin.

Estis Pavel — kolego de Dragomir. Mi ekridetis, sed mi vidis, ke lia rigardo estas trista. Pro subita maltrankvilo miaj kruroj iĝis molaj.

-Kio okazis? — ekflustris mi.

Pavel staris senmova. Li rigardis min kaj silentis.

-Kio okazis? — demandis mi krie.

-Katastrofo··· Dragomir — diris li.

-Kie li estas?

-En la malsanulejo.

6장. 드라고미르의 교통사고 죽음

9월 24일 결혼식 뒤 일주일 되는 날은
내 삶에서 가장 슬픈 날이었다.
구름은 무거운 양철처럼 하늘을 덮었다.
나는 약국에 있었다.
1시간 동안 아무도 무얼 사러 오지 않았다.
비가 내렸고 정말 종일 비가 올 듯했다.
11시였다. 진열장을 통해 검고 큰 우산을 들고 약국으로 오는 남자를 보았다.
남자는 서둘러 걸었다. 우산은 커다란 새 날개를 닮았다.
나는 남자의 얼굴을 볼 수 없었다.
우산이 그 얼굴을 가렸다.
남자가 약국으로 들어와서야 곧 알아차렸다.
드라고미르의 직장 동료 파벨이었다.
나는 살짝 웃으며 파벨의 시선이 슬픈 것을 보았다.
갑작스러운 불안감 때문에 다리의 힘이 빠졌다.
"무슨 일이세요?" 조용하게 말했다.
파벨은 말없이 섰다.
나를 바라보고 조용했다.
"무슨 일이세요?" 내가 소리치듯 물었다.
"사고입니다. 드라고미르가." 파벨이 말했다.
"어디 있는데요?" "병원에…"

Mi ekiris, mi ekkuris. Mi ŝlosis la apotekon kaj sub la torenta pluvo mi kuris al la malsanulejo. Mi ne memoras kiel mi trapasis la centron de la urbo.

Mi eniris la malsanulejon.

En la koridoro antaŭ mi ekstaris kuracisto.

-Kie li estas? – demandis mi. – Kie estas Dragomir Markov?

-Oni operacias lin – diris la kuracisto.

Pavel estis ĉe mi.

-Sidiĝu – diris Pavel. – Ni atendos.

Mi sidis sur benkon en la koridoro. Mi sentis min paralizita. Mia kapo estis kiel grandega malplena barelo. Antaŭ mi aperis blanka silueto, kiu komencis paroli al mi.

-La operacio estis sukcesa – diris la silueto, – sed li estas en komato.

Nun mi komprenis, ke parolas kuracisto. Mi dronis en abismo. Mi mordis lipojn kaj flustris: "Kial? Kial?"

Dum tagoj de mateno ĝis vespero mi estis en la malsanulejo.

Foje-foje panjo venis kun mi.

Pavel rakontis kiel okazis la katastrofo.

나는 벌떡 일어나 뛰어나갔다.

약국 문을 잠그고 쏟아지는 빗속에서 병원으로 달려갔다.

도심을 어떻게 지나갔는지 기억나지 않는다.

병원으로 들어갔다.

복도에서 내 앞에 의사가 일어섰다.

"어디 있나요?

드라고미르 마르코브가 어디 있나요?"

내가 물었다.

"지금 수술 중입니다." 의사가 말했다.

파벨이 내 옆에 있었다.

"앉으세요, 기다립시다." 파벨이 말했다.

나는 복도에 있는 긴 의자에 앉았다.

나는 마비된 듯 느꼈다.

내 머리는 거대한 빈 통 같았다.

내 앞에 내게 말을 거는 하얀 그림자가 나타났다.

"수술은 성공적이었어요." 그림자가 말했다.

"하지만 환자는 혼수상태에 있어요."

지금 나는 의사가 말하는 것을 알아들었다.

나는 깊은 나락에 빠졌다.

입술을 깨물고 중얼거렸다.

"왜? 왜?"

아침부터 밤까지 나는 병원에 있었다.

엄마가 몇 번 나와 함께 계셨다.

파벨은 사고가 어떻게 일어났는지 말했다.

La 24-an de septembro matene Dragomir ekveturis aǔte al la ĉefurbo, kie devis esti kunsido de la direktoroj de ĉokoladfabrikoj. Pluvis. Proksime al motelo "Kverko" la aǔto glitis kaj falis en ravinon. Personoj, kiuj veturis post la aǔto de Dragomir, tuj telefonis al ambulanco.

Dum horoj mi sidis en la malsanuleja ĉambro ĉe la lito de Dragomir. Mi rigardis lian senmovan palan kiel marmoron vizaĝon. Mi flustris: "Kara, malfermu la okulojn. Vidu, mi estas ĉi tie. Kie vi estas? Ĉu ie en malproksima mistera mondo? Tre, tre malproksime de mi. Kial vi vagas sen mi? Kial?"

En la malsanuleja ĉambro regis silento. Sur la aliaj litoj kuŝis kelkaj viroj, pli maljunaj ol Dragomir. De tempo al tempo iu el ili ekĝemis. Kaj tiu ĉi eta ĝemo sonis terure en la silenta ĉambro. Mi sidis ĉe la lito kaj tremis kiel branĉeto, batita de frosta vento. Mi deziris, ke Dragomir same ekĝemu, sed li kuŝis senmova, silenta. Lia vizaĝo estis ŝtona. De tempo al tempo mi etendis brakon kaj karesis lian frunton.

9월 24일 아침에 드라고미르는 초콜릿 공장의 관리자들이 모이는 곳인 수도로 차를 타고 갔다.

비가 내렸다.

모텔 크베르코 가까이서 자동차가 미끄러져 계곡으로 떨어졌다.

드라고미르의 차 뒤에서 운전한 사람들이 곧 구급차에 전화했다.

오랜 시간 병실에서 드라고미르 침대 옆에 앉아 있었다.

나는 대리석처럼 창백하게 움직이지 않는 그 얼굴을 지켜보았다.

나는 중얼거렸다. '내 사랑이여! 눈을 뜨세요. 보세요. 내가 여기 있잖아요. 당신은 어디 있나요? 먼 신비한 나라 어딘가에 있나요? 내게서 정말로 아주 멀리. 왜 나 없이 헤매나요? 왜?'

병실에는 침묵만이 흐른다.

다른 침대에는 드라고미르보다 나이 많은 남자 몇 명이 누워 있다.

때로 그들 중 하나가 신음소리를 냈다.

이 작은 신음 소리가 조용한 병실에서 아주 무섭게 들린다.

나는 침대 옆에 앉아 찬 바람에 흔들리는 작은 나뭇가지처럼 떨었다.

드라고미르도 똑같이 신음하기를 원했지만, 말없이 움직이지 않고 누워 있었다. 얼굴은 돌처럼 굳었다. 때로 팔을 뻗어 드라고미르의 이마를 어루만졌다.

Kiom da tagoj li estos en komato, demandis mi. Ĉu semajnojn, ĉu monatojn? Pro la terura laciĝo miaj okuloj fermiĝis, mi falis, mi dronis. Tuj poste, timigita, mi malfermis okulojn, vidanta, ke mi daŭre estas ĉe la lito de Dragomir.

La viroj sur la aliaj litoj similis al vaksaj figuroj, magraj malfortaj. Ili rigardis min, ili esperis, ke mi donos al ili fortojn. Tamen mi mem ne havis fortojn. Mia korpo estis frakasita. Kie malaperis mia spirito, mia kuraĝo? Mi ne estis plu homo, sed pajla ĝardena timigilo. La tagoj kaj la noktoj kunfandiĝis. Mi plu ne sciis kiam estas tago, kiam nokto. Iam Dragomir parolis pri la momento inter la tago kaj nokto. Nun por mi tiu ĉi momento ne ekzistis. "En la momento inter la tago kaj la nokto ekĝermas la estonto. Tio estas sakramento – diris tiam Dragomir." Sed nun la estonto estas por mi mistera kaj timiga.

Ja, ni similas al blindaj birdoj, kiuj flugas en la nokto. Birdoj, kiuj ne scias kien ili flugas, kio ilin atendas.

Ni estas malfortaj senhelpaj birdoj.

얼마나 오랫동안 혼수상태에 있을까 궁금했다.

일주일? 아니면 한 달?

잔인한 피로 때문에 내 눈은 감기고

나는 무너져 가라앉았다.

곧 놀라서 눈을 뜨고 내가 계속해서 드라고미르 침대 옆에

있는 것을 보았다.

다른 침대의 남자들은 마르고 힘없는 밀랍 형상을 닮았다.

그들은 나를 바라보고 내가 그들에게 힘을 주길 바란다.

하지만 나 스스로는 힘이 없다.

내 몸은 망가졌다. 내 정신, 내 용기는 어디로 사라졌나?

나는 이제 사람이 아니라 정원의 밀짚 허수아비였다.

낮과 밤이 함께 섞였다.

언제가 낮이고 언제가 밤인지 알지 못했다.

언젠가 드라고미르가 낮과 밤사이의 순간에 대해 말했다.

지금 내게 이 순간은 존재하지 않는다.

"밤과 낮 사이에 미래가 싹트기 시작해요,

그것은 성스러운 의식이에요."

그때 드라고미르가 말했다.

그러나 지금 내게 미래는 신비롭고 두려운 것이다.

정말 우리는 밤에 날아다니는 눈먼 새와 같다.

새들은 어디로 날아가는지,

무엇이 그들을 기다리는지 모른다.

우리는 힘없고 도움받을 수 없는 새다.

La vento, kiu malice ludas kun ni, levas kaj mallevas nin kaj subite ni falas en abismojn, de kie neniam ni eliras.

Mi preĝis senĉese. Mi preĝis. Mi petis Dion elpreni Dragomir el la abismo kaj venigi lin al mi. Dragomir estis juna. Li devas vivi. Li devas venki la komaton. Li estis kuraĝa, li timis nenion. Mi kredis, ke Dragomir sukcesos elflugi el la abismo. Mi deziris kredi kaj esperi.

Tamen li restis en la abismo. Li flugis tien, de kie neniu revenas kaj neniu scias kio estas tie.

Mi adiaŭis Dragomir por ĉiam. Li forveturis kaj forprenis parton el mi. Mi plu ne estis tia, kia mi estis. Mi iĝis alia kaj mi mem ne povis rekoni min.

De mateno ĝis vespero mi estis en la apoteko. Panjo kaj paĉjo maltrankviliĝis pri mi. Mi ne konversaciis, mi silentis. En nia domo estis tomba silento.

Nerimarkeble venis la vintro. La monto iĝis blanka. La neĝo kovris ĉion: la ravinojn, la padojn, la herbejojn. Matene, kiam mi iris al la apoteko, mi rigardis la monton. Ŝajnis al mi, ke Dragomir estas ie tie.

기분 나쁘게 우리를 가지고 노는 바람은 우리를 위아래로 올렸다 내렸다 하고,

우리는 결코 나올 수 없는 저 밑바닥으로 갑자기 떨어진다.

나는 끊임없이 기도했다. 기도했다.

드라고미르가 깊은 잠에서 깨어나 내게 돌아오게 해 달라고 하나님께 부탁했다.

드라고미르는 젊다. 살아야만 한다.

혼수상태를 이겨야만 한다.

용기 있고 아무것도 두려워하지 않는다.

나는 드라고미르가 깊은 나락에서 날아오르는 데 성공하리라 믿는다. 나는 믿고 바라고 싶었다.

그러나 드라고미르는 깊은 나락에 빠져 있다.

아무도 돌아오지 않고 거기에 무엇이 있는지도 모르는 곳으로 날아갔다. 나는 드라고미르를 영원히 이별했다.

드라고미르는 멀리 떠나갔고 나의 일부를 가져갔다.

나는 이제 예전의 내가 아니었다.

나는 다른 사람이 되어 나 스스로 나를 알아볼 수 없었다.

아침부터 저녁까지 약국에 있었다.

엄마와 아빠는 나 때문에 불안했다. 나는 대화도 하지 않고 조용했다. 우리 집에는 무덤 같은 적막함만 있다.

어느새 겨울이 왔다. 산은 하얗게 되었다.

눈이 모든 것, 계곡, 오솔길, 풀밭을 다 덮었다.

아침에 약국에 갈 때 나는 산을 바라보았다.

드라고미르가 거기 어딘가에 있는 것처럼 보였다.

Ja, li tre ŝatis la monton – kaj vintre, kaj somere. Somere li promenadis tie, en la arbaro, sub la ombroj de la centjaraj kverkoj kaj fagoj. Vintre li skiis. Li skie flugis kiel vento sur la deklivon kaj li ĝuis la senliman blankan pejzaĝon.

Ĉiutage mi iris al la apoteko. La frosta vintra vento siblis kaj ĝi penetris tra mia vintra mantelo. Mi rapidis eniri la apotekon kaj droni en ĝia profunda silento. Ĉi tie mi staris senmova, rigardanta tra la vitrino, kvazaŭ mi atendus iun. Ĉu mi atendis Dragomir? Mi imagis, ke li subite eniros kaj alparolos min.

Nun, vintre, en la apotekon venis pli da homoj – junaj kaj maljunaj, patrinoj kun infanoj. La homoj malsanis. Mi vendis kuracilojn, mi klarigis kiel oni uzu ilin. Ofte mi ne rigardis la homojn, kiuj aĉetadis. Iun matenon juna virino demandis min:

-Kiel vi fartas, Eva?

Mi levis kapon. Estis mia kuzino Sandra.

-Kion mi diru – flustris mi. – Iam mi fartis pli bone.

-Delonge ni ne renkontiĝis.

정말 드라고미르는 여름과 겨울 산을 좋아했다.

여름에는 거기 숲에서, 100년 된 떡갈나무와 너도밤나무 그늘에서 산책했다.

겨울에는 스키를 탔다.

경사지를 바람처럼 날아가듯 스키를 탔고,

끝없는 하얀 풍경을 즐겼다.

매일 나는 약국에 갔다.

차가운 겨울바람이 쉿 소리를 내며 내 겨울 외투를 뚫고 들어왔다.

나는 약국으로 서둘러 가서 깊은 침묵 속에 잠겼다.

여기서 움직이지 않고 서 있었다. 진열장을 통해 쳐다보면서 마치 누군가를 기다리는 듯이.

내가 드라고미르를 기다렸는가? 나는 드라고미르가 갑자기 들어와서 내게 말을 걸 것이라고 상상했다.

지금 겨울에 약국에 많은 사람, 젊은이와 늙은이, 자녀와 함께 어머니들이 왔다. 사람들은 아팠다.

나는 치료 약을 팔고 그것을 어떻게 사용할지 설명했다. 보통 손님을 쳐다보지 않았다.

어느 날 아침 젊은 여자가 내게 물었다.

"에바 언니. 어떻게 지내세요?" 나는 고개를 들었다.

나의 사촌 **산드라**였다.

'뭐라고 말할까?' 나는 혼잣말했다.

"어느 때는 더 잘 지냈었지."

"오랜만에 만났어요.

Venu ĉivespere hejmen – invitis min Sandra.

Iom mi hezitis, sed mi akceptis la inviton.

Vespere, post la fino de la labortago, mi iris al la domo de Sandra. Tie ŝi kaj ŝia edzo Mitko atendis min. Mitko verŝis brandon en glasetojn. Li laboris en aŭtoriparejo. La kuracilo, kiun Sandra aĉetis hodiaŭ, estis por li, ĉar li malvarmumis.

-La plej bona kuracilo kontraŭ la malvarmumo estas la brando – ŝerce diris Mitko. – Tamen mi diris al Sandra, ke ŝi aĉetu iun kuracilon el la apoteko, por ke la efiko de la kuracado estu duobla.

Sandra ne trinkis brandon kaj mi alrigardis ŝin.

-Jes – diris ŝi – mi havos bebon.

-Ĉu? – miris mi.

-Ĝi devas naskiĝi en majo.

Tiu ĉi novaĵo ne ĝojigis, sed dolorigis min. Sandra kaj Mitko estis feliĉaj, tamen mi, la vidvino, verŝajne neniam havos bebon. Sandra ekstaris, proksimiĝis al la vestoŝranko kaj komencis preni el ĝi infanajn vestojn por montri al mi kion ŝi aĉetis por la venonta bebo.

오늘 밤에 집에 오세요."
산드라가 나를 초대했다.
조금 망설였지만 그 초대를 받아들였다.
저녁에 일을 마치고 산드라 집에 갔다.
거기서 산드라와 그 남편 **미트코**가 나를 기다렸다.
미트코는 작은 잔에 브랜디를 부었다.
미트코는 자동차 수리소에서 일했다.
산드라가 오늘 산 치료 약은 남편이 감기에 걸렸기 때문에
산 것이었다.
"감기에 가장 좋은 치료 약은 브랜디죠"
미트코가 농담으로 말했다.
하지만 나는 산드라에게 치료 효과가 2배 되도록 약국에서
어떤 치료 약을 사라고 말했다.
산드라가 브랜디를 마시지 않아 얼굴을 쳐다보았다.
"예. 나는 아이를 가졌어요."
산드라가 말했다.
"정말?" 내가 놀랐다.
"5월에 태어날 거예요."
이 소식은 나를 기쁘게 하지 않고 고통스럽게 했다.
산드라와 미트코는 행복하지만,
나는 과부로 결코 아이를 가질 수 없다.
산드라는 일어나서 옷장으로 가까이 가
태어날 아이를 위해 산 것을 보여주려고
아이 옷을 거기에서 꺼내기 시작했다.

-Mi jam estas preta bonvenigi mian idon – diris ŝi feliĉa. – Mi aĉetis ĉion necesan por la bebo.

Mi senmove rigardis ŝin. Sandra similis al eta pupo kun rozkoloraj vangoj kaj grandaj nigraj okuloj, brilaj pro ĝojo.

-Eva, tre bone, ke vi estas apotekistino, ĉar vi helpos min per la necesaj medikamentoj – daŭre parolis Sandra.

-Jes, jes – diris mi, sed senvoĉe mi ripetis: "Bebon, bebon."

Mia koro doloris, kvazaŭ iu pikus ĝin per varmega kudrilo. Mi same deziris bebon. Tiu ĉi deziro forte bruligis min kaj pli kaj pli mi sentis teruran varmon.

Mi deziris tuj foriri. Sandra kaj Mitko atendis sian unuan idon. Kial mi estas ĉi tie? Mi estas trista vidvino.

Neniam mi estos patrino. Mi preskaŭ ne ekploris. En tiu ĉi momento mi malamis Sandran, mian kuzinon, pli junan ol mi.

Veneno plenigis mian koron.

Mi enviis al ŝi. Sandra havis edzon. Ŝi havos bebon. Mi estis sola.

La domo de Sandra kaj Mitko ne estis granda.

"이미 우리 아이를 환영할 준비를 했어요." 행복한 산드라가 말했다.

"아이를 위해 필요한 모든 것을 샀어요."

나는 움직이지 않고 산드라를 바라보았다.

산드라는 장미색 뺨, 기뻐서 빛나는 크고 검은 눈을 가진 작은 인형 같았다.

"에바 언니, 언니가 약사라서 너무 좋아요. 필요한 약으로 우리를 도와주니까요." 계속해서 산드라가 말했다.

"그래, 맞아." 내가 말했지만, 소리 없이 '아이를. 아이를.' 하고 반복했다.

누가 뜨거운 바늘로 찌르는 것처럼 나의 마음은 아팠다.

나도 마찬가지로 자녀를 원했다.

이 소원이 강하게 나를 불타게 해서

점점 잔인한 더위를 느꼈다.

나는 곧 떠나고 싶었다.

산드라와 미트코는 첫 아이를 기다렸다.

왜 내가 여기에 있는가? 나는 슬픈 과부다.

결코, 나는 엄마가 될 수 없다.

나는 거의 울음이 나왔다.

이 순간 나는 내 사촌 동생 산드라가 미웠다.

독이 내 마음을 가득 채웠다.

나는 산드라가 부러웠다. 산드라는 남편이 있다.

아이를 낳을 것이다. 나는 혼자였다.

산드라와 미트코의 집은 크지 않았다.

La ĉambro, en kiu ni sidis, aspektis mizera, la mebloj – malnovaj, malmultekostaj: vestoŝranko, lito, tablo. Sur la muro pendis kolora bildo, eble tranĉita de iu revuo – montara lago en densa pinarbaro.

Tamen en tiu ĉi eta ĉambro kun la malnovaj mebloj estis lumo. Lumo pro la ĝojo de la juna familio.

Eble Sandra rimarkis mian ĉagrenon. Ŝi alrigardis min per siaj infanecaj okuloj kaj diris:

-Mitko kaj mi deziras, ke vi estu la baptopatrino de nia ido.

Mia gorĝo sekiĝis. Sonon mi ne povis prononci. Mi rigardis ŝin kaj Mitko kaj mi silentis. Post minuto mi diris:

-Gravas, ke la bebo naskiĝu sana. Ĝis majo estas multe da tempo.

-Eva, sciu, ke vi estos la baptopatrino – ripetis Mitko.

-Bone, bone – konsentis mi.

-Je via sano, baptopatrino – ekĝojis Mitko kaj li levis sian glaseton da brando.

Antaŭ mia foriro Sandra iom malkuraĝe rigardis min.

우리가 앉아 있는 방은 비참하게 보였는데,
가구 즉 옷장, 침대, 탁자는 낡고 값이 저렴했다.
벽 위에는 아마 어떤 잡지에서 자른
짙은 소나무숲에 있는 산정호수 천연색 그림이 걸려 있다.
그러나 오래된 가구가 있는 이 작은 방에 빛이 있다.
젊은 가정의 기쁨 때문에 생긴 빛이다.
아마 산드라는 나의 괴로움을 눈치챘다.
어린아이 같은 눈으로 나를 쳐다보고 말했다.
"미트코와 나는 언니가 우리 아이의 침례 엄마가 되길 원해요."
내 목이 말랐다.
어떤 소리도 발음할 수 없었다.
난 그녀와 미트코를 쳐다보고 조용했다.
얼마 뒤 내가 말했다.
"아기가 건강하게 태어나는 것이 중요해.
5월까지는 시간이 많아."
"처형. 침례 엄마가 된다고 아세요."
미트코가 되풀이했다.
"그래. 알았어."
내가 동의했다.
"침례 엄마의 건강을 위하여"
미트코는 기뻐서 작은 브랜디 잔을 들었다.
떠나기 전에 산드라는 조금 힘없이 나를 바라보았다.

Ŝi deziris diri ion al mi, sed ŝi hezitis.

Verŝajne ŝi pripensis tion.

Mi rigarde kuraĝigis ŝin kaj Sandra ekparolis:

-Eva, - diris ŝi — vi estas juna. Rigardu antaŭen! La vivo estas antaŭ vi. Pensu pri vi mem.

Mi ekridetis amare.

Mi ne deziris, ke oni trankviligu kaj kompatu min. Sandra tamen ne komprenis mian amaran rigardon kaj daŭrigis:

-Onjo Violeta (tio estis mia patrino) diris, ke post la laboro vi estas nur hejme. Vespere de la apoteko vi venas hejmen, matene — denove en la apotekon kaj denove hejmen. Tiel ĉiun tagon. Pli ofte gastu al ni. Ni konversacios, vi ne estos sola.

-Dankon — diris mi.

Mi deziris pli rapide foriri. Mi sufokiĝis. Mia koro doloris. Mi ne povis plu elteni. Mi ne deziris aŭskulti ŝin. Mi eliris el ilia domo, el ilia varma nesto.

Ekstere neĝis. Mi ekpaŝis malrapide. La neĝeroj flugis antaŭ miaj okuloj. Ili falis sur mian vizaĝon, sur miajn brovojn kaj palpebrojn. Mi rigardis la stratlampojn.

산드라는 내게 무언가 말하고 싶었으나 망설였다.

정말 그것을 생각한 듯했다.

나는 쳐다보며 용기를 주어서 산드라가 말을 꺼냈다.

"에바 언니. 언니는 젊어요. 앞을 보세요. 삶이 앞에 있어요. 언니 자신에 대해 생각하세요." 산드라가 말했다.

나는 쓰디쓰게 작게 웃었다.

나는 사람들이 나를 안정시키고 불쌍하게 보는 것을 원하지 않았다.

산드라는 나의 쓴 시선을 알지 못하고 계속 말했다.

"비올레따 이모(내 엄마)는 일이 끝나고 언니가 집에만 있다고 말씀했어요.

저녁에 약국에서 집으로 가고 아침에 다시 약국으로 가고 다시 그렇게 매일 집에 가고

더 자주 우리 집에 오세요. 같이 이야기해요.

언니는 혼자가 아니에요."

"고맙다." 내가 말했다.

나는 빨리 떠나고 싶었다. 숨이 막힐 듯했다.

내 마음이 아팠다. 더 참을 수 없었다.

이야기를 듣고 싶지 않았다.

나는 그들의 집, 그들의 따뜻한 둥지에서 나왔다.

밖에는 눈이 왔다. 나는 천천히 걸었다.

눈송이가 내 눈앞에서 날아갔다.

그것들이 내 얼굴 위로, 내 눈썹 위로, 내 눈꺼풀 위로 떨어졌다. 나는 가로등을 쳐다보았다.

La neĝeroj dancis sub ilia flaveca lumo. Subite mi konstatis, ke tio estas bela.

La nokto estis silenta kaj mi kvazaŭ paŝus en sorĉita arbaro.

Post tiom da tagoj ĉinokte mi vidis la belecon kaj io en mi ektremis. Mi profunde enspiris la freŝan aeron.

Mi kiel infano ekĝojis al la vintro, al la neĝo kaj senvoĉe mi ripetis la vortojn de Sandra: "Rigardu antaŭen!" Jes. Mi devis ekrigardi antaŭen. Kiam mi divorcis, mi suferis. Mi estis ĉagrenita, sed mi sukcesis venki la doloron. Mi denove devas venki la ĉagrenon. Certe tie malproksime Dragomir deziras, ke mi estu forta. De tie li kvazaŭ dirus al mi: "Estu forta!"

Ĉi-nokte mi dum longa tempo ne ekdormis. Mi staris ĉe la fenestro en mia dormoĉambro kaj mi rigardis la neĝon ekstere. Ŝajnis al mi, ke tie, sur la strato, ĉe la stratlampo staras Dragomir, rigardanta al mia fenestro. Mi certas, ke li estis tie.

La 3-an de majo Sandra naskis filon. Oni nomis lin Viktor. Lia baptiĝo devis esti je la fino de monato junio.

눈송이가 노란 불빛 아래서 춤을 추었다.
갑자기 나는 그것이 예쁘다고 확신했다.
밤은 조용해서
마치 매혹적인 숲에서 걷는 듯했다.
그런 날들이 지나고 오늘 밤에 아름다움을 보고 내 속의 무언가가 떨기 시작했다.
나는 깊이 시원한 공기를 들이마셨다.
나는 어린이처럼 겨울, 눈 때문에 기뻤다.
소리 없이 산드라의 말을 되풀이했다.
'앞을 보세요.' 그래, 나는 앞을 바라보아야 했다.
내가 이혼했을 때 나는 고통스러웠다.
나는 괴로웠지만, 고통을 잘 이겨냈다.
나는 다시 이 괴로움을 이겨야만 한다.
분명 거기 멀리서 드라고미르는 내가 강하기를 바란다.
거기서 마치 내게 '강해져' 라고 말하는 듯했다.
오늘 밤 오랜 시간 잠들지 못했다.
침실 유리창 곁에 서서,
바깥 눈을 바라보았다.
거기 도로 위에, 가로등 옆에, 드라고미르가 나의 창을 바라보면서 서 있는 듯했다.
드라고미르가 거기 있다고 확신했다.
5월 3일 산드라는 아들을 낳았다.
빅토르라고 이름 지었다.
침례는 6월 말에 하기로 정해졌다.

La 28-an de junio, dimanĉe, ni estis en la preĝejo "Sankta Dipatrino". Estis Sandra, Mitko, iliaj gepatroj, parencoj, miaj gepatroj kaj mi. Mi estis la baptopatrino.

Ĉiuj feste vestitaj kaj ĉiuj seriozaj. Viktor estis en miaj brakoj kaj mi tenis la plej karan estaĵon en la mondo. Mia animo kantis. Mi estis feliĉa. Viktor rigardis min per siaj nigraj okuletoj kaj eble li miris kio okazas. Mi aŭskultis la parolon de la pastro kaj antaŭ mi kvazaŭ malfermiĝus pordo al alia pli bela kaj pli bona mondo.

La altaro kaj la ikono de Sankta Maria estis lumigita de oreca lumo. Dia Patrino rigardis min per siaj kvietaj okuloj kaj kvazaŭ ŝi flustrus al mi: "Vi estos patrino." Esti patrino, doni vivon estas la plej benita ago. Naski infanon, zorgi pri ĝi, ami, eduki ĝin, montri al ĝi la belecon de la vivo estas la majesta devo de ĉiu patrino. Mi rigardis la ikonon kaj en mi ĝermis la deziro havi infanon. Mi deziris premi al mia brusto bebon. Mi deziris aŭdi tintan infanan ridon. Naski kaj daŭrigi la vivon. Mi ne deziris resti sola.

6월 28일 일요일에 우리는 성모 성당에 있었다.

산드라, 미트코, 그들의 부모, 친척, 나의 부모와 내가 참석했다.

나는 침례 엄마였다.

모두 축제처럼 옷을 잘 차려입고 진지했다.

빅토르는 내 팔에 있어 나는 이 세상에서 가장 사랑스러운 존재를 안고 있다.

내 영혼은 노래했다. 나는 행복했다.

빅토르는 검고 작은 눈으로 나를 쳐다보지만 아마 무슨 일이 일어나는지 모를 것이다.

나는 신부님의 설교를 들었다.

내 앞에 마치 더 예쁘고 더 좋은 다른 세계를 향한 문이 열려 있는 듯했다.

성모 마리아 제단과 조각상이 황금빛으로 빛나고 있다.

성모가 나를 조용한 눈동자로 쳐다보고 마치 내게 '너는 엄마야.' 하고 속삭이는 듯하다.

생명을 주는 엄마가 되는 것은 가장 축복받은 행동이다.

아이를 낳고 돌보고 사랑하고 교육하고, 삶의 아름다움을 보여주는 것은 모든 엄마의 대단한 의무다.

나는 조각상을 쳐다보고 내 속에 아이를 갖고 싶은 소망이 자라났다.

나는 가슴으로 아이를 안고 싶었다.

생글거리는 아이의 웃음을 듣고 싶었다.

낳고 생을 계속하는 것, 나는 혼자 남고 싶지 않았다.

7.

Itala firmo komencis konstrui en nia urbo grandan fabrikon pri sportaj ŝuoj kaj vestoj. La laboristoj estis el diversaj urboj. La estroj de la fabrikkonstruado kaj iuj el la laboristoj loĝis en la urba hotelo "Blua Monto".

Ĉiun matenon, kiam mi iris al la apoteko, mi paŝis preter la hotelo. Matene la laboristoj eliris kaj per aŭtobuso ekveturis al la konstruanta fabriko.

Iun matenon, estis vendrede, unu el la laboristoj alparolis min:

-Bonan matenon – diris li. – Mi petas pardonon pro la ĝeno, sed mi deziras demandi vin kiel ni iru al la montodomo "Horizonto". Ni, kelkaj laboristoj, ŝatas pasigi la dimanĉan tagon en la montodomo.

Mi klarigis al li:

-Vi devas eliri el la urbo kaj tie, ĉe la rivero, maldekstre, estas vojo al la montodomo. Vi vidos ŝildon, kiu montras la direkton.

-Koran dankon – diris li.

7장. 키릴과 만나고 헤어짐

이탈리아 회사가 우리 도시에 스포츠용 신발과 옷 공장을 크게 짓기 시작했다.

노동자들이 여러 도시에서 왔다.

공장 건축 책임자들과 노동자 중 일부가 도시의 호텔 블루 아몬토에서 거주했다.

매일 아침, 나는 약국으로 갈 때 호텔 옆으로 지나갔다.

아침에 노동자들이 거기에서 나와 버스를 타고 건축중인 공장으로 갔다.

어느 아침 금요일에 노동자 한 사람이 내게 말을 걸었다.

"안녕하세요?"

남자가 말했다.

"귀찮게 해서 죄송합니다만 산장 호리존토에 어떻게 가는지 묻고 싶습니다.

우리 노동자 가족 몇 명은 일요일에 산장에서 지내길 좋아하거든요."

내가 남자에게 설명해줬다.

"도시에서 나와 거기 강가에서 왼쪽에 산장으로 가는 길이 있어요.

방향을 알려주는 간판을 볼 거예요."

"감사합니다."

남자가 말했다.

Lunde matene, kiam mi iris al la apoteko la viro estis antaŭ la hotelo kaj li denove alparolis min:

-Mi kore dankas al vi – diris li. – Dimanĉe ni estis en la montodomo kaj ni pasigis tie bonegan tagon.

-Mi ĝojas – respondis mi kaj daŭrigis la iradon al la apoteko.

Post tiuj ĉi du konversacioj ĉiun matenon mi vidis la viron antaŭ la hotelo kaj ni komencis saluti unu la alian. Li estis simpatia, samaĝa al mi, eble tridek aŭ tridek trijara, alta kun kafkolora hararo kaj malhelverdaj okuloj. Li nomiĝis Kiril kaj li komencis ofte veni en la apotekon.

Estis agrablaj someraj tagoj. La alta monto ĉe la urbo, simila al giganto kun verda pelerino, logis la homojn al la malvarmeta arbaro, al la herbejoj, al la fontoj kun kristala akvo. Miaj tagoj pasis monotone kiel malrapida vagonaro, kiu rampas tra vasta dezerta kamparo. La konversacioj kun Kiril iom distris min. Foje li proponis, ke ni renkontiĝu post la fino de mia labortago.

월요일 아침에 내가 약국으로 갈 때
그 남자가 호텔 앞에 서서 다시 내게 말을 걸었다.
"정말 감사합니다."
남자가 말했다.
"일요일에 우리는 산장에 가서
거기서 즐겁게 지냈습니다."
"잘 되었네요."
내가 대답하고, 약국으로 계속 걸어갔다.
이 두 번의 대화 뒤에 매일 아침 호텔 앞에서
그 남자를 보고 우리는 서로 인사하기 시작했다.
남자는 친절하고 나와 비슷한 나이로
30살 아니면 33살이고,
키가 크며 커피색 머리카락에
어두운 초록색 눈동자를 가졌다.
이름은 키릴이고 자주 약국에 오기 시작했다.
상쾌한 여름날이었다.
도시 근처 높은 산은 푸른 목도리를 두른 거인 같아서,
시원한 숲으로, 풀밭으로, 수정같이 맑은 물이 있는 샘터로
사람들을 유혹했다.
나의 일상은 넓은 사막 같은 벌판을 지나
느릿느릿 기어가는 기차처럼 단조롭게 지나갔다.
키릴과 나누는 대화는 나를 조금 즐겁게 했다.
한 번은 내가 일을 마친 뒤 만나자고 키릴이 제안했다.

Mi konsentis kaj ni iris en la kafejon de la hotelo. Kiril mendis kafojn. La somera posttagmezo estis kvieta. Ni sidis unu kontraŭ alia kaj babilis. Kiril rakontis al mi, ke du jarojn li laboris en Italio, kie li konatiĝis kun la estroj de la firmo, kiu nun konstruas la fabrikon. Mi rigardis lin kaj nevole mi komparis lin al Dragomir. Dragomir preferis surhavi kostumon, kravaton kaj Kiril ĉiam estis vestita en ĝinso kaj koloraj ĉemizoj. Ni komencis pli ofte esti kune kaj nun mi malfacile povus klarigi kial. Ĉu la enuo dum la longaj someraj tagoj igis min esti kun Kiril, aŭ la natura bezono, ke mi estu kun iu, mi havu konaton kaj amikon. Ni promenadis, konversaciis kaj iom post iom mi sentis, ke se unu tagon mi ne vidus Kiril, mi tristus.

Kiril tamen estis iom stranga. Kiam li rakontis ion, li ŝatis iom troigi. Li memfidis kaj fanfaronis. Estis agrable aŭskulti lin, ĉar li spertis bilde paroli. Ni, la virinoj, ŝatas aŭskulti interesajn historiojn, malgraŭ ke ne ĉiam ni kredas, ke ili estas veraj.

Iel nerimarkeble Kiril ravis min.

나는 동의하고 우리는 호텔 카페에 갔다.

키릴은 커피를 주문했다.

여름 오후는 조용했다.

우리는 마주 보고 앉아 수다를 떨었다.

키릴이 내게 2년간 이탈리아에서 일했는데 거기서 지금 공장을 건축하고 있는 회사 책임자들을 알게 되었다고 이야기했다.

키릴을 보면서 의도하지 않게 드라고미르하고 비교했다.

드라고미르는 정장에 넥타이를 더 좋아했는데 키릴은 항상 청바지와 색깔 있는 셔츠를 입었다.

우리는 더욱 자주 함께 있게 되었고 지금 이유를 설명하기는 어렵다.

긴 여름의 지루한 날이 키릴하고 같이 있게 했는지 아니면 내가 지인이나 친구를 가져서 누군가와 함께 있을 자연스런 필요성 때문에 그렇게 했는지 모른다.

우리는 산책하고 대화하고 조금씩 하루라도 키릴을 보지 못하면 슬픔을 느꼈다.

그러나 키릴은 조금 이상했다.

뭔가 이야기할 때 조금 과장하기를 좋아했다.

자신이 있고 허풍을 떨었다.

그림처럼 말하는 재능이 있어서 그 이야기 듣기가 즐거웠다. 우리 여자들은 재미있는 이야기 듣기를 좋아한다.

그것이 진실이라고 항상 믿지 않을지라도

어떻게든 나도 모르게 키릴은 나를 홀렸다.

Tamen mi devas konfesi, ke mi estis dankema al li, ĉar li eltiris min el miaj monotonaj tristaj tagoj. Kiril faris tion nature, li rompis mian solecon, kvazaŭ li subite ĵetus vitran glason sur la plankon, kiu rompiĝis brue kaj vekis min. Kiril ĝuis paroli, mi ĝuis aŭskulti lin. Liaj amuzaj historioj ne havis finon.

Ofte Kiril kaj mi estis en lia hotela ĉambro. Iun posttagmezon ekstere pluvis. Komenciĝis tempesto. La monto iĝis minace nigra. La someraj tempestoj venas rapide. Alflugas ventego, kiu alportas nigrajn nubojn. La suno malaperas. La stratoj iĝas senhomaj kaj la tuta urbo timeme atendas la tempeston.

Ni sidis ĉe la eta tablo en la hotela ĉambro kaj ni trinkis konjakon. Dimanĉe ni planis ekskursi al vilaĝo Drumevo, kie estis malnova rimarkinda monaĥejo, konstruita sur alta roko en la monto. Sub la roko fluis montara rivero. Ĉe la rivero vastiĝis senarbejo kaj proksime al ĝi komenciĝis jarcenta faga arbaro.

-Ni ekiros frumatene – diris Kiril – kaj ni estos tie dum la tuta tago. Mi fiŝkaptados en la rivero. Oni diras, ke en ĝi estas trutoj.

그러나 나는 키릴에게 감사하다고 고백해야 하는데,

왜냐하면, 단조로운 슬픈 날에서

나를 꺼내주었기 때문이었다.

키릴은 그것을 자연스럽게 하고 마치 갑자기 유리잔을 바닥에 던져 시끄럽게 부수어 나를 깨우듯이 나의 외로움을 부수었다. 키릴은 말하기를 즐겼고 나는 듣기를 즐겼다.

키릴의 즐거운 이야기는 끝이 없었다.

우리는 자주 키릴의 호텔 방에 함께 있었다.

어느 날 오후 밖에 비가 내렸다. 폭풍이 시작됐다.

산은 위협적으로 검어졌다. 여름 폭풍은 빠르게 왔다.

검은 구름을 옮기는 강한 바람이 날아들었다.

해는 사라졌다. 거리는 인적이 끊기고 모든 도시는 두려움에 폭풍을 기다렸다.

우리는 호텔 방에서 작은 탁자에 앉아서,

코냑을 마셨다.

일요일에 우리는 드루메보라는 마을로 여행하기로 계획했는데, 거기에는 놀랄 정도로 오래된 기도원이 산의 높은 바위 위에 지어져 있었다.

바위 아래로는 계곡물이 흘렀다.

강가에 평원이 넓게 펼쳐져 있고 거기 가까이에 100년 된 너도밤나무숲이 시작했다.

"이른 아침에 출발합시다. 그리고 거기서 온종일 있어요. 나는 강에서 낚시할게요. 거기에 송어가 있다는 말을 들었어요." 키릴이 말했다.

Ekstere torente pluvis. Akraj fulmoj kiel fajraj langoj tranĉis la firmamenton. Surdigaj tondroj skuis la hotelon. Mi premis min en la ĉirkaŭbrako de Kiril. Ĉe li mi estis trankvila. Per sia granda varma manplato li karesis mian hararon. Internan fajron mi sentis. Mi iĝis malforta. Kiel en profunda dormo mi sinkis en la brakumo de Kiril. Niaj kisoj, pli kaj pli teneraj kaj pli dolĉaj, narkotis min. Mi iĝis malpeza kiel plumo.

De ekstere kiel elpafitaj kugloj daŭre aŭdiĝis la tamburo de la pezaj pluvaj gutoj. Mi kaj Kiril kuŝis en la lito. Senforta mi similis al matura sukplena persiko. Niaj vestoj kiel blankaj birdflugiloj estis sur la planko. Ni silentis, rigardantaj la plafonon. La ĉambro estis malluma, la mebloj ne videblis.

Dimanĉe matene mi kaj Kiril ekiris al vilaĝo Drumevo, kaŝita en la monto. La domoj estis malgrandaj unuetaĝaj, sed la kortoj - vastaj kun multaj fruktaj arboj.

Estis ankoraŭ frue, kiam ni alvenis kaj sur la vilaĝa placo videblis nur kelkaj viroj, kiuj sidis ĉe tablo antaŭ la kafejo kaj trinkis kafon.

밖에는 빠르게 비가 내렸다.

날카로운 번개가 불의 혀처럼 하늘을 갈랐다.

귀를 멍하게 하는 천둥이 호텔을 흔들었다.

나는 키릴의 포옹 속에서 더욱 꼭 안겼다.

키릴 옆에서 나는 편안했다.

키릴은 크고 따뜻한 손바닥으로 내 머리를 쓰다듬었다.

내적인 불을 느꼈다.

나는 약하게 되었다.

깊은 잠이 든 것처럼 키릴의 팔 안에 가라앉았다.

우리의 키스는 점점 부드럽고 달콤해서 나를 취하게 했다.

나는 깃털처럼 가벼워졌다.

밖에서는 발사된 총알처럼 무거운 빗방울이 북 치듯 계속 소리를 냈다.

나와 키릴은 침대에 누웠다.

힘없는 나는 잘 익은 즙이 많은 복숭아 같았다.

우리의 옷은 하얀 새 날개처럼 바닥에 던져졌다.

천장을 바라보면서 우리는 조용했다.

방은 어둡고 가구는 보이지 않았다.

일요일 아침에 우리는 산속에 숨겨진 드루메보 마을로 출발했다.

집들은 작고 단층집이었지만,

정원은 많은 과일나무가 있어 넓었다.

우리가 도착할 때는 아직 일러 마을 광장에는 카페 앞 탁자에 앉아서 커피 마시는 남자만 몇 명 보였다.

Ni trapasis la vilaĝon kaj sur montaran vojon ni ekiris al la monaĥejo. Ni marŝis unu horon tra la arbaro kaj subite antaŭ ni aperis granda herbejo. Ĉe ĝia rando estis la rokoj, sur kiuj videblis la blanka kostruaĵo de la monaĥejo "Sankta Georgo". Belega vidindaĵo: la verda herbejo, la arbaro, la grizaj altaj rokoj kaj la blanka monaĥejo, simila al miranda birdo. Kiril rigardis kaj verŝajne li ne kredis, ke la vidindaĵo estas reala.

-Kiel oni konstruis la monaĥejon sur la rokoj? – demandis li.

Mi komencis rakonti.

-Estas interesa legendo – diris mi. – Delonge, en la fora pasinteco la homoj sciis, ke tiu ĉi loko estas sankta. Ĝi havis sanigan forton. Ĉi tien venis malsanuloj, kiuj devis tranokti ĉe la rivero kaj matene, kiam ili vekiĝis kaj kiam ili vidis la aperintan sunon, ili estis jam resanitaj. Tiam la vilaĝanoj el Drumevo decidis konstrui ĉi tie monaĥejon. Ili alportis ŝtonojn, lignajn trabojn kaj komencis la konstruadon. La ŝtonoj, la traboj estis proksime al la rivero, kie devis esti la monaĥejo.

우리는 마을을 지나쳐 산길로 수도원에 갔다.

숲속을 지나 1시간 정도 걷자 갑자기 우리 앞에 큰 풀밭이 나왔다.

그 변두리에 바위가 있고

하얀 건축물 '성 게오르그' 기도원이 보였다.

정말 아름다운 볼거리로,

푸른 풀밭, 숲, 회색의 높은 바위, 놀랄만한 새를 닮은 하얀 기도원.

키릴은 그것을 바라보고

정말 볼거리가 실재임을 믿지 못한 듯했다.

"어떻게 바위 위에 기도원을 지었지?"

키릴이 물었다.

"흥미로운 전설이 있어요."

내가 말하기 시작했다.

"오래전 먼 과거에 사람들은 이곳이 성스럽다고 믿었어요.

그것은 치료하는 힘을 가졌어요.

여기에 환자들이 와서,

강가에서 하룻밤을 자고

아침에 일어나서 떠오르는 해를 보면

그들은 이미 건강해졌죠.

그때 드루메보의 마을 사람들이 여기에 기도원을 짓기로 마음먹었어요.

그들은 돌, 나무 들보를 나르고 건축을 시작했어요.

돌과 나무 들보는 기도원을 지을 강 가까이에 두었죠.

Kiam vesperiĝis la masonistoj revenis en la vilaĝon. Matene, kiam ili denove venis ĉi tien por daŭrigi la konstruadon, ili vidis, ke la ŝtonoj kaj traboj ne estas ĉe la rivero, sed supre sur la rokoj. La konstruistoj tamen reportis ilin ĉe la rivero kaj daŭrigis la konstruadon. La sekvan matenon la ŝtonoj kaj la traboj denove estis sur la rokoj. Tio okazis kelkfoje kaj fin-fine la konstruistoj decidis konstrui la monaĥejon sur la rokoj.

-Interesa legendo – diris Kiril.

Jes, meditis mi. Kiom da legendoj kaj mitoj ekzistas. La homoj rakontis ilin, oni ne forgesis ilin. Pasis jaroj kaj jarcentoj, sed la legendoj ne malaperis. Kio estas la legendoj? Kion ili diras al ni? Kiajn mesaĝojn ili havas? Ŝajne en la legendoj estas sekretoj, kiujn ni ne povas deĉifri.

La homoj ankoraŭ kredas, ke tiu ĉi loko, sur tiu ĉi herbejo, ĉe la monta rivero kaj ĉe la monaĥejo "Sankta Georgo" estas sankta kaj saniga. Eĉ nun ili venas kaj tranoktas ĉi tie kaj eble matene, kiam la suno aperas ili resaniĝas.

Mi kaj Kiril sidis ĉe la rivero.

저녁이 되고 석수장이들이 마을로 돌아왔지요.
아침에 공사를 계속하려고 다시 여기에 왔는데 돌과 들보가
강가에 있지 않고 바위 위에 있는 것을 봤어요.
건축자들은 그것들을 다시 강가로 나르고
공사를 계속했어요.
다음 날 아침 돌과 들보는 다시 바위 위에 있었지요.
그런 일이 몇 번 생기자 마침내 건축자들은 바위 위에 기도
원을 짓기로 했어요."
"흥미로운 전설이네요." 키릴이 말했다.
정말 나는 생각했다.
얼마나 많은 전설과 신화가 있는가?
사람들은 그것을 이야기하고 그것을 잊지 않는다.
수년과 수백 년이 지났지만,
전설은 사라지지 않았다.
전설이란 무엇인가?
그것은 우리에게 무엇을 말하는가?
어떤 메시지를 가지고 있는가?
전설 속에는 우리가 풀 수 없는 비밀이 있는 듯하다.
사람들은 이곳이, 풀밭 위
계곡물 옆 기도원 '성 게오르그'가
성스럽고 건강하게 하는 곳이라고 여전히 믿는다.
지금도 그들은 오고 여기서 하룻밤을 자고,
아마 아침에 해가 떠오를 때 건강해진다.
나와 키릴은 강 옆에 앉았다.

Mi portis sandviĉojn, kafon kaj ni matenmanĝis. Poste ni supreniris sur etan padon al la rokoj kaj ni eniris la monaĥejon. Ĉe la enirejo bonvenigis nin juna monaĥo.

-Bonan venon – diris li. – Dio venigis vin ĉi tien.

-Bonan tagon. Ni deziras trarigardi la monaĥejon – diris mi.

-Bonvolu.

Ni enris la etan preĝejon, en kiu regis duonlumo kaj odoris je incenso.

La kandeloj flamis, similaj al lampiroj.

La ikonoj estis malnovaj kaj la pentritaj sanktuloj rigardis nin silente kaj kviete.

La plej granda estis la ikono de Sankta Georgo. De lia figuro radiis majeston.

Ni eliris. La forta suno blindigis nin por momento. Ni revenis al la rivero. Kiril preparis sian fiŝhokaron kaj iris fiŝkaptadi.

Mi rigardis la belegan pejzaĝon kaj mi sentis, ke miraklaj fortoj enverŝiĝas en mian korpon. Ĉu tiu ĉi loko vere estas neordinara?

Mi ĝuis la trankvilon kaj mi pensis, ke malmulte necesas por ke ni, la homoj, estu feliĉaj.

나는 샌드위치와 커피를 가져 와서,

아침 식사를 했다.

나중에 바위로 가는 작은 오솔길로 걸어 올라가서 기도원에 들어갔다.

입구에 젊은 수도사가 우리를 맞이해주었다.

"안녕하세요. 하나님이 당신을 이곳에 보내셨어요."

수도사가 말했다.

"안녕하세요. 우리는 기도원을 둘러보기 원합니다."

내가 말했다.

"어서 오세요."

우리는 반쯤 조명이 켜있고 향냄새가 나는 작은 기도실로 들어갔다. 초가 반딧불처럼 빛났다.

조각상은 오래되고 그려진 성인들이 말없이 편안하게 우리를 보고 있었다.

가장 큰 것은 성 게오르그의 조각상이었다.

얼굴에서 고귀함이 빛났다.

우리는 나왔다.

강한 햇빛때문에 잠시 앞을 보지 못했다.

우리는 강으로 돌아갔다.

키릴은 낚시 도구를 준비하고 낚시하러 갔다.

나는 멋진 광경을 바라보고 기적의 힘이 내 몸속에 들어옴을 느꼈다. 이곳은 정말 이상한 곳인가?

나는 편안함을 즐겼고 우리 사람이 행복해지려면 많은 것이 필요하지 않다고 생각했다.

Nur en la sino de la naturo ni sentas la harmonion de la ekzisto.

Je tagmezo Kiril revenis, portanta kelkajn fiŝojn. Proksime, ĉe kelkaj ŝtonoj, estis fajrujo. Ni rostis la fiŝojn, agrabla fiŝodoro tiklis nian apetiton. Estis bongusta tagmanĝo.

Ni pasigis la tutan tagon ĉi tie kaj kiam la suno komencis subiĝi ni ekiris al Srebrovo.

Pasis lundo, mardo, sed Kiril ne telefonis al mi. Li ne estis en la hotelo. Malbonaj pensoj kiel rabaj birdoj atakis min. Kie estas Kiril? Kio okazis al li? Ĉu akcidento dum la konstruado? Kial li ne telefonas? Kelkfoje mi provis telefoni al li, sed lia telefono ne funkciis. Mi iris en la hotelon kaj mi demandis la estron de la konstruado kio okazis al Kiril. Li alrigardis min iom strange kaj li diris:

-Kiril foriris.

-Kien?

-Al urbo Plovdiv, kie li loĝas.

-Kiam li revenos? – demandis mi.

-Li ne revenos. Lia edzino telefonis, ke ilia infano estas malsana.

-Ĉu edzino, infano?

오직 자연 그 속에서 존재의 조화를 느낀다.

정오에 키릴은 물고기를 몇 마리 잡아 돌아왔다.

근처 돌 몇 개 위에 불 피우는 곳이 있었다.

우리는 물고기를 굽고, 향긋한 생선 냄새가 우리 식욕을 돋 웠다. 맛있는 점심이었다.

우리는 온종일 여기서 보내고 해가 지기 시작할 때 스레브 로보로 출발했다.

월요일, 화요일이 지나도 키릴은 전화하지 않았다.

키릴이 호텔에 없었다.

맹금(猛禽)처럼 나쁜 생각이 나를 공격했다.

키릴은 어디 있는가? 무슨 일이 생겼는가?

공사 중에 사고가 있나?

왜 내게 전화하지 않지?

몇 번 전화하려고 했지만, 전화기는 꺼져 있었다.

나는 호텔에 가서 공사 관리자에게 키릴에게 무슨 일이 있 냐고 물었다.

남자는 조금 이상하게 나를 보더니 말했다.

"키릴은 떠났어요."

"어디로요?"

"자기가 사는 플로브디브 시(市)로."

"언제 돌아오나요?" 내가 물었다.

"돌아오지 않아요. 그 사람 아이가 아프다고 부인이 전화 했어요."

"부인이요? 아이요?"

Mi ne kredis, ke mi aŭdis tion. Kiril ne diris al mi, ke li havas edzinon kaj infanon.

Mi ne sciis, ke li estas edzita. Mi preskaŭ ne svenis. Malrapide mi turnis min kaj foriris. Mi fartis terure. Kiril mensogis min kaj forkuris. Jam de monato mi estis graveda. Mi diris tion al Kiril kaj tiam li ŝajnigis, ke li ĝojas kaj estas feliĉa. Nun mi deziris tuj ekveturi al urbo Plovdiv kaj serĉi lin, sed mi ne sciis lian hejman adreson.

Tamen mi pretis nepre trovi lin. Ja, li estas la patro de nia estonta infano. Ĉu mi estis tiom naiva? Mi kredis al Kiril. Nun mi sentis min humiligita, trompita, perfidita.

Mi rememoris la tagojn, kiujn mi pasigis kun li. Mi tute ne deziris kredi, ke li agis tiel malhoneste al mi. Mi fidis lin. Ĉu eblas tiel agi? Kial li mensogis min? Kial li ne diris al mi, ke li havas edzinon kaj infanon? Mi esperis, ke li revenos. Ŝajnis al mi, ke subite mi vidos lin antaŭ mi.

Sed Kiril forkuris kaj ne revenis. Mi ne vidis lin plu. Kvazaŭ neniam li ekzistus. Tamen mi decidis – mi naskos la infanon!

나는 들은 것을 믿지 못했다.

키릴은 내게 부인과 자녀가 있다고 말하지 않았다.

결혼했는지 나는 알지 못했다. 나는 거의 휘청거렸다. 천천히 몸을 돌려 나왔다. 처참하게 지냈다.

키릴이 거짓말했고 떠났다.

이미 한 달 전에 나는 임신했다.

나는 그것을 키릴에게 말했고 그때 키릴은 기쁘고 행복한 듯 보였다.

지금 나는 당장 플로브디브 시로 가서 키릴을 찾고 싶었지만, 집 주소를 알지 못했다.

하지만 꼭 찾아야 했다.

정말 키릴은 앞으로 태어날 아기의 아버지다.

나는 그토록 순진한가? 나는 키릴을 믿었다.

지금 나는 무시당하고 속고 배신당한 느낌이었다.

나는 키릴과 함께 보낸 날들을 기억했다.

키릴이 내게 그렇게 부정직하게 행동했다고 전혀 믿고 싶지 않았다. 나는 키릴을 믿었다. 그렇게 행동하는 것이 가능한가? 왜 나를 속였는가? 아내와 자녀가 있다고 왜 내게 말하지 않았는가?

키릴이 돌아오기를 바랐다.

갑자기 내 앞에서 키릴을 보는 것 같았다.

그러나 키릴은 멀리 떠났고 돌아오지 않았다. 더 키릴을 볼 수 없었다. 마치 키릴이 한번도 존재하지 않는 것 같았다.

하지만 나는 아이를 낳을 거라고 결심했다.

Du monatojn neniu supozis, ke mi estas graveda. Iun vesperon, kiam ni vespermanĝis, mi diris al miaj gepatroj, ke baldaŭ mi naskos. Ili stuporiĝis, rigardis min senmovaj kaj ili ne povis reagi.

-Ĉu? – ekploris panjo. – Eva, kion diros la homoj? Vi havos infanon, sed vi ne havas edzon!

Tiuj ĉi ŝiaj vortoj kolerigis min.

-Ne gravas kion diros la homoj! Pli gravas, ke mi havos infanon!

-Tamen… – provis daŭrigi panjo.

-Mi jam decidis! Mi naskos la infanon kaj mi mem zorgos pri ĝi!

-Estos ege malfacile – diris paĉjo.

-Mi scias.

Mi bone komprenis miajn gepatrojn. Kiel ĉiuj gepatroj, ili deziris, ke mi havu edzon, familion. Panjo tre dolore akceptis la novaĵon. Ŝi estis instruistino. Ŝi naskiĝis kaj vivis en tradicia kristana familio kaj ŝi ne povis imagi, ke mi havos infanon sen edzo. En ŝiaj malhelaj okuloj mi vidis ĉagrenon kaj doloron. Mi konsciis, ke mi vundis ŝin.

두 달이나 그 누구도 내가 임신한 것을 알지 못했다.
어느 날 저녁에 식사를 하면서 곧 아이를 낳을 것이라고 부모님께 말씀드렸다.
그들은 말없이 나를 바라보면서 정신을 못차리시더니,
아무런 반응도 할 수 없었다.
"정말로?" 엄마가 울음을 터뜨리셨다.
"에바야, 사람들이 무엇이라고 말하겠니?
아이는 있는데 남편이 없잖아."
엄마의 이 말이 나를 화나게 했다.
"남들이 말하는 것은 중요하지 않아요.
더 중요한 것은 제가 아이를 낳는 것이죠."
"그렇지만…."
엄마가 계속 말하려고 하셨다.
"벌써 결심했어요.
아이를 낳을 거고 제 스스로 키울게요."
"정말 힘들 텐데…." 아빠가 말씀하셨다.
"저도 알아요." 나는 부모님을 잘 안다.
모든 부모처럼 내가 남편과 가정을 갖기를 바라셨다.
엄마는 아주 고통스럽게 이 소식을 받아들이셨다.
엄마는 교사셨다.
전통적인 기독교 가정에서 태어나 자라서서,
내가 남편 없이 자녀를 가지리라고 상상할 수 없으셨다.
엄마의 어두운 눈에서 괴로움과 고통을 보았다.
내가 엄마에게 상처 준 것을 알았다.

Ne ŝi, nek paĉjo demandis min pri Kiril. Ili ne konis lin, sed ili sciis, ke mi ofte pasigis la tempon kun li. Ŝajnis al mi, ke paĉjo pli filozofie akceptis la novaĵon pri mia gravedo. Li revis havi nepon. Vere, li neniam supozis, ke li ne havos bofilon, sed nun li havos nepon kaj eble tio ĝojigis lin.

엄마도 아빠도 키릴에 대해서는 묻지 않으셨다.
그들은 키릴을 알지 못하셨지만,
내가 자주 함께 시간을 보낸 것은 아셨다.
아빠는 더 철학적으로 나의 임신 소식을 받아들이는 것 같았다.
아빠는 손자 갖기를 꿈꾸셨다.
정말 사위를 가질 것이라고 조금도 짐작하지 않으셨지만,
지금 손자를 갖게 되어 아마 그것이 기쁘셨다.

8.

Je mia aĝo estis riske naski. Mi estis tridek trijara kaj mia gravedo tute ne estis facila. En monato aprilo mi naskos kaj je la komenco de marto mi eniris la akuŝejon, ĉar antaŭ la nasko la kuracistoj devis zorgi pri mia sanstato.

Dum mi estis en la akuŝejo, mi denove pripensis ĉion, kio okazis al mi. Jes, mi tre deziris havi infanon. En la hospitalo mi konatiĝis kun kelkaj estontaj patrinoj kaj niaj konversacioj estis nur pri la infanoj, kiujn ni naskos.

Ĉe mia lito estis la lito, sur kiu kuŝis Nevena. Tridek kvinjara ŝi estis alta forta virino kun blanka kiel lakto vizaĝo kaj helverdaj okuloj. Nevena estis kontistino en entrepreno, kiu produktas meblojn. Dum la longaj horoj en la hospitalo ni konversaciis. Nevena rakontis al mi sian vivon.

-Mi estis dekokjara, kiam mi edziniĝis - diris Nevena. - Mia edzo estas juĝisto. Li ne estas el Srebrovo. Post la fino de la universitato li eklaboris en la juĝejo en nia urbo.

8장. 릴리를 출산하다

지금 나이에 애를 낳는 것은 위험했다.

나는 33세이고 임신은 전혀 쉽지 않았다.

4월에 아이를 낳을 예정이고 이미 3월 초라 조산원에 들어갔는데,

왜냐하면 낳기 전에 의사가 내 건강 상태를 돌보아야 하기 때문이었다.

지금 조산원에 있는 동안 내게 일어난 모든 일에 대해 다시 생각했다.

맞아. 나는 정말 아이를 갖기 원했다.

병원에서 앞으로 엄마가 될 몇 명을 알게 되고, 우리의 대화는 우리가 낳을 아이에 대한 것 뿐이었다.

내 침대 옆에 네베나가 누워 있는 침대가 있었다.

35세로 키가 크고 건강하며, 우유처럼 하얀 얼굴에 밝고 푸른 눈동자를 가졌다.

네베나는 가구 생산하는 회사에서 회계원이었다.

여러 시간 병원에서 우리는 대화했다.

네베나는 자기 인생을 내게 이야기했다.

"나는 18세에 결혼했어요." 네베나가 말했다.

"내 남편은 법관이죠

남편은 스레브로보 출신이 아니예요

대학을 마친 뒤 우리 도시에 있는 재판소에서 일했어요.

Miaj gepatroj havas loĝejon, kiun li luis. Tiel ni konatiĝis. Kiam mi finis gimnazion ni geedziĝis kaj jam dekkvin jarojn ni estas geedzoj, sed bedaŭrinde mi ne povis gravediĝi.

Mi kaj Milko, tio estas la nomo de mia edzo, ege deziris havi infanon. Oni komencis kuraci min.

Dum dek jaroj la kuracistoj provis multajn kuracmetodojn, sed malsukcese. Estsis turmente, sed mi faris ĉion eblan.

Fin-fine mi devis akcepti la fakton, ke mi ne povas gravediĝi. Tamen tute neatendite okazis miraklo. Mi ne scias kiel. Dio helpis min. La kuracistoj same ne deziris kredi, ke mi estas graveda. Por ke ĉio estu en ordo kaj mi nasku senprobleme, oni proponis al mi dum iom da tempo esti en la hospitalo antaŭ la nasko.

Nevena rakontis tion al mi kaj mi vidis la ĝojon kaj feliĉon sur ŝia vizaĝo. Mi admiris ŝin, ĉar ŝi faris ĉion por havi infanon.

Nevena travivis multajn malfacilaĵojn, ĉagrenojn, tamen ŝi ne perdis la esperon. Ŝi kuraĝe agis kaj nun ŝi estis antaŭ la plej grava evento en sia vivo. Baldaŭ Nevena naskos.

우리 부모는 남편이 세든 집의 주인이었어요.

그래서 우리는 알게 되었죠.

내가 고등학교를 마치고 우리는 결혼했으며,

벌써 결혼한지 15년이네요.

하지만 아쉽게도 임신할 수 없었어요.

나와 밀코는, 밀코는 남편 이름인데, 자녀 갖기를 엄청 원했어요. 나를 치료하기 시작했어요.

10년간 여러 방법을 시도했지만 실패했어요.

고통스러웠지만 가능한 모든 일을 다 했어요.

마침내 임신할 수 없다는 사실을 받아들여야 했어요. 하지만 전혀 예상치 않게 기적이 일어났어요. 어떻게 하나님이 나를 도와주었는지 알지 못해요.

의사도 마찬가지로 내가 임신했다고 믿을 수 없었어요. 모든 것이 잘 진행되고 문제없이 애를 낳도록, 애 낳기 전에 어느 정도 병원에 있으라고 사람들이 권했어요."

네베나는 내게 그것을 말하고 나는 그 얼굴에서 기쁨과 행복을 보았다.

나는 아이를 갖기 위해 모든 것을 했기 때문에 네베나를 칭찬했다.

네베나는 많은 어려움과 괴로움을 겪었지만 희망을 잃지 않았다.

용기있게 행동하고 지금 인생에서 가장 중요한 행사 앞에 있다.

곧 네베나는 아이를 낳을 것이다.

Ankaŭ mi senpacience atendis la momenton de mia nasko. Mi iom timiĝis kaj mi preĝis, ke dum la nasko ĉio estu en ordo. En la hospitalo mi legis horoskopojn kaj mi provis diveni kia estos mia ido. Kia estos ĝia karaktero? Ĝi naskiĝos eble je la fino de monato aprilo kaj estos sub la signo de Taŭro. Mi demandis min al kiu similos mia ido, ĉu al mi, aŭ al Kiril. Tamen mi ne deziris pensi pri Kiril. Mi bedaŭris, ke mi estis kun li. Tre naiva mi estis. Mi ne povis bone ekkoni lin kaj mi ne supozis, ke li estas ĉarlatano kaj mensogulo. Kial li trompis min? Kial li mensogis min? Tamen nun por mi gravis kaj mi ĝojis, ke mi havos infanon.

Estis momentoj, kiam mi demandis min ĉu mia deziro havi infanon igis min esti kun Kiril? Ĉu mi subiĝis al la eterna ina destino daŭrigi la vivon? Nun, en la hospitalo, mi provis kompreni tion. Tre forta estas la deziro esti patrino kaj ne eblas kontraŭstari al ĝi. Kiril estis juna, forta, alloga. Mi estis pli aĝa ol li kaj se mi devus esti sincera, eble ne li, sed mi allogis lin. Ĉu mi agis iom ruze?

나 역시 출산의 순간을 애가 타게 기다렸다.

조금 떨렸고 출산 과정 모든 것이 잘 진행되도록 기도했다.

병원에서 별점을 읽고 내 아이는 어떨지 예측하려고 했다.

그 특징은 어떨까? 아마 4월말에 태어나서

황소자리 신호 아래에 있을 것이다.

나는 아이가 누굴 닮았을까 궁금했다.

나일까? 키릴일까?

그러나 키릴을 생각하지 않기로 했다.

내가 키릴과 함께 있었고

그렇게 순진했었으니 유감스러웠다.

나는 키릴을 제대로 알아차리지 못했고 허풍쟁이에 거짓말
장이라는 것을 짐작도 못 했다.

왜 키릴은 나를 속였을까? 왜 내게 거짓말을 했을까? 그러
나 지금 내가 아이를 갖게 된 것이 중요하고 기뻤다.

아이를 갖고 싶은 소원이 키릴과 함께하도록 한 것이 아닐
까 하는 궁금한 순간이 있었다.

생명을 이어갈 여성의 영원한 운명에 굴복했는가?

지금 병원에서 그것을 알려고 애썼다.

엄마가 되고자 하는 소원은 아주 강해서,

거기에 저항할 수 없다.

키릴은 젊고 힘이 세고 매력적이었다.

나는 키릴보다 나이도 많고 내가 진지하려고 했다면 키릴은
아마 안 그랬을텐데, 내가 유혹했다.

내가 조금 교활하게 행동했는가?

Ja, ni, la virinoj, ofte uzas nian ruzecon. Ĉu mi ŝajnigis min malforta, senpova? Tiuj ĉi miaj demandoj ŝokis min. Ĉu mi estas tia? Tamen esti patrino estas beno de Dio! Nur tiel ni, la virinoj, daŭrigas la vivon. Nia rolo estas naski sanajn, fortajn, saĝajn infanojn.

Tiel estos geinstruistoj, geinĝenieroj, gekuracisto j··· mi estis feliĉa, ke mi naskos, ke mi plenumos mian inan destinon.

En la hospitalan ĉambron eniris doktoro Simov – mia ŝatata kuracisto. Li estis juna, nigrookula kun kara rideto. Li ĉiam trankviligis nin, la estontajn patrinojn, kaj ni sciis, ke en lia ĉeesto nenio malbona okazos al ni.

Ni konsideris lin sorĉisto kaj pretis tuj plenumi ĉiujn liajn konsilojn. Nun al ĉiu virino en la ĉambro doktoro Simov diris kelkajn kuraĝigajn vortojn.

Li ĉiam havis bonhumoron kaj kutimis ŝerci. Kiam li estis en la ĉambro, ĝi kvazaŭ iĝus pli luma kaj pli hela.

Doktoro Simov ekstaris ĉe mia lito. Li sciis, ke mi estas apotekistino kaj konsideris min kolegino.

정말 우리 여자들은 우리의 교활성을 자주 사용한다.

내가 약하고 할 수 없듯이 보였는가?

이런 질문이 나를 충격에 빠뜨렸다.

나는 그런 사람인가?

그러나 엄마가 된다는 것은 하나님의 축복이다.

오직 그렇게 해서 여성들은 삶을 계속 이어 간다.

우리 역할은 건강하고 튼튼하고 지혜로운 아이를 낳는 것이다. 그렇게 해서 교사, 기술자, 의사 등이 될 것이고, 나는 여성의 운명을 실행해서 아이를 낳게 되어 행복했다.

병실로 내가 좋아하는 의사 시모브가 들어왔다.

젊은 사람으로 검은 눈동자에 친절한 웃음을 띠었다.

항상 장래의 엄마인 우리들을 편안하도록 해서,

우리는 시모브가 있어서 어떤 나쁜 일도 일어나지 않을 것을 잘 알았다.

우리는 의사를 마술사로 여기고 그 조언(助言)에 전적으로 따를 준비가 되어 있었다.

지금 병실에 있는 모든 여자에게

의사 시모브는 용기 주는 말을 몇 마디 했다.

시모브는 항상 기분이 좋아서 농담하는 습관이 있었다.

시모브가 병실에 있으면 병실은 마치 더 밝고 빛나는 곳이 된 듯했다.

시모브 의사는 내 침대 옆에 섰다.

시모브는 내가 약사인 것을 알고 나를 동료로 취급했다.

-Eva, via frukto jam maturiĝis kaj baldaŭ ni prenos ĝin el Paradiza Ĝardeno − diris li. − Estu preta por la granda sakramento.

-Bele vi diris tion, doktoro − flustris mi emociigita. − Ĉiu virino sopiras travivi tiun ĉi sakramenton.

-Jes, ĝi baldaŭ okazos. Baldaŭ vi naskos.

-Mi estas preta, doktoro.

Doktoro Simov iris al la lito de Nevena. Mi rigardis lin. Alta, svelta li similis al dio el la greka mitologio. Malgraŭ ke li estis juna, li akuŝis multajn bebojn kaj feliĉigis multajn patrinojn.

Venis la momento de mia nasko. Nevena, tuj vokis la deĵorantan akuŝistinon. Oni veturigis min en la akuŝejon. Ĉirkaŭ mi staris juna doktorino, kiun mi ne konis kaj du akuŝistinoj. Iu el ili flustris:

-Bonvolu telefoni al doktoro Simov. La nasko estos komplika.

Tiuj ĉi vortoj timigis min. Ĉu doktoro Simov venos rapide? Mi tremis. Mi sciis, ke kiam mi vidos lin, ĉio estos en ordo. Miaj doloroj komenciĝis.

"에바 씨. 당신 과일이 벌써 익어서 곧 천국 정원에서 그것을 따야 합니다." 시모브가 말했다.

"큰 의식을 치를 준비를 하세요."

"그것을 아주 예쁘게 이야기 하시네요. 의사 선생님." 내가 감동하여 속삭였다.

"모든 여성이 이 의식 경험하기를 소망합니다."

"맞아요. 곧 일어나겠죠. 곧 낳을 겁니다."

"나는 준비가 되었어요. 의사 선생님."

시모브 의사는 네베나의 침대로 갔다.

나는 의사를 쳐다보았다.

키가 크고 날씬하고 그리스 신화의 신을 닮았다.

젊은데도 많은 아이를 받아서 많은 엄마를 행복하게 했다.

내가 아이를 낳을 순간이 왔다.

네베나가 바로 당직간호사를 불렀다.

사람들이 분만실로 나를 데려갔다.

내 주위에 내가 모르는 젊은 여의사와 두 명의 간호원이 와섰다.

그들 중 한 명이 속삭였다.

"시모브 의사에게 전화하세요.

출산은 복잡하거든요."

이 말이 나를 두렵게 했다.

시모브 의사가 빨리 올 것인가? 나는 떨었다.

나는 의사를 볼 때에 모든 것이 잘 진행될 것을 알았다.

내 고통이 시작됐다.

Mi kriis:

-Kie estas doktoro Simov? Kial li ne venas? Telefonu al li.

Unu el la akuŝistinoj provis trankviligi min:

-Ĉio estos en ordo. La doktoro tuj venos.

Mi kriis pli kaj pli forte.

-Telefonu al li, telefonu al li.

La juna kuracistino kolere diris al mi:

-Ne kriu!

Mi mordis lipojn. Iu diris:

-Doktoro Simov venis.

Komenciĝis batalo por vivo, por nova vivo. La plej dolĉa batalo. Ja, tiom multe mi atendis tiun ĉi batalon. Varma ŝvito rosigis mian frunton. Mia korpo estis kiel streĉita kordo. La batalo estis furioza. Ni batalis je tri flankoj: je la unua - mi, je la dua - la doktoro, je la tria - la bebo, kiu deziris veni en la mondon.

Subite mi eksentis min malpeza, malforta, terure laca kaj mi aŭdis la vortojn:

-Brave! Sukcese!

Post sekundo aŭdiĝis beba krio, kiu kvazaŭ karesus mian lacigitan korpon. Ĝojo plenigis mian animon kaj sunradio lumigis la akuŝejon.

나는 소리를 질렀다.

"시모브 의사는 어디 있어요? 왜 오지 않나요?
전화해 주세요."

간호원 한 명이 나를 안정시키려고 했다.

"모든 것이 잘 진행되고 있어요.
의사가 곧 올 거예요."

나는 더욱 세게 소리쳤다.

"의사에게 전화하세요. 어서 전화해요."

젊은 여 의사가 화를 내며 내게 말했다.

"소리 지르지 마세요."

나는 입술을 깨물었다.

누가 말했다. "시모브 의사가 왔어요."

새 생명을 위한 삶의 투쟁이 시작 됐다.

가장 달콤한 싸움이다.

정말 그렇게 많이 이 싸움을 기다렸다.

따뜻한 땀이 내 이마에 이슬 맺혔다.

내 몸은 긴장된 줄 같았다. 싸움은 격렬했다.

우리는 3면에서 싸웠다. 첫째는 나, 둘째는 의사, 셋째는 이 세상에 나오기를 원하는 아기다.

갑자기 나는 가벼워지고 약하고 심히 피곤함을 느끼고, 이런 소리를 들었다.

"잘했어요. 성공했어요." 얼마 뒤 마치 나의 피곤한 몸을 쓰다듬듯 아이 웃음 소리가 들렸다. 기쁨이 내 마음에 가득 차고 햇빛이 분만실을 비추었다.

La bebo alportis ĝojon, lumon, esperon.

-Mi gratulas vin ⁻ diris doktoro Simmov ⁻ estas knabino.

-Mi deziris knabon ⁻ diris mi.

-Eble vi deziras, ke mi batu vin. Vidu. Vi naskis belan sanan knabinon.

아이가 기쁨과 빛과 희망을 가져다 주었다.

"축하드립니다." 의사 시모브가 말했다.

"여자아이예요."

"나는 남자아이를 원했는데…" 내가 말했다.

"아마 내가 선생님을 때려주기를 원하는 거죠.
예쁘고 건강한 여자아이를 낳았어요."

9.

Mi nomis mian filinon Lili. Kiam mi revenis hejmen kun Lili, la ĝojo de mia familio estis granda. Kvazaŭ mi aportus la sunon. Miaj gepatroj estis feliĉaj.

Lili okupis mian tutan vivon. Mia patrina sento iĝis pli kaj pli forta. Mi ne povis plu imagi mian vivon sen Lili. Ŝi estis eta fragila, tamen ŝi direktis miajn agojn. Kiam ŝi ploris mi estis maltrankvila, kiam ŝi ridetis – mi flugis. Lili donis al mi fortojn kaj energion. Mi ĉirkaŭbrakis ŝin, tenere premis ŝin al mia brusto, mi kantis kantojn al ŝi. Mi dediĉis min al ŝi kaj mi deziris memori ĉiun ŝian tagon.

Mi neniam forgesos la momenton, kiam ŝi komencis paŝi. Mi staris antaŭ ŝi, tenanta ruĝan pilkon. Mi diris:

-Lili, venu al panjo preni la pilkon.

Ŝi longe rigardis min suspektinde. Ŝi ne kuraĝis ekiri, ŝi timis. Verŝajne ŝi opiniis, ke ne indas riski pri pilko aŭ ŝi tute ne deziris plezurigi min veni kaj preni la pilkon. Tamen ŝi atente ekstaris.

9장. 릴리의 첫걸음마

나는 딸 이름을 **릴리**(백합)라고 지었다.

내가 릴리와 함께 집으로 돌아올 때 우리 가족의 기쁨은 엄청났다.

마치 내가 해를 가져온 듯했다. 우리 부모님은 행복하셨다.

릴리가 내 인생 전부를 차지했다.

나의 모성애는 더욱 세졌다.

릴리 없는 인생은 더 상상할 수 없었다. 릴리는 작고 깨질 듯 했지만 내 행동을 방향 잡아주었다.

아이가 울면 불안하고 아이가 웃으면 날아갔다.

릴리는 내게 힘과 에너지를 주었다.

나는 아이를 안아 부드럽게 가슴에 꼭 안고 아이에게 노래를 불러 주었다.

내 전부를 바치고 아이의 모든 날들을 기억하고 싶었다.

나는 아이가 처음 걷기 시작한 그 순간을 결코 잊을 수 없다. 나는 빨간 공을 잡고 아이 앞에 서서 말했다.

"릴리. 공을 잡으러 엄마에게 와."

아이는 오랫동안 의심스럽게 나를 쳐다보았다.

감히 나서지 못하고 두려웠다. 공을 위해 위험을 감수할만 하지 않다고 생각한 듯했거나 아니면 공을 잡으러 와서 나를 기쁘게 하는 것을 전혀 하고 싶지 않은 듯했다.

그러나 조심해서 일어섰다.

Kelkajn sekundojn ŝi estis senmova kaj poste kiel anaso ŝi ekpaŝis al mi. Tiuj ĉi estis ŝiaj unuaj paŝoj al la celo, al la ruĝa pilko. Ĉu ŝiaj paŝoj en la vivo estos sukcesaj? Ĉu ŝi ĉiam strebos al la celoj, kiujn ŝi starigos al si mem?

Lili rapide paŝis al mi. Ŝi stumblis. Mi ektremis pro timo. Mi provis helpi ŝin, sed tuj mi pripensis: ĉu dum la tuta vivo mi estos ĉe ŝi, ĉu ĉiam mi helpos ŝin? Ja, ŝi devas alkutimiĝi esti memstara.

Lili sukcesis veni al mi. Ŝi ĉirkaŭprenis min kaj feliĉa ŝi prenis la pilkon.

Mi ne forgesos la tagon, kiam Lili diris la vorton "panjo". Ŝajnas al mi, ke tiam mi komprenis la veran signifon de tiu ĉi vorto. Ne hazarde "panjo" estas la unua vorto, kiun ni prononcas kaj verŝajne ĝi estas la lasta vorto, kiun ni ekflustras antaŭ la fino de nia vivo. Tiam ni dankas nian patrinon, kiu naskis nin, kiu venigis nin en la mondon.

Kiam Lili tenere prononcis "panjo", min plenigis varma sento. Mi memoras la tagon, kiam aperis la unua dento de Lili, simila al eta blanka riza grajno. Lili sentis doloron.

몇초 동안 움직이지 않더니 나중에 오리처럼 내게 뒤뚱뒤뚱 걸어오기 시작했다.

이것이 목표, 빨간 공을 향한 첫걸음이었다.

삶에서 아이의 걸음은 성공적일까?

자신이 세운 목표를 위해 항상 노력할까?

릴리는 빠르게 나에게 걸어왔다.

아이가 넘어졌다. 나는 두려워 떨었다.

나는 도와 주고 싶었지만, 삶에서 내가 항상 옆에 있을 것인가?

항상 내가 도와주어야 할 것인가에 대해 곧 생각했다.

정말 독립하도록 습관이 박혀야 한다.

릴리는 내게 오는데 성공했다.

나를 껴안고 행복하게 공을 잡았다.

나는 릴리가 '엄마' 라는 말을 한 날을 잊을 수 없을 것이다. 그때 나는 정말로 이 단어의 의미를 안 듯했다.

엄마라는 단어가 우리가 말하는 첫 단어이고 정말 우리가 인생의 마지막에 속삭이는 단어라는 것은 우연이 아니다.

그때 우리는 이 세계로 우리를 오도록 나를 낳아준 엄마에게 감사한다.

릴리가 부드럽게 '엄마' 라고 부를 때 따뜻한 느낌이 나를 가득 채웠다.

나는 릴리에게 작고 하얗고 곡식 알갱이를 닮은 첫 이빨이 나온 날을 기억한다.

릴리는 고통을 느꼈다.

Ankaŭ tiam mi deziris helpi ŝin, sed mi sciis, ke ĉiu mem devas travivi la dolorojn kaj la ĝojojn. Lili kreskis kaj mi preskaŭ ne rimarkis, ke ŝi iĝis pli kaj pli memstara.

그때도 나는 도와주고 싶었지만, 모든 사람은 고통과 기쁨을 스스로 겪어야만 한다고 알았다.
릴리는 자라서 점점 더 독립적이 되는 것을 나는 거의 알아차리지 못했다.

10.

Lili estis en la tria klaso en la baza lernejo kaj ŝi komencis frekventi la infanan teatran rondon en la urba kulturdomo.

Ĉijare la 6-an de majo okazos granda urba festo. Sur la ĉefa placo estos koncerto. Ludos orkestro, kantos korusoj. La infanoj de la teatra rondo prezentos skeĉojn.

Lili senpacience atendis tiun ĉi feston. Ŝi diligente lernis sian rolon de ruza vulpino. Mi same estis ege emociita, ĉar unuan fojon Lili rolos antaŭ tiom da homoj sur la scenejo en la centro de la urbo.

La 6-an de majo matene la muziko de la urba orkestro eksonis de la placo. La homoj komencis veni kaj la koncerto devis baldaŭ komenciĝi. Regis festa etoso. La tuta placo estis bele ornamita.

Sur la scenejo ekstaris la urbestro, kiu salutis la loĝantojn, okaze de la tradicia urba festo. Li estis simpatia kvardekjara viro, blondharara kun bluaj okuloj, vestita en eleganta helverda kostumo.

10장. 초등학교 3학년 릴리

릴리가 초등학교 3학년이었고,

시 문화원에서 어린이 연극단에 다니기 시작했다.

올 5월 6일 큰 도시 축제가 열린다.

주요 광장에는 음악회가 열린다.

악단이 연주하고 합창단이 노래한다.

연극단 아이들이 단막극을 공연한다.

릴리는 이 축제를 손꼽아 기다렸다.

교활한 암여우 역할을 열심히 배웠다.

나도 마찬가지로 크게 흥분하였다.

도심에 있는 무대에서

그렇게 많은 사람 앞에

릴리가 처음으로 역할을 감당하기 때문에.

5월 6일 아침에 시립 악단의 음악이 광장에서 울려 퍼졌다.

사람들이 오기 시작하고 음악회가 곧 시작할 때가 되었다.

축제 분위기가 가득 찼다.

모든 광장을 멋지게 장식했다.

무대 위에 전통 도시 축제를 맞아 주민에게 인사하려고 시장(市長)이 섰다.

시장은 친절한 40세 남자로, 파란 눈에 금발이고 우아하고 밝고 푸른 정장을 입었다.

Post la solena parolo de la urbestro, geaktoroj el la teatro anoncis la festan koncertan programon.

La urba virina koruso komencis kanti kaj en tiu ĉi momento la firmamento super la placo iĝis nuba.

Ekpluvis. La homoj rapide foriris. Mi kaj Lili ekkuris hejmen. Feliĉe ni loĝis proksime al la placo.

Kiam ni eniris la domon, mi tuj travestigis Lili, ĉar ŝiaj vestoj estis malsekaj pro la pluvo. Ŝi tremis. Mi kuiris teon por varmigi ŝin. Kiam mi donis al ŝi la glason da teo, mi vidis, ke ŝi ploras.

-Kial vi ploras? – demandis mi.

-Mi tre deziris roli, sed pro la pluvo ni ne povis prezenti la skeĉon.

-Ne ploru. Estos aliaj prezentoj. Vi rolos. Oni spektos vian skeĉon kaj ĝi plaĉos al la homoj – trankviligis mi ŝin.

Tamen Lili estis trista. En ŝiaj grandaj smeraldkoloraj okuloj brilis larmoj.

Nun mi komprenis, ke Lili tre deziras roli.

Ŝi senpacience atendis tiun ĉi prezenton.

시장의 개회 연설 뒤 연극단 남녀 배우들이 축제 음악회 순서를 알렸다.

도시 여성 합창단은 노래하기 시작했는데,

이 순간 광장의 하늘은 구름이 끼었다.

비가 내렸다. 사람들은 재빨리 떠났다.

나와 릴리는 집으로 뛰어갔다.

다행스럽게 우리는 광장 가까이에 살았다.

우리가 집에 도착해서 곧 릴리의 옷을 갈아입혔다.

왜냐하면 옷이 비에 젖었으니까.

릴 리가 몸을 떨었다.

몸을 따뜻하게 하려고 차를 탔다.

내가 차 한 잔을 주면서 울고 있는 릴리를 보았다.

"왜 우니?"

내가 물었다.

"공연하기를 아주 원했는데 비 때문에 단막극을 보일 수 없어요."

"울지 마. 다른 공연이 있을거야.

너는 역할을 맡았잖아.

네 단막극을 볼 거고, 사람들 마음에 들거야."

내가 릴리를 안정시켰다.

하지만 릴리는 슬펐다.

비췻빛 큰 눈에 눈물이 빛났다.

지금 나는 릴리가 공연 하기를 매우 원하는 것을 알았다.

릴리는 간절히 이 날을 기다렸다.

Ĝis nun mi opiniis, ke por Lili la infana teatra rondo estas agrabla amuzo, sed nun mi konstatis, ke Lili tre serioze okupiĝis kaj ŝi tre amas la teatron.

Iom post iom mi pli bone ekkonis Lili. Mi komprenis, ke mi kaj ŝi apartenas al diversaj mondoj kaj ni devas konstrui pontojn unu al alia.

Iun posttagmezon mi iris al la kulturdomo por renkonti Lili. Estis provludoj de la infana teatra rondo. Mi paŝis malrapide, ĝuante la agrablan sunan printempan posttagmezon. La kaŝtanarboj ĉe la kulturdomo similis al grandaj verdaj ventumiloj. Sub ilia ombro estis kafejo, kies tabloj staris ekstere kaj ĉe ili sidis homoj. Mi pasis preter la kafejo kaj juna virino alparolis min. Ŝi sidis ĉe tablo kaj kiam ŝi vidis min, ŝi diris:

-Mi petas pardonon. Ĉu vi estas sinjorino Ruseva, la patrino de Lili – demandis ŝi.

-Jes – respondis mi iom embarasita.

La virino estis bela kun tenera korpo, markoloraj okuloj kaj milda rigardo.

-Mia nomo estas Irina Moneva – diris ŝi.

지금까지 릴리에게 어린이 연극단은 기분좋은 즐거움이라고 생각했는데 릴리가 아주 심각하게 힘을 쏟았고 연극을 매우 사랑했음을 이제서야 확신했다.

조금씩 나는 릴리를 더 잘 알게 되었다.

나는 릴리와 다른 세계에 속하여 서로 다리를 세워야함을 깨달았다.

어느 날 오후 릴리를 만나려고 문화원에 갔다.

어린이 연극 단원의 리허설이 있었다.

나는 상쾌한 봄 햇살 아래 오후를 즐기며 천천히 걸었다.

문화원에 있는 밤나무는 커다란 푸른 풍차 같았다.

그 그늘에 카페가 있어

탁자는 바깥에 나와 있고

거기에 사람들이 앉아 있었다.

나는 카페를 지나쳐 걸어갔다.

젊은 여성이 내게 말을 걸었다.

탁자에 앉아 있다가 나를 보고, 말을 했다.

 "죄송하지만 릴리의 엄마 루세바 씨입니까?"

여자가 물었다.

 "예."

조금 당황해서 대답했다.

여자는 부드러운 몸매, 바다색 눈동자, 온화한 눈빛을 지닌 미인이었다,

 "제 이름은 **이리나 모네바**입니다."

여자가 말했다.

–Mi ŝatus paroli kun vi. Mi petas vin, dum kelkaj minutoj ni sidu ĉi tie, en la kafejo.

Mi alrigardis mian brakhorloĝon.

–Lili estas en la kulturdomo kaj mi venis renkonti ŝin, tamen dum kelkaj minutoj ni povus paroli – diris mi.

–Dankon. Pardonu min – ekridetis la junulino.

Ni sidis ĉe unu el la tabloj. Mi estis iom maltrankvila. Kial tiu ĉi nekonata virino deziras paroli kun mi? Ĉu ŝi deziras diri ion pri Lili? La junulino tamen ne rapidis ekparoli.

–Antaŭnelonge mi ekloĝis en via urbo – komencis ŝi. – Mi estas baletistino. Mi rolis en la ĉefurba operejo, sed antaŭ jaro mia kariero finiĝis. Nun mi instruas baleton ĉi tie, en la kulturdomo.

Mi aŭskultis ŝin kaj mi ne komprenis kial ŝi rakontas tion al mi.

–Via filino, Lili, frekventas la teatran rondon, ĉu ne? – diris ŝi.

–Jes. Al ŝi ege plaĉas la teatro.

–Kelkfoje Lili venis en la salonon, kie dancas la junaj baletistinoj kaj ŝi rigardis la dancadon.

"이야기 나누고 싶었어요.
몇 분 간만 카페 여기에 앉으시겠습니까?"
나는 내 손목시계를 쳐다보았다.
"릴리가 문화원에 있어 만나러 가지만,
몇 분 간은 이야기할 수 있어요."
내가 말했다.
"감사합니다. 실례합니다." 젊은 여자가 살짝 웃었다.
우리는 탁자 한 군데에 앉았다.
나는 조금 불안했다.
왜 이 모르는 여자가 나와 이야기하기를 원하지?
릴리에 대해 뭔가 말하고 싶어 하는가?
그러나 젊은 여자는 말을 서두르지 않았다.
"얼마 전에 이 도시로 이사 왔어요."
여자가 말을 시작했다.
"나는 발레리나입니다. 수도의 오페라에서 연기를 했지만,
몇 년 전 제 경력은 끝났습니다. 지금은 이곳 문화원에서
발레를 가르치고 있습니다."
나는 여자의 이야기를 듣고 왜 그것을 내게 말하는지 이해
하지 못했다.
"따님 릴리가 연극단에 다니죠. 그렇지요?"
여자가 말했다.
"예. 연극이 아주 마음에 든대요."
"몇 번 릴리가 젊은 여자 발레리나가 춤추는 방에 와서,
춤을 열심히 바라보았죠.

Lili diris al mi, ke ŝi tre ŝatas esti baletistino, tamen ŝi ne certas ĉu vi permesos al ŝi lerni baleton.

Tiuj ĉi vortoj ege surprizis min. Lili ne diris al mi, ke ŝi ŝatas lerni baleton.

-Mi petas vin, permesu al Lili lerni baleton ĉe mi — diris Irina Moneva.

Mi rigardis ŝiajn belaj bluokulojn kaj mi ne sciis kion diri.

-Lili deziras lerni baleton — ripetis la instruistino.

-Bone — diris mi. — Mi parolos kun Lili.

Mi ekstaris kaj ekiris al la pordo de la kulturdomo. Mi ne kredis, ke Lili forlasos la teatran rondon kaj ŝi komencos lerni baleton. Mi eniris la kulturdomon. Lili atendis min en la koridoro kaj tuj ŝi kuris al mi.

-Panjo — diris ŝi.

Ŝia voĉo kaj ŝia kara rideto karesis min. Lili kuris al mi kiel eta kapreolo.

-Lili, ĵus mi parolis kun fraŭlino Moneva, la baletistino, kial vi ne diris al mi, ke vi ŝatas lerni baleton?

릴리가 발레리나 되는 것을 매우 좋아한다고 말했지만 엄마가 발레 배우는 것을 허락할지 확신하지 못했습니다."

이 말에 크게 놀랐다.

릴리는 발레를 배우고 싶다고 내게 말하지 않았다.

"릴리가 내게 발레를 배우도록 허락해 주시기를 바랍니다." 이리나 모네바가 말했다.

나는 여자의 예쁜 파란 눈을 쳐다보고

뭐라고 말할지 몰랐다.

"릴리가 발레 배우기를 원합니다."

여교사가 되풀이했다.

"알겠어요."

내가 말했다.

"릴리와 이야기 해 볼게요."

나는 일어나서 문화원 문으로 갔다.

나는 릴리가 연극단을 그만두고 발레 배우기를 시작할거라고 믿지 않았다.

나는 문화원에 들어갔다.

릴리가 복도에서 나를 기다리고 곧 내게 달려왔다.

"엄마."

릴리가 말했다.

릴리의 목소리와 상냥한 웃음이 나를 어루만졌다.

작은 사슴처럼 내게 뛰어왔다.

"릴리야! 조금 전 나는 발레리나 모네바 선생님과 이야기 했는데 왜 발레 배우기를 좋아한다고 말하지 않았니?"

Lili alrigardis min, ŝi rigardis malsupren, ŝiaj palpebroj komencis tremi kiel papilioj kaj ŝi malalŭte diris:

-Mi scias, ke vi ne havas sufiĉe da mono kaj vi ne povas pagi por la baleta skolo.

-Lili, vi devis diri al mi, ke vi ŝatas lerni baleton. Mi nepre trovos monon por pagi por la baleta skolo.

-Dankon panjo.

-Mi parolos kun fraŭlino Moneva kaj vi komencos frekventi la baletan skolon.

-Mi ege amas vin, panjo – diris Lili feliĉa.

Kiam ni eliris el la kulturdomo, fraŭlino Moneva ankoraŭ estis en la kafejo kaj ni diris al ŝi nian decidon.

-Bonege! Tiu ĉi bela knabino scias kion ŝi ŝatas lerni – diris Moneva kaj ŝiaj bluaj okuloj ekbrilis.

릴리는 나를 쳐다보고 아래를 내려다 보고 눈꺼풀을 나비처럼 떨기 시작하더니 천천히 말했다.

"엄마가 돈이 충분치 않아 발레 수업에 돈을 낼 수 없음을 알아요."

"릴리야! 발레 배우기를 좋아한다고 말했어야지. 발레 수업을 위해 낼 돈을 꼭 마련할게."

"감사해요, 엄마."

"내가 모네바 선생님과 이야기할테니 발레 수업에 다니기 시작하렴."

"엄마. 무척 사랑해요." 행복한 릴리가 말했다. 문화원에서 나올 때 모네바는 아직 카페에 있어 내 결심을 말했다.

"좋습니다. 이 예쁜 아가씨가 무엇을 배우고 싶은지 알았습니다."

모네바가 말하고 파란 눈이 빛났다.

11.

Estis ordinara labortago. La stratoj dezertis. De matene malmultaj homoj venis en la apotekon. Mi estis laca kaj senpacience mi atendis la finon de la labortago, dezirante pli rapide reveni hejmen kaj esti kun Lili. Ĉiutage Lili rakontis al mi kio okazis en la lernejo, kion ŝi lernis, kiel ŝi dancis en la baleta skolo. Certe hodiaŭ panjo kuiris bongustan manĝaĵon kaj ni kvarope: paĉjo, panjo, Lili kaj mi sidos ĉe la tablo kaj vespermanĝos.

Mi ŝlosis la apotekon kaj rapide mi ekiris sur la strato. Subite mi aŭdis:

-Atendu!

Mi ektremis kaj turnis min. Malantaŭ mi staris Kiril. Mi deziris tuj forkuri.

-Mi atendis vin – diris li.

Mi ĉirkaŭrigardis. Ni staris proksime al la hotelo, kie ni antaŭ dek jaroj renkontiĝis.

-Kion vi deziras? – demandis mi malafable kaj mi ekiris.

-Mi deziras paroli kun vi – diris li.

Nun li aspektis magra. Lia vizaĝo – malhela.

11장. 키릴이 다시 나타나다

보통 일하는 날이었다.

거리는 사막같이 황량했다.

아침부터 많지 않은 사람이 약국에 왔다.

나는 피곤하고 지쳐서 빨리 집에 가서 딸과 함께 있고 싶어 근무 시간이 끝나기를 기다렸다.

매일 릴리는 학교에서 무슨 일이 일어났고 무엇을 배우고 발레 수업 중 어떻게 춤을 주었는지 이야기했다.

분명 엄마는 오늘도 맛있는 음식을 준비하고 우리 네 사람 아빠, 엄마, 나와 릴리는 식탁에 앉아 저녁을 먹을 것이다.

나는 약국 문을 닫고 서둘러 거리로 나섰다.

갑자기 '기다려요' 하는 소리를 들었다.

나는 두려워하며 몸을 돌렸다.

내 뒤에 키릴이 서 있었다.

나는 곧 도망치고 싶었다.

"당신을 기다렸어요." 키릴이 말했다.

나는 둘레를 살폈다.

우리가 10년 전에 만났던 호텔 가까이에 서 있었다.

"무엇을 원하나요?"

나는 기분 나쁘게 묻고 소리쳤다.

"당신과 이야기하고 싶어요." 키릴이 말했다.

지금 키릴은 말라 보였다. 얼굴은 어두웠다.

Lia iama bela hararo maldensiĝis kaj liaj okuloj, kiuj tiam allogis min, nun ne havis la helan brilon.

-Pri nenio ni povus paroli – diris mi.

Li kaptis mian brakon.

-Ni parolos pri la infano – firme diris li. – Ni havas infanon!

Lia rigardo estis akra kaj li forte tenis mian brakon.

-Vi ne havas infanon! – mi alrigardis lin kolere.

-Mi havas!

Li daŭre tenis mian brakon kaj tio doloris min.

-Bone – diris mi. – Ni parolu.

-Ni iru en la kafejon de la hotelo – ordonis li.

Ni ekiris. En la kafejo estis nur kelkaj personoj. Iujn el ili mi konis. La neatendita renkonto kun Kiril konfuzis min kaj vekis en mi sennombrajn malagrablajn rememorojn.

Mi estis kolera. Ĝis nun mi ne diris al Lili pri Kiril. Mi ne deziris mensogi ŝin, ke li forveturis ien kaj iam li revenos.

Jen li revenis kaj li minacis detrui nian vivon, la mondon de Lili kaj mi, kiun mi pene kaj ame konstruis.

언젠가 예쁜 머릿결은 듬성듬성 하고

그때 나를 유혹했던 눈동자는 밝은 빛이 없었다.

"이야기 할 것이 없어요." 내가 말했다.

키릴은 내 팔을 붙잡았다.

"아이에 대해 이야기해요." 굳세게 키릴이 말했다.

"우리는 자녀가 있어요"

키릴의 시선은 날카롭고 강하게 내 팔을 붙잡았다.

"당신은 자녀가 없어요." 나는 화가 나서 키릴을 쳐다보았다.

"나는 가지고 있어요." 키릴은 계속 내 팔을 잡아 그것이 나를 아프게했다.

"알았어요. 이야기 해요." 내가 말했다.

"호텔 카페로 갑시다." 키릴이 명령했다.

우리는 출발했다.

카페에는 사람이 오직 몇 명 있었다.

그들 중 몇 명은 내가 알았다.

예기치 않은 키릴과 만남은 나를 당황케 했고,

수많은 불쾌한 기억들을 생각나게 했다.

나는 화가 났다. 지금까지 나는 키릴에 관해 릴리에게 말하지 않았다.

키릴이 어딘가로 떠나서 언젠가 돌아올 것이라고 거짓말하고 싶지 않았다.

이제 키릴이 돌아와서 애쓰고 사랑하며 세운 우리의 삶, 릴리와 나의 세계를 파괴시키려고 위협했다.

Lili kaj mi havis etajn ĝojojn, revojn kaj mi kiel aglino gardis nian vivon. Mi deziris, ke ĝi ĉiam estu suna kaj nenio ĵetu ombron super ĝin.

Nun, en la kafejo, mi estis kiel dispecigita. Mi ne sciis kion Kiril faros, kion li deziros, kial li aperis subite post dek jaroj.

Kiril rigardis min kaj komencis paroli:

-Mi venis pardonpeti. Pardonu min.

-Ĉu post dek jaroj?

-Jes. Pli bone malfrue ol neniam.

-Pli bone se vi ne estus veninta. Delonge mi forgesis vin kaj mi ne deziras memori vin. Mi ne deziras paroli kun vi – mi alrigardis lin akre kaj mia voĉo sonis kolere kaj indigne.

-Vi ne povas forgesi min – diris Kiril. – Ni havas filinon kaj ĉiam, kiam vi alrigardas ŝin, vi rememoras min.

-Dek jarojn vi kaŝis vin kiel rato kaj nun vi venas. Kial vi ne daŭrigis kaŝi vin? Mi ne serĉis vin. Mi mem solvis ĉiujn problemojn kaj mia filino havas trankvilan kaj bonan vivon – mi emfazis "mian filinon".

-La filino ne estas nur via – diris Kiril.

릴리와 나는 작은 기쁨과 꿈을 가지고, 나는 어미 독수리처럼 우리 삶을 지켰다.

나는 그것이 항상 빛나고 그 누구도 그 위에 그늘을 드리우지 않기를 원했다.

지금 카페에서 나는 마음이 찢어진 듯했다.

나는 키릴이 무엇을 하고 무엇을 원하고 왜 10년 뒤에 갑자기 나타났는지 몰랐다.

키릴이 나를 쳐다보고 말하기 시작했다.

"용서를 빌려고 왔어요. 나를 용서해 줘요."

"10년이 지난 뒤에."

"예. 안 하는 것보다는 늦어도 괜찮아요."

"오지 않았다면 더 좋을 텐데요. 오래전부터 당신을 잊고서 기억하고 싶지 않아요. 이야기하고 싶지 않아요." 나는 날카롭게 쳐다보고 목소리는 화나고 성난 듯했다.

"당신은 나를 잊을 수 없어요." 키릴이 말했다.

"우리는 딸을 가지고 있고, 그 아이를 볼 때마다 항상 나를 기억하죠."

"10년간 쥐처럼 자신을 숨겼죠. 그리고 지금 왔어요.

왜 계속 숨기지 않았나요?

나는 당신을 찾지 않았어요.

모든 문제를 스스로 해결했고, 내 딸은 안정되고 좋은 삶을 살고 있어요."

나는 내 딸을 강조했다.

"딸은 당신만의 아이가 아니에요." 키릴이 말했다.

-Ŝi estas nur mia, ĉar dum dek jaroj nur mi zorgas pri ŝi. Vi ne venis vidi ŝin kaj vi ne rajtas nomi vin patro.

-Nun mi venis kaj mi deziras vidi ŝin! – diris li malice.

Mi alrigardis lin. Liaj okuloj febre brilis. Kelkajn minutojn mi silentis. Mi pripensis la situacion. Mi ne deziris skandalon. Se mi dirus, ke li ne devas vidi Lili, Kiril komencus krii, blasfemi, minaci min.

-Bone – diris mi. – Vi vidos ŝin. Mi neniam menciis ion al ŝi pri vi. Vi diru, ke dek jarojn vi estis eksterlande, tre malproksime, kaj tial vi ne skribis leterojn al ŝi, nek telefonis. Nun vi revenis kaj nun vi vidas ŝin.

-Vi tamen sciu, ke mi divorcis – diris li. - Mi ne plu estas konstruisto. Nun mi estas ŝoforo de kamiono. Ofte mi veturas eksterlanden, en diversajn eŭropajn landojn.

-Tio tute ne interesas min – diris mi.

-Sed Lili devas scii tion!

-Kiam vi deziras vidi ŝin? – demandis mi.

-Morgaŭ. Mi tranoktos en la hotelo. Morgaŭ venu kun ŝi ĉi tien, en la kafejon.

"10년간 오직 내가 돌보았으니까 릴리는 내 딸이 분명해요. 아이를 보러 오지도 않았으니 아버지라고 부를 권리도 없어요."

"이제 왔으니 아이를 보길 원해요." 키릴이 악의적으로 말했다.

나는 키릴을 쳐다보았다.

눈은 희미하게 빛났다. 몇 분간 나는 조용했다.

이 상황을 생각했다.

나는 추문을 갖기 원하지 않았다.

아이를 보지 말아야 한다고 말하면 키릴은 소리 치고 저주하고 협박을 시작할 것이다.

"알았어요." 내가 말했다.

"그 아이를 보세요. 나는 아이에게 아빠에 대해 그 무엇도 언급하지 않았어요. 10년간 외국 아주 멀리 있었다고, 그래서 편지도 전화도 하지 못했다고 당신이 말하세요. 지금 돌아왔으니 이제 아이를 보네요."

"하지만 내가 이혼한 것을 아세요." 키릴이 말했다.

"나는 더는 건축자가 아니요. 지금 나는 화물 트럭 운전사요. 자주 외국으로, 다른 유럽 나라에 가요."

"전혀 관심 없어요." 내가 말했다.

"하지만 릴리는 그것을 알아야 해요."

"언제 보기를 원하나요?" 내가 물었다.

"내일. 나는 호텔에서 숙박할 거예요 내일 이곳 카페로 딸과 함께 와요."

-Bone.

Mi staris kaj foriris. Mi paŝis rapide. Neniam mi supozis, ke Kiril aperos subite. Mi malamis lin. Mi ne povis pardoni lin pro lia mensogo kaj forkuro. Kvazaŭ ŝtelisto li forlasus la urbon kaj li kaŝis sin. Li sciis, ke tiam mi estas graveda. Li ne diris al mi, ke li havas edzinon. Li, fripono, kiu verŝajne trompis multajn virinojn. Tamen mi kulpis.

Tiam mi ne divenis, ke li estas ĉarlatano. Mi estis blinda. Mi ne rimarkis la etajn detalojn, kiuj povis montri al mi kia homo li estas. Tiam mi estis tridek trijara, sed tre naiva. Eĉ nun mi estas naiva. Mi kredas al la homoj. Mi tute ne komprenas kiam ili estas sinceraj kaj kiam ili mensogas. Kiam mi parolas kun iu, mi ne povas konstati kion li aŭ ŝi celas.

Tiam Kiril plaĉis al mi, mi amis lin. Liaj belaj vortoj narkotis min. Kiam mi estis kun li, mi revis, mi sonĝis kolorajn sonĝojn. Vere, la amo estas blinda. Oni facile povas allogi virinon, kiu amas.

Mi paŝis kaj mi demandis min ĉu Kiril vere estis lerta fripono aŭ mi estis tre naiva.

"알았어요." 나는 일어나서 떠났다. 빠르게 걸었다.

나는 키릴이 갑자기 다시 나타나리라고 짐작하지 못 했다.

나는 키릴을 미워했다.

거짓말과 떠난 것 때문에 결코 용서할 수 없었다.

마치 도둑처럼 도시를 떠났고 자신을 숨겼다.

그때 내가 임신중인 것을 키릴은 알았다.

아내가 있다고 내게 말하지 않았다.

정말 많은 여자를 속인 악당이었다.

그러나 나도 잘못이 있었다. 그때 나는 키릴이 허풍쟁이라는 것을 알아차리지 못했다.

나는 눈이 멀었다. 키릴이 어떤 사람인지 보여줄 수 있는 작은 세밀한 것을 눈치채지 못 했다.

그때 나는 33세이고 아주 순진했다.

지금조차 순진하다. 나는 사람들을 믿는다. 나는 그들이 언제 진지하고 언제 거짓말 하는지 전혀 모른다.

누군가와 대화할 때 남자나 여자가 무슨 목적이 있는지 확신할 수 없다.

그 때 키릴이 마음에 들어 사랑했다.

키릴의 아름다운 말은 나를 취하게 했다.

함께 있으면 환상을 보고 다채로운 꿈을 꾸었다. 정말 사랑은 눈을 멀게 한다. 모든 사람은 쉽게 사랑에 빠진 여자를 유혹할 수 있다.

나는 걸어가면서 키릴이 능숙한 악당인지 아니면 내가 아주 순진한지 궁금했다.

Nun denove iu voĉo en mi memorigis al mi, ke tiam mi tre deziris havi infanon. Mi rememoris la vesperon, kiam mi gastis al mia kuzino Sandra kaj ŝi diris, ke ŝi havos infanon.

Mi rememoris la baptofeston de Viktor. Poste Kiril aperis en mia vivo.

Mi estas kolera al li, sed tiam mi amis lin. Kiril allogis min tiel kiel la lumo allogas la noktajn papiliojn.

Nun mi provis pli reale kaj pli logike rezoni. Kiril estas patro de Lili kaj en ŝi estas lia sango. Lili similas kaj al mi, kaj al li. Mi devas akcepti tion. Ege mi amas Lili, sed ŝi devas koni sian patron. Lili estas mia fenestro al la mondo. Mi ne povas imagi mian vivon sen ŝi, tamen Lili devas scii, ke ŝi havas patron kaj li estas viva.

Mi ne estu egoisto, malgraŭ ke mi vivas por Lili. Mi ne havas personan vivon. Post la naskiĝo de Lili mi ĉesis interesiĝi pri amikinoj, pri amuziĝoj.

Nun mi havas unu solan amikinon kaj ŝi estas Lili. Mi dediĉis min al ŝi. Pri ŝi mi pretas trairi montojn kaj marojn.

지금 다시 내 안에서 어떤 목소리가 그때 나는 아이 갖기를 간절히 원했음을 기억나게 했다.

사촌동생 산드라 집에 갔을 때 산드라가 아이를 낳을 거라고 말한 그 저녁을 기억했다.

나는 빅토르의 침례식을 다시 기억했다.

그 뒤에 키릴이 내 삶에 나타났다.

나는 키릴에게 화가 났지만, 그 때 나는 키릴을 사랑했다.

빛이 밤나비를 유혹하듯 키릴이 그렇게 나를 유혹했다.

지금 나는 더 현실적이고 더욱 논리적으로 생각하려고 했다. 키릴은 릴리의 아빠고 아이 안에는 아빠의 피가 있다.

릴리는 나를 닮았을 뿐만 아니라 키릴도 닮았다.

나는 그 사실을 받아들여야 한다.

아주 많이 릴리를 사랑하지만,

릴리도 아빠를 알아야 한다.

릴리는 세상을 향한 나의 창이다.

릴리 없는 내 인생은 상상할 수 없다.

하지만 릴리는 아빠가 있고 살아 있다는 것을 알아야 한다.

내가 릴리를 위해 산다고 해도 이기주의자가 되어서는 안된다.

나는 개인의 삶이 없다.

릴리가 태어난 뒤 여자친구나 오락에 흥미를 끊었다.

지금 나는 유일한 여자 친구가 있으니 그 아이가 릴리다.

나는 릴리에게 나를 투자했다.

릴리를 위해 산과 바다를 건널 준비가 되어있다.

Mia sola deziro estas, ke Lili havu feliĉan vivon, ke ŝia petola rideto ĉiam lumigu ŝian blankan kiel lilion vizaĝon.

Nun en mia animo fajris du fajroj, la unua estis la amo al Lili, la dua – la malamo al Kiril.

Mi revenis hejmen.

Lili kaj paĉjo spektis televizion.

En la kuirejo panjo preparis la vespermanĝon.

Mi eniris la kuirejon por helpi ŝin.

-Kio okazis? – demandis panjo.

Ŝi tuj komprenis, ke mi estas maltrankvila.

La patrinoj per siaj koroj perceptas la sentojn de siaj idoj.

Ili tuj rimarkas kiam io malbona trafas la infanojn kaj la patrinoj pretas helpi ilin.

Ĉu mi diru ĉion al ŝi? Mi ne povis kaŝi kio okazis. Mi bezonis konfesi al ŝi la konversacion kun Kiril.

-Kiril venis – diris mi.

Panjo, kiu tenis teleron, lasis ĝin sur la tablon kaj alrigardis min mire.

-Ĉu? Kion li deziras? – malrapide demandis ŝi.

En ŝiaj okuloj videblis doloro.

Dum la lastaj jaroj panjo ege maljuniĝis.

나의 유일한 소망은 릴리가 행복한 인생을 살면서
릴리의 장난스러운 웃음이 백합처럼 하얀 얼굴을 빛나게 하
는 것이다.

지금 내 마음속에는 두 개의 불이 있는데, 하나는 릴리에
대한 사랑이고, 다른 하나는 키릴에 대한 증오다.

나는 집으로 돌아왔다.

릴리는 할아버지와 함께 TV를 보고 있다.

부엌에서 엄마는 저녁을 준비하셨다.

나는 엄마를 도우려고 부엌에 들어갔다.

"무슨 일이 있었니?" 엄마가 물으셨다.

내가 불안해 하는 것을 엄마는 금세 알아차리셨다.

어머니는 마음으로 자식의 감정(感情)을 인식한다.

그들은 금세 무언가 나쁜 것이 언제 아이에게 닥칠지 알아
차리고 그들을 도와줄 준비를 한다.

엄마에게 모든 것을 말할까?

나는 무슨 일이 일어났는지 숨길 수 없었다.

나는 키릴과 나눈 대화를 엄마에게 고백할 필요를 느꼈다.

"키릴이 왔어요." 내가 말했다.

접시를 들고 있던 엄마가 그것을 식탁에 놓고
놀라서 나를 쳐다보셨다.

"정말? 무엇을 원하는데?"

천천히 엄마가 물으셨다.

눈에는 고통이 보였다.

지난 세월 엄마는 많이 늙으셨다.

Ŝia vizaĝo velkiĝis, en la anguloj de ŝiaj okuloj aperis sulkoj, similaj al araneaĵo. Ŝiaj lipoj estas kuntiritaj. Dum la jaroj ŝi havis multajn malfacilaĵojn kaj zorgojn. Kiel ĉiuj patrinoj ankaŭ ŝi deziris, ke mi estu feliĉa.

Panjo estis instruistino kaj ŝi revis, ke mi havu bonan profesion, familion, edzon, infanojn. Tamen ĉio estis nur revoj. Mi ne havas edzon, nek familion kaj tio turmentis panjon. Ŝi plu ne revis kaj ne esperis. Ŝiaj tagoj pasis monotone.

-Kiril deziras vidi Lili — diris mi.

Panjo silentis. Poste malrapide ŝi diris:

-Ĉu post tiom da jaroj? Eble la konscienco lin turmentis. Eble li bedaŭras, ke li agis tiel. La jaroj pasas kaj la homoj ŝanĝiĝas. Verŝajne li jam pensas alimaniere. Eble li pentas. Ĉu homo povas trankvile vivi, kiam lia infano estas malproksime? Eble Kiril ofte pensis pri Lili kaj deziris scii kiel ŝi fartas?

Mi aŭskultis ŝin kaj meditis: "Kiel vivas homo, kies infano estas malproksime de li? Kiel mi fartus se Lili estas malproksime de mi, se mi ne vidus kaj ne aŭdus ŝin, se mi ne vidus kiel ŝi kreskas?"

얼굴은 시들었고 눈가에는 거미줄 같은 주름이 나타났다. 입술은 굳게 다무셨다.

수년간 무척 힘들고 걱정이 많으셨다.

모든 어머니처럼 엄마도 내가 행복하기를 원하셨다.

엄마는 교사였고 내가 좋은 직업에, 가족에, 남편에, 자녀를 갖도록 소망하셨다.

하지만 모든 것은 꿈이었다.

나는 남편도 없고 가정도 없어서,

그것이 엄마를 괴롭게 했다. 엄마는 더는 꿈꾸지 않고 바라지도 않으셨다. 엄마의 하루는 단조롭게 지나갔다.

"키릴이 릴리를 보기 원해요." 내가 말했다.

엄마는 조용했다. 나중에 천천히 말했다.

"그 많은 세월이 지나고? 아마 양심의 고통을 느꼈구나. 그렇게 행동한 것을 후회하겠지.

세월이 지나 사람들은 변해. 정말 벌써 다르게 생각하겠구나. 아마도 후회하겠지, 아이가 멀리 있는데 사람이 편안하게 살 수 있겠니? 아마 키릴은 자주 릴리를 생각하고 어떻게 지내는지 알고싶었을 거야."

나는 엄마의 말을 듣고 생각했다.

'아이가 자기에게서 멀리 떨어져 있으면

사람은 어떻게 살까?

릴리가 내게서 멀리 떨어져 있으면, 릴리를 보거나 듣지 못한다면, 릴 리가 어떻게 자라는지 볼 수 없다면 나는 어떻게 지낼까?'

-Li devas vidi Lili – diris panjo. – Li estas ŝia patro, sendepende ĉu li estas bona aŭ malbona. Lili devas scii kiu estas ŝia patro. Lili ne kuraĝis demandi vin kiu estas ŝia patro, sed ŝi demandis min.

Mi ektremis.

-Kion vi respondis al ŝi? – demandis mi.

-Mi diris al ŝi la veron – respondis panjo. – Mi diris, ke ŝia patro forveturis antaŭ ŝia naskiĝo.

En la unua momento mi koleriĝis, sed poste mi pripensis. Verŝajne mi same diros tion al Lili, sed ŝi ne demandis min. Eble Lili ne deziris ĉagreni min. Neniam antaŭ ŝi mi tuŝis la temon pri Kiril kaj tial Lili ne kuraĝis mencii ion pri la patro, kiu forestis.

-Jes, Lili devas vidi Kiril – ripetis panjo. – Tiel ŝi estos trankvila. Ŝi scios, ke ankaŭ ŝi kiel ĉiuj infanoj havas patron kaj ŝi plu ne havos turmentojn.

Panjo pravis. Mi hezitis ĉu Lili vidu Kiril aŭ ne, sed nun mi decidis, ke Lili kaj Kiril devas renkontiĝi. Ĉivespere ni kvarope: paĉjo, panjo, Lili kaj mi vespermanĝis silente. Ni ne konversaciis.

"키릴이 릴리를 봐야 해."

엄마가 말씀하셨다.

"좋든 나쁘든간에 아빠니까. 릴리는 자기 아버지가 누구인지 알아야만 해. 릴리는 감히 너에게 아빠가 누구냐고 묻지 않지만 내게는 물었어."

나는 떨기 시작했다.

"무엇이라고 대답하셨나요?" 내가 여쭈었다.

"나는 진실을 말해 줬지." 엄마가 대답하셨다.

"아빠는 네가 태어나기 전에 멀리 떠났다고 말했지." 처음에 화가 났지만, 나중에 생각해 보았다. 정말 나도 그렇게 똑같이 말할 텐데.

릴리는 내게 묻지 않았다. 아마 릴리는 나를 성가시게 하고 싶지 않았을 것이다. 한 번도 릴리 앞에서 키릴에 관한 주제를 꺼낸 적이 없고, 그래서 릴리도 없는 아버지에 관해 감히 어떤 것도 언급하지 않았다.

"그래, 릴리가 아빠를 봐야 해." 엄마가 되풀이하셨다.

"그래야 편안해 질거야. 릴리도 모든 아이들처럼 아버지가 있음을 알고 더는 고통을 갖지 않아도 돼."

엄마가 옳았다.

나는 릴리가 키릴을 봐야 할지 안 할지 주저했지만,

이제 릴리와 키릴이 만나야 한다고 결심했다.

오늘 저녁에 아빠, 엄마, 릴리, 나 이렇게 4명이 조용히 저녁을 먹었다.

우리는 말하지 않았다.

Mi meditis pri Kiril kaj pri la morgaŭa renkontiĝo kun li. Kio okazos?

Mi alrigardis paĉjon. Li manĝis malrapide. Sur lia vizaĝo videblis doloro. Li suferis pro lumbodoloro. Paĉjo havis multajn profesiojn. Li estis instruisto, kontisto, poŝtoficisto. Nun li aspektis laca. Blankharara kun kaŝtankoloraj okuloj li similis al profeto. Iam lia hararo estis nigra kiel karbo, densa kaj krispa. Kuzino de panjo ofte diris al paĉjo: "Simeon, kiam vi estis juna, vi estis ne nur bela, sed tre eleganta. Viaj kostumoj ĉiam estis modaj." Paĉjo ridetis kaj respondis: "Jes. Estis. Nun mi ne estas sana kaj delonge mi ne surhavas kostumojn." Post la pensiiĝo malsanoj atakis paĉjon: lumbodoloro, alta sangopremo⋯ Li preferis pasigi la tagojn hejme kaj li helpis Lili en la lernado de la lecionoj. Paĉjo naskiĝis en malgranda montara vilaĝo. Lia patro, kiu estis analfabeta, tre deziris, ke paĉjo lernu. Paĉjo estis lernema. Li finis universitaton, poste li estis instruisto en diversaj urboj. Kiam li komencis instrui en Srebrovo, li konatiĝis kun panjo kaj ili geedziĝis.

나는 키릴과 내일의 만남에 관해 생각했다.

무슨 일이 일어날까?

나는 아빠를 바라보았다. 아빠는 천천히 식사하셨다.

얼굴에 고통이 보였다.

허리 고통 때문에 고생하셨다. 아빠는 직업이 많으셨다. 교사요, 회계사요, 우체국 직원이셨다.

지금 아빠는 피곤하게 보인다. 밤 색깔 눈에 흰 머리카락을 해서 예언가를 닮았다.

언젠가 아빠의 머리카락은 석탄처럼 까맣고 무성했고 곱슬머리였다.

엄마의 여자사촌은 아빠에게 자주 말했다.

"형부, 젊었을 때 형부는 잘 생겼을 뿐만 아니라 멋졌어요. 정장은 항상 최신식이었는데."

아빠는 살짝 웃고 대답하셨다.

"그래, 맞아. 지금 나는 아프고 오래전부터 정장을 입을 수 없어."

은퇴한 뒤 질병이 아빠를 공격했다. 허리 통증, 고혈압.

아빠는 집에서 하루 보내기를 더 좋아해서 릴리의 과목 공부를 도와주셨다.

아빠는 작은 산골 마을에서 태어나셨다. 학교에 다니지 않은 할아버지는 아빠가 배우기를 간절히 원하셨다.

아빠는 공부를 좋아하셨다.

대학을 마치고 나중에 여러 도시에서 교사로 지내셨다.

스레브로보에서 가르칠 때 엄마를 알게 되어 결혼하셨다.

Dum la nokto mi ne povis longe ekdormi. Mi meditis pri Lili kaj Kiril. Kiel ili reagos?

Ja, ili neniam vidis unu la alian. Ĉu ili eksentos, ke ili estas patro kaj filino? Kia estas la patra sento?

Se la infano kaj la patro loĝas kune, la infano amas la patron. Ĝi etendas brakojn al li. Ofte ĝi ekdormas sur la patra ŝultro. La infano scias, ke la patro ĉiam protektas ĝin. Por la infano la patro estas la plej bela, la plej forta, la plej kuraĝa. Lili kaj Kiril ne konas unu la alian kaj eble ili por ĉiam restos fremdaj unu al alia?

Verŝajne Lili ĉiam riproĉos Kiril, ke li ne estis ĉe ŝi, kiam ŝi la plej bezonis lin. Tiam Kiril estis malproksime kaj Lili ne sciis ĉu li ekzistas aŭ ne. Tiuj ĉi demandoj turmentis min kaj mi ne povis ekdormi. Mi maltrankviliĝis pri Lili. La renkontiĝo ne devis dolorigi ŝin. Estos ege malfacile post dek jaroj diri al Lili "jen via patro". Mi tamen ne diros al Lili, ke Kiril estis senrespondeca, ke li forkuris, kaŝis sin. Lili mem ekkonu sian patron. Ŝi ankoraŭ estas infano, sed la infanoj estas tre sentemaj.

Matene, kiam mi vekiĝis, mi estis laca.

밤에 나는 오래도록 잠들 수 없었다.

릴리와 키릴을 생각했다,

그들은 어떻게 반응할까?

정말 그들은 한번도 본 적이 없었다. 그들은 부녀간임을 곧 느낄까? 아빠의 느낌은 어떨까? 아이와 아빠가 같이 산다면 아이는 아빠를 사랑한다. 아빠에게 팔을 뻗는다. 자주 아빠의 어깨 위에서 잠든다. 아빠가 항상 자기를 지켜 주는 것을 아이는 안다. 아이에게 아빠는 가장 멋지고 가장 힘이 세고 가장 용감하다.

릴리와 키릴은 서로 모르지만 아마 그들은 영원히 서로에게 모르는 사람으로 남을 것인가? 정말 릴리는 가장 필요로 할 때 아빠가 옆에 있지 않았다고 항상 키릴을 책망할 것이다. 그때 키릴은 멀리 있었고 릴리는 아빠가 있는지 없는지도 몰랐다.

이런 질문이 나를 괴롭혀서 잠들 수 없었다.

나는 릴리 때문에 불안했다.

만남이 릴리를 고통스럽게 하면 안 된다.

10년 뒤에 '이분이 네 아빠'라고 말하는 것이 아주 힘든 일이다.

하지만 나는 키릴이 도망쳐 자기를 숨긴 책임 없는 사람임을 말하지 않을 것이다.

릴리는 스스로 아빠를 알아차릴 것이다.

아직 어리지만 어린이는 아주 예민하다.

아침에 깰 때 나는 피곤했다.

Hodiaŭ mi devis diri al Lili pri la renkontiĝo kun Kiril. Mi ne sciis kiel komenci la parolon. Mi estis maltrankvila, nervoza.

Post la matenmanĝo mi alrigardis Lili.

-Lili, mi diros ion al vi - komencis mi, - sed promesu, ke vi nenion demandos. Post kelkaj tagoj mi respondos al ĉiuj viaj demandoj.

-Mi promesas - diris Lili.

Verŝajne ŝi opiniis, ke estos ia agrabla surprizo. Ŝi rigardis min, sed mi ankoraŭ hezitis ekparoli.

Mi tamen devis daŭrigi.

Post horo ni ambaŭ ekstaros antaŭ Kiril.

Lili devis esti preta por la renkontiĝo.

Mi ekkuraĝis kaj mi ekparolis malrapide.

Mia voĉo estis obtuza kvazaŭ ĝi venus el ia profundeco.

-Lili - diris mi. - Hodiaŭ ni renkontiĝos kun via patro. Li estis malproksime kaj nun li venis.

-Kie ni renkontiĝos? Kial li ne venos hejmen? - demandis Lili.

-Vi promesis, ke vi ne demandos min.

-Jes, mi promesis - ekflustris Lili.

-Ni renkontiĝos en la hotelo - aldonis mi.

오늘 나는 릴리에게 아빠와 만남을 이야기해야 했다.

나는 어떻게 말을 시작할지 몰랐다.

나는 불안하고 예민해졌다.

아침을 먹고 나서 릴리를 바라보았다.

"릴리야. 너에게 말할 것이 있어." 내가 말을 시작했다.

"하지만 아무것도 묻지 않겠다고 약속해.

며칠 뒤 너의 모든 질문에 대답할게."

"약속할게요." 릴리가 말했다.

정말 무언가 상쾌하고 놀랄 소식이라고 생각하는 듯했다.

나를 쳐다보았지만 나는 아직 말하는 것을 주저했다.

그래도 계속 해야 했다.

1시간 뒤에 우리는 키릴 앞에 설 것이다.

릴리는 그 만남을 준비해야 한다.

나는 용기를 내 천천히 말하기 시작했다.

내 목소리는 무언가 깊은 곳에서 나오는 듯 희미했다.

"릴리야." 내가 말했다.

"오늘 우리는 네 아빠를 만날 거야.

아빠는 멀리 있다가 이제 왔어."

"어디서 만나나요?

왜 집에 오지 않나요?"

릴리가 물었다.

"질문하지 않겠다고 약속했잖아."

"예. 약속했어요." 릴리가 조그맣게 속삭였다.

"호텔에서 만날거야." 내가 덧붙였다.

Ni iris en la kafejon de la hotelo. Kiril sidis ĉe tablo kaj atendis nin.

-Lili ⁻ diris mi. ⁻ Tio estas via patro.

Kiril ekstaris. Videblis, ke li estas maltrankvila kaj embarasita. Li gestis al Lili, sed rapide li retenis sian brakon. Li ne sciis kion diri, kion fari kaj kien rigardi. Post minuto li tramurmuris;

-Tre belan nomon vi havas, Lili.

-Jes ⁻ diris mi.

Lili staris senmova kaj rigardis lin esploreme. Ŝi deziris konvinkiĝi, ke tiu ĉi nekonata viro estas ŝia patro. Ni sidiĝis ĉe la tablo. Kiril daŭre silentis. Li aspektis kiel remburita. Lili rigardis lin suspekteme.

-Kiom aĝa vi estas? ⁻ pene demandis Kiril.

-Dekjara···

-Kie vi lernas?

-Mi lernas en Dua Urba Baza Lernejo ⁻ respondis Lili.

Denove ekestis silento. Tio komencis nervozigi min kaj mi diris al Kiril:

-Kial vi ne parolas. Ja, tial vi deziris vidi ŝin.

Kiril alrigardis min kolere.

우리는 호텔 카페로 갔다.

키릴은 탁자에 앉아 우리를 기다렸다.

"릴리야." 내가 말했다.

"이분이 네 아버지시다."

키릴이 일어섰다. 불안하고 당황한 듯 보였다.

릴리에게 인사하려고 손을 내밀다가 빠르게 거두었다. 무슨 말을 할지 어떻게 행동할지 어디를 봐야 할지 몰랐다.

얼마 뒤 우물쭈물하며 말했다.

"정말 예쁜 이름을 가졌구나."

"맞아요." 내가 말했다.

릴리는 움직이지 않고 서서 호기심어린 눈빛으로 바라보았다. 이 낯선 남자가 아버지인지 확인하고 싶었다.

우리는 탁자에 앉았다.

키릴은 계속해서 조용했다. 마치 가슴이 벅 찬 듯했다.

릴리는 호기심을 가지고 쳐다보았다.

"몇 살이니?" 간신히 키릴이 물었다.

"열 살입니다."

"어디서 공부하니?"

"시내에 있는 제2초등학교에 다녀요." 릴리가 대답했다.

다시 침묵이 시작됐다. 그것이 나를 신경질 나게 해서 내가 키릴에게 말했다.

"왜 이야기하지 않으세요?

정말 이 아이를 보기 원했잖아요."

키릴은 화를 내며 나를 바라보았다.

Lili tamen helpis lin kaj ŝi demandis:

-Paĉjo kie vi estis?

Ŝi diris la vorton "paĉjo" post ioma paŭzo. Unuan fojon en sia vivo Lili eldiris tiun ĉi vorton. Mi vidis, ke muskolo sur la vizaĝo de Kiril ektremis. Liaj malhelverdaj okuloj grandiĝis. Li ne atendis aŭdi tiun ĉi vorton "paĉjo".

-Mi estis malproksime, Lili – ekflustris Kiril kaj profunde li enspiris.

-Kial vi ne venis ĝis nun? – demandis Lili.

-Mi ne povis veni.

-Mi atendis vin – aldonis Lili.

-Jes, mi scias.

Nun mi komprenis, ke Lili multe meditis pri li. Eble ofte ŝi pensis kaj demandis sin kiel li aspektas. Ĉu li estas alta aŭ malalta, ĉu nigrohara aŭ blonda. Tamen neniam Lili demandis min pri li. Ŝi kaŝis siajn demandojn. Nur foje ŝi demandis la avinon pri Kiril.

-Ĉu vi restos kun ni? – mallaŭte demandis Lili.

-Mi ne povas resti – respondis Kiril. - Mi devas veturi. Mi estas ŝoforo de granda kamiono kaj mi veturas al diversaj landoj.

그러나 릴리가 아빠를 도와주며 질문했다.

"아빠는 어디에서 계세요?"

조금 멈추더니 '아빠'란 단어를 말했다.

딸의 인생에서 처음으로 이 단어를 말했다.

나는 키릴의 얼굴에서 근육이 떨리는 것을 보았다.

어둔 초록 눈동자가 커졌다.

이 단어 '아빠'를 듣기를 기다리지 않았다.

"멀리 있었어. 릴리야."

키릴은 조그맣게 말하고 깊이 숨을 들이마셨다.

"왜 지금까지 오지 않았나요?" 릴리가 물었다.

"올 수가 없었어."

"기다렸어요." 릴리가 덧붙였다.

"그래. 알아."

이제사 나는 릴리가 아빠를 많이 생각한 것을 알았다.

아마 자주 아빠가 어떻게 생겼는지 생각하고

궁금했을 것이다.

키가 클까 작을까, 머릿결은 검은색일까 황금색일까?

그러나 한 번도 내게 아빠에 대해 묻지 않았다.

질문을 숨겼다.

오직 가끔 할머니에게 키릴에 대해 질문했다.

"우리와 함께 계실건가요?" 조그맣게 릴리가 물었다.

"함께 있을 수 없어." 키릴이 대답했다.

"가 봐야 해. 큰 화물차 운전사라서,

여러 나라에 다녀.

Tamen mi pli ofte venos vidi vin.

Kiril elprenis sian monujon kaj donis al Lili monon.

-Jen – diris li. – Panjo aĉetos al vi tion, kion vi deziras. Estu sana kaj bona knabino.

Kiril ekstaris. Li provis kaŝi sian emocion, sed la muskolo sur lia vango denove ektremis.

-Ĝis revido, Lili – diris li kaj ekiris al la pordo de la kafejo.

Mi rigardis lian larĝan dorson. Li iris malrapide kvazaŭ sur liaj ŝultroj estis peza ŝtono. Mi kaj Lili same foriris. Lili nenion demandis min. Fin-fine ŝi vidis sian patron. Mi ne sciis ĉu ŝi imagis lin tia. Lili silentis.

그러나 너를 보러 더 자주 올게."

키릴은 지갑을 꺼내 릴리에게 돈을 주었다.

"여기." 키릴이 말했다.

"네가 원하는 것을 엄마가 사 줄거야. 건강하고 착한 아이
가 되어라." 키릴은 일어섰다.

감정을 감추려고 했지만, 뺨의 근육이 다시 떨렸다. "
잘 있어, 릴리야."

말하고 카페 문으로 갔다.

나는 키릴의 넓은 등을 바라보았다. 마치 무거운 돌이 어깨
에 있는 것처럼 천천히 걸어갔다.

나와 릴리도 같이 나갔다.

릴리는 내게 아무것도 묻지 않았다.

마침내 릴리는 아버지를 보았다.

나는 릴리가 아버지를 어떻게 상상했는지 몰랐다.

릴리는 조용했다.

12.

La somero forpasis. Komenciĝis la nova lernojaro. Lili frekventis la baletan skolon en la kulturdomo kaj ŝi konstante parolis pri la instruistino Irina Moneva. Moneva ravis Lili per la instruado, konduto, parolo, bela vizaĝo, longa krispa hararo. Lili diligente plenumis ĉion, kion Moneva diris dum la lernohoroj.

Mi ne povis kompreni kiel Moneva tiel forte logis Lili. Mi demandis min kion aŭ kiun Lili pli ŝatas: ĉu la instruistinon aŭ la baleton. Evidente Moneva havis pedagogian talenton.

Mi ĝojis, ke la baleto plaĉas al Lili kaj dank'al la baleto Lili iĝis disciplinita, preciza, respondeca. Same en la lernado de la lecionoj Lili estis perfekta.

Kiam mi estis je ŝia aĝo, mi ne estis kiel ŝi. Tiam mi bone lernis, sed nenio logis min tiel forte. Mi pli ŝatis ludi kun la najbaraj knabinoj. En la gimnazio mi frekventis teatran skolon, kiun gvidis nia instruistino pri literaturo sinjorino Doneva.

12장. 릴리의 문화원 발레 과정

여름이 지나갔다.

새 학년이 시작되었다.

릴리는 문화원에서 발레 과정을 다니고 계속해서 이리나 모네바 선생에 관해 말했다.

모네바의 가르침, 행동, 말, 예쁜 얼굴, 긴 곱슬머리가 릴리에게 환상을 갖게 했다.

릴리는 모네바가 수업 시간에 말한 모든 것을 부지런히 실천했다.

나는 모네바가 어떻게 그렇게 강하게 릴리를 유혹했는지 이해할 수 없었다.

나는 릴리가 선생인가 발레인가, 누구를 무엇을 더 좋아하는지 궁금했다. 분명 모네바는 교육자의 능력을 가졌다.

나는 릴리가 발레를 좋아해서 기뻤고,

발레 덕분에 릴리는 훈련받고 정확하고 책임감있다.

학교 공부에서도 마찬가지로 릴리는 완벽했다.

내가 딸 나이 때는 그렇지 않았다.

그때 나는 열심히 공부했지만 그렇게 강하게 나를 유혹하는 것이 아무것도 없었다.

나는 이웃집 여자아이들과 노는 것을 더 좋아했다.

고등학교에서 연극반에 다녔는데 **도네바**라는 문학교사가 지도했다.

Ŝi estis fraŭlino, needzinita, alta, magra kun longa nigra hararo kaj akra nazo. Ŝi postulis, ke ni parkerigu plurajn versaĵojn. Mi ne emis parkerigi tiom da versaĵoj kaj roloj. Mi ĉesis frekventi la teatran skolon.

Poste mi estis en la gimnazia kantkoruso, kiun gvidis sinjorino Tetova – la muzikinstruistino. Ŝi estis bona kantistino, muzikantino, sed malsperta instruistino. Dum la muzikaj lernohoroj la gelernantoj petolis, ili ne obeis sinjorinon Tetovan. Ŝi ne povis estigi disciplinon. Mi demandis min kial ŝi iĝis instruistino. Baldaŭ mi forlasis ankaŭ la kantkoruson.

Tiam mi komencis verki poemojn. Vekiĝis miaj unuaj amsentoj kaj per la poezio mi provis esprimi ilin. Mi kaŝis miajn versaĵojn kaj al neniu mi montris ilin. Ie hejme estas la kajero kun miaj unuaj versaĵoj, sed de tiam mi ne trafoliumis ĝin, por ke mi vidu kio emociigis min kaj pri kio mi revis.

Mi interesiĝis pri biologio kaj kemio kaj mi deziris studi medicinon, sed kiam mi edziniĝis al Ivo, mia deziro studi medicinon malaperis.

선생님은 아가씨로 결혼하지 않고 키가 크고 긴 검은 머릿결과 날카로운 코에 날씬했다.

우리가 여러 대사를 외우기를 요구했다.

나는 그렇게 많은 대사와 역할을 외우고 싶지 않았다.

그래서 연극반 다니는 것을 그만두었다.

나중에 **테토바** 음악 선생이 지도하는 고등학교 합창단에 들어갔다.

선생님은 좋은 가수이며 음악가였지만 교사로서는 경험이 없었다.

음악 수업 시간에 학생들이 장난치고 테토바 선생님께 불순종했다.

선생님은 훈련시킬 수 없었다.

왜 선생님이 되었는지 나는 궁금했다.

곧 합창단 수업도 그만두었다.

그때 나는 시를 쓰기 시작했다.

첫 사랑의 감정이 깨어나 시로 그것을 표현하려고 했다.

내가 쓴 작품을 숨기고 누구에게도 보여주지 않았다.

집 어딘가에 내 첫 작품들이 든 공책이 있지만,

그 이후 무엇이 나에게 감동을 주었는지

내가 무엇에 유혹되었는지 보려고

그것을 펼쳐보지 않았다.

나중에 생물학과 화학에 흥미를 느껴

의학을 공부하고 싶었지만 이보와 결혼하면서

의학을 공부하려는 소원이 사라졌다.

Estis belega vintro. La neĝo kovris ĉion: domojn, stratojn, la monton. Matene, kiam mi iris al la apoteko, mi kvazaŭ paŝus en mirinda fabela mondo. La domoj similis al gigantoj kun grandaj blankaj ĉapeloj. Senmovaj ili staris en vico kiel silentaj soldatgardistoj. La arboj sur la stratoj, kiel elegantaj neĝulinoj, same havis blankajn kapuĉojn. Ĉio estis blanka, la blankeco lumigis min. En tiuj ĉi vintraj tagoj mi infane ĝojis. Proksimiĝis la plej belaj festoj – Kristnasko kaj Nova Jaro. En la kulturdomo okazos festa koncerto. Lili estis ege emociigita. La knabinoj en la baleta skolo streĉe preparis sin por la koncerto.

Lili ĝojis, kiam mi kudris ŝian blankan baletan jupon por la spektaklo. Post ĉiu provludo ŝi revenis hejmen kvazaŭ fluganta. Lili detale rakontis kiel Irina Moneva instruas. Tiam Lili similis al birdeto, tremanta pro feliĉo.

La baleta spektaklo, kiun Irina Moneva surscenigis, estis belega. Mi spektis ĝin, sidanta en la salono inter la gepatroj de la etaj baletistinoj. Lili dancis. Ŝi estis neĝero. En ŝiaj movaj estis fajneco kaj gracio.

정말 아름다운 겨울이었다.

눈이 모든 것, 집, 거리, 산을 덮었다.

아침에 약국으로 갈 때 놀랄 정도로 동화같은 세계를 걸어 가는 듯했다.

집들은 커다란 흰 모자를 쓴 거인 같았다. 조용한 군인 경비원처럼 움직이지 않고 차례대로 서 있었다.

거리위 가로수들은 마찬가지로 우아한 여자 눈사람처럼 하얀 두건을 쓰고 있었다.

모든 것이 하얗고, 흰 빛이 나를 비추었다.

이런 겨울날에 나는 어린이처럼 기뻤다.

가장 예쁜 축제 성탄과 새해가 가까이 왔다.

문화원에서 축제 음악회가 열릴 것이다.

릴리는 아주 흥분했다.

발레 과정의 여자아이들은

음악회를 위해 긴장하며 준비했다.

공연을 위한 흰색 발레 치마를 내가 만들자 릴리는 기뻤다.

모든 사전연습 뒤 릴리는 날아가듯 집에 돌아왔다.

그리고 이리나 모네바가 어떻게 가르치는지 자세히 이야기했다.

그때 릴리는 행복해서 떠는 작은 새 같았다.

이리나 모네바가 무대에 올린 발레 공연은 너무 예뻤다.

작은 발레리나의 부모들 사이에서 공연장에 앉아 그것을 감상했다. 릴리는 춤을 추었다. 눈송이였다.

움직임에는 우아함과 차가움이 있었다.

La tenera muziko lulis min kaj mia koro kvazaŭ vibris je la ritmo de la muziko.

Kiam la baletprezento finiĝis, fortaj aplaŭdoj skuis la teatran salonon. Sur la scenejo Lili senlime feliĉis. Tio estis ŝia unua baletspektaklo. Tuj poste ŝi venis al mi kaj ĉirkaŭbrakis min.

-Lili — diris mi — vi vere similis al fluganta neĝero.

Lili ekridetis kaj flustris:

-Dankon, panjo. Mi amas vin.

Antaŭ la ekiro hejmen, mi parolis kun Irina Moneva.

-Lili dancas tre bone — diris Moneva — ŝi havas talenton.

Tiuj ĉi vortoj igis min fiera. La baleto donis al Lili ĝojon kaj plezuron. Hejme ni longe parolis pri la spektaklo.

부드러운 음악이 나를 흔들어

내 심장은 마치 음악의 가락에 따라 움직이는 듯했다.

발레 공연이 끝났을 때

우레같은 박수가 공연장을 뒤흔들었다.

무대 위에서 릴리는 한없이 행복했다.

이것은 릴리의 첫 발레 공연이었다.

공연 뒤에 금세 내게 와서 나를 껴안았다.

"릴리야." 내가 말했다.

"너는 정말 날아가는 눈송이 같았어."

릴리는 작게 웃음을 지으며 속삭였다.

"감사해요, 엄마. 사랑해요."

집으로 출발하기 전에 나는 이리나 모네바와 이야기했다.

"릴리가 춤을 아주 잘 추었어요." 모네바가 말했다.

"그 아이는 재능이 있어요."

이 말이 나를 자랑스럽게 했다.

발레는 릴리에게 기쁨과 만족을 주었다.

집에서 우리는 공연에 대해 오랫동안 이야기했다.

13.

Marte estis malvarme. Iun tagon Lili revenis hejmen iom maltrankvila. Ŝia vizaĝo ĉiam estis kiel malfermita libro, el kiu mi povis tralegi kion ŝi sentas aŭ travivis. Ĉiam mi divenis ĉu ŝi estas ĝoja aŭ malĝoja.

Kiam ŝi ĝojis, en ŝiaj grandaj smeraldkoloraj okuloj brilis lumo. Kiam ŝi malĝojis, ŝiaj okuloj similis al aŭtuna ĉielo, nubokovrita. Tiam Lili sidis silenta en la ĉambro kaj ŝi aspektis tre soleca. Tiam mia koro doloris kaj mi deziris ekscii kio turmentas ŝin.

Mi ne kuraĝis demandi ŝin. Mi ne deziris ĝeni ŝin. Mi sciis, ke Lili mem diros al mi kial ŝi tristas. Lili kaj mi estis amikinoj. Ni konfesis unu al alia kio turmentas nin, ni kredis unu al alia.

En tiu ĉi tago, reveninta el la lernejo, Lili lasis la lernosakon, proksimiĝis al la fenestro kaj longe silente rigardis eksteren. Sur la strato la neĝo degelis kaj nur ie-tie restis blankaj neĝaj flikoj. La domoj aspektis senhomaj. La malproksimaj montaj pintoj estis grizkoloraj.

13장. 발레학교를 지원하려는 릴리

3월달은 추웠다.

어느 날 릴리는 조금 불안해서 집에 돌아왔다.

얼굴이 항상 열린 책과 같아서 딸이 무엇을 느끼고 무엇을 겪었는지 읽을 수 있었다.

항상 딸이 기쁜지 슬픈지 짐작했다.

기쁠 때는 커다란 비췻빛 눈에서 빛이 났다.

슬플 때는 눈이 구름 낀 가을 하늘 같았다.

그때 릴리는 방에 조용히 앉아서 매우 외롭게 보였다.

그러면 내 마음도 고통스럽고 무엇때문에 괴로운지 알고 싶었다. 일부러 물어보진 않았다.

성가시게 하고 싶지 않았다.

왜 슬픈지 스스로 내게 말할 것을 알았다.

릴리와 나는 친구 같았다.

우리는 무엇이 우리를 괴롭히는지 서로 고백하고
서로 믿었다.

이날 학교에서 돌아온 뒤 학교 가방을 창가에 가까이 두고 오랫동안 밖을 조용히 쳐다보았다.

거리에는 눈이 녹고 오직 여기저기에 흰 눈 무더기가 남아 있었다.

건물들은 인적이 없는 듯했다.

먼 산꼭대기는 회색빛이었다.

Mi ekstaris malantaŭ Lili kaj demandis ŝin:

-Kio okazis hodiaŭ en la lernejo?

Ŝi alrigardis min.

-Hodiaŭ – komencis Lili malrapide – knabinoj en mia klaso diris, ke en Serda, en la ĉefurbo, estas lernejo, en kiu oni lernas baleton.

-Ĉu vi deziras lerni en tiu ĉi lernejo? – demandis mi.

-Jes –respondis Lili.

-Bone, mi informiĝos pri la baleta lernejo.

Lili ekĝojis. Verŝajne ŝi multe pensis pri la baleta lernejo, sed ŝi ne kuraĝis diri al mi, ke ŝi deziras lerni en tiu ĉi lernejo. Mi decidis paroli kun Irina Moneva kaj demandi ŝin ĉu Lili povas lerni en la baleta lernejo, kiaj estas la kondiĉoj, ĉu estas akceptoekzameno, kiam ĝi okazos kaj kiaj dokumentoj necesas. Tio estis la revo de Lili kaj mi devis helpi ŝin realigi ŝian revon.

La sekvan tagon mi renkontiĝis kun Irina Moneva.

-Jes – diris ŝi – ĉijare Lili povus kandidati por la baleta lernejo en la ĉefurbo.

나는 릴리 뒤에 서서 물었다.

"오늘 학교에서 무슨 일이 있었니?"

딸이 나를 쳐다보았다.

"오늘."

릴리가 천천히 말을 꺼냈다.

"우리 반 아이가 수도 세르다에 발레를 배우는 학교가 있다고 말했어요."

"그 학교에서 배우고 싶니?" 내가 물었다.

"예." 릴리가 대답했다.

"알았다. 내가 발레학교에 관해 알아볼게."

릴리는 기뻐했다.

정말 릴리는 발레학교에 대해 많이 생각한 듯했지만

감히 이 학교에서 배우고 싶다고 말하지 못했다.

나는 이리나 모네바 교사와 만나

릴리가 발레학교에서 배울 수 있나?

조건은 어떠냐?

입학시험은 있느냐?

언제 시험을 치루고 어떤 서류가 필요하냐고

물으려고 했다.

그것은 릴리의 꿈이고

그 꿈이 실현되도록 나는 도와야 했다.

다음 날 이리나 모네바를 만났다.

"예" 선생님이 말했다.

"올해 릴리는 수도에 있는 발레학교에 지원할 수 있어요

Mi devas diri al vi, ke en nia lando estas nur unu baleta lernejo kaj multaj knabinoj el diversaj urboj deziras lerni en ĝi. Oni tamen akceptas malmultajn dezirantojn kaj Lili devas scii tion: Ne estas facile iĝi lernantino en la baleta lernejo.

-Kion ni devas fari por la ekzameno? – demandis mi.

-Vidu en interreto kiajn dokumentojn necesas, kolektu kaj preparu ilin. La ekzameno ne estas facila.

-La deziro de Lili estas granda – diris mi.

-Jes, mi scias. Gravas, ke Lili mem decidis lerni en la baleta lernejo – ekridetis Moneva.

Vespere mi diris al panjo kaj paĉjo, ke Lili deziras lerni en la baleta lernejo en Serda. Panjo ekĝojis.

-Lili estos belega baletistino – diris ŝi.

Paĉjo tamen ne konsentis.

-Se vi demandus min – komencis li malrapide – Lili estas ankoraŭ malgranda. Nur dekjara ŝi estas.

-Tamen fraŭlino Moneva diris, ke je tiu ĉi aĝo oni komencas lerni baleton – replikis mi lin.

우리나라는 발레학교가 오직 한 개 있고,
여러 도시에서 많은 여자아이들이
거기서 발레를 배우고 싶어 한다는 것을
말하지 않을 수 없습니다.
그래서 소수의 희망자만 들어가니까 발레학교 학생이 되기
가 쉽지 않음을 릴리가 알아야만 합니다.”
 “시험을 위해 무엇을 해야 하나요?” 내가 질문했다.
 “인터넷에서 어떤 서류가 필요한지 보시고,
그것들을 모으고 준비하십시오.
시험은 쉽지 않습니다.”
 “릴리의 바람은 커요.” 내가 말했다.
 “예. 저도 압니다. 릴리 스스로 발레학교에서 배우는 것을
결심하는 것이 중요합니다.”
모네바가 살짝 웃었다.
저녁에 나는 부모님께 가서 릴리가 세르다에 있는 발레학교
에서 배우고 싶다고 말씀드렸다.
엄마는 기뻐하셨다.
 “릴리는 아주 예쁜 발레리나구나.” 엄마가 말씀하셨다.
그러나 아빠는 동의하지 않으셨다.
 “내게 묻는다면.” 하고 천천히 말을 시작하셨다.
 “릴리는 아직 어려. 겨우 열 살이야.”
 “하지만 모네바 선생이 그 나이에 발레 배우기를 시작한다
고 말했어요.”
내가 아빠에게 반박했다.

-Ĉu Lili loĝos sola en Serda? – daŭrigis paĉjo. – Kiu zorgos pri ŝi? Certe ĉe la lernejo estas komuna loĝejo, sed Lili ankoraŭ ne povas zorgi pri si mem. Krom tio baletistino ne estas profesio. La vivmaniero de la baletistinoj estas tre severa. Ili dancas ĝis la tridekjariĝo. Estas pli bone, ke Lili havu pli bonan profesion.

-Sed paĉjo – provis mi klarigi al li – Lili tre deziras lerni baleton. Tio estas ŝia granda revo.

-Mi komprenas – diris li – ne eblas vivi sen revoj, tamen la gepatroj devas bone konsili la infanojn. La gepatroj devas klarigi al ili kiu profesio estas bona kaj kiu – ne.

-Mi ne konsentas kun vi, paĉjo – diris mi. – Ĉiu infano devas mem elekti sian vivovojon, la infano devas mem solvi la problemojn en la vivo. Nun Lili mem elektis tiun ĉi vojon kaj ŝi devas sekvi ĝin. Mi subtenos ŝin.

-Vi ne pravas, Eva – insistis paĉjo. – Ni estas gepatroj kaj ni devas helpi la infanojn trovi la plej bonan vojon en la vivo. Mi kaj via patrino estas jam maljunaj. Vi kaj Lili restos solaj. Neniu helpos vin. Lili devas elekti pli praktikan profesion.

"릴리가 혼자 세르다에서 살 것이니?" 아빠가 계속 말씀하셨다.

"누가 그 아이를 돌보니? 분명 학교에 기숙사가 있지만 릴리는 아직 자기 스스로 돌볼 수 없어. 게다가 발레리나는 직업이 아니야. 발레리나로 사는 것은 매우 힘들어. 서른 살까지만 춤을 춘단다. 릴리가 더 좋은 직업을 갖는 것이 훨씬 좋아."

"하지만 아빠." 내가 설명하려고 했다.

"릴리는 발레 배우기를 아주 원해요.

그것이 큰 꿈이에요."

"나도 알아." 아빠가 말씀하셨다.

"꿈 없이 살 순 없어. 하지만 부모는 자녀를 잘 타일러야 해. 부모는 어떤 직업이 좋고 어떤 것은 나쁜지를 설명해 줘야 해."

"나는 아빠랑 생각이 달라요." 내가 말했다.

"모든 어린이는 자기 인생길을 스스로 선택해야 하고, 인생에서 문제를 스스로 풀어야만 해요.

지금 릴리는 이 길을 스스로 선택했고 그것을 따라야 해요. 제가 도울 거예요."

"옳지 않아. 에바야." 아빠가 우기셨다.

"우리는 부모니까 아이가 인생에서 가장 좋은 길을 찾도록 도와줘야 해. 나와 네 엄마는 이미 늙었어. 너와 릴리는 둘만 있어. 아무도 도와주지 않아.

릴리는 더 실용적인 직업을 선택해야 해."

Eble la disputo inter mi kaj paĉjo daŭros longe, sed panjo diris:

-Ni ne forgesu, ke por la baleta lernejo estos ekzamenoj. Ne estas certe ĉu oni aprobos Lili lerni en la lernejo.

Post tiuj ĉi vortoj de panjo mi tuj imagis la tragedion, kiu okazos, se oni ne aprobos Lili lerni en la la baleta lernejo. Ŝi certe malsaniĝos pro ĉagreno.

아마 나와 아빠의 논쟁은 길게 계속될 것인데 엄마가 말씀하셨다.

"발레학교를 위해 시험이 있음을 잊지 마세요. 릴리가 학교에서 배우도록 허락할지 확실하지 않아요."

엄마의 이 말 뒤에 릴리가 발레학교에서 배우도록 허락하지 않는다면 일어날 그 비극에 대해 나는 곧 생각했다.

릴리는 분명 괴로워서 병들 것이다.

14.

Irina Moneva komencis serioze instrui Lili. Preskaŭ ĉiutage Lili provludis. Per granda energio kaj sindediĉo Lili dancis. Nenio alia interesis ŝin. La knabinoj je ŝia aĝo ludis, sed Lili jam ne deziris ludi kun ili. Ŝi kvazaŭ forgesus siajn amikinojn kaj nun ŝi havis nur unu amikinon – Irina Moneva. Lili entuziasme preparis sin por la ekzameno en la baleta lernejo kaj mi demandis min de kie aperis tiu ĉi energio kaj ambicio en Lili? Kia estas tiu ĉi nevidebla forto, kiu igis ŝin danci. Nun mi pli bone ekkonis Lili. Mi vidis novajn trajtojn en ŝia karaktero kaj mi admiris ŝin. Jes, oni devas batali por realigi sian revon.

Ĉiuvespere Lili revenis de la provludoj laca kun rozkoloraj vangoj, similaj al maturaj pomoj.

-Lili, vi tre laciĝas – ofte diris mi.

-Ne – respondis ŝi. – Mi povas danci senĉese. Ne estas io pli bela ol la dancado.

La tago de la ekzameno proksimiĝis. La streĉeco hejme altiĝis kiel mara ondo. Lili estis maltrankvila.

14장. 릴리의 발레학교 시험준비

이리나 모네바는 진지하게 릴리를 가르치기 시작했다.
거의 매일 릴리는 시험을 준비했다.
커다란 힘과 헌신으로 릴리는 춤추었다.
그 아무것도 흥미가 없었다. 그 나이 또래 여자아이들은 놀지만 릴리는 이미 그들과 같이 놀기를 원치 않았다.
마치 친구들을 잊은 것 같고 지금은 오직 한 명의 친구 이리나 모네바만 가지고 있었다.
릴리는 열심히 발레학교 시험을 준비했다.
나는 릴리의 정열과 야심이 어디서 비롯되었는지 궁금했다.
딸이 춤추도록 만드는 보이지 않는 힘은 어떤 것인가?
이제 나는 릴리를 더 잘 알았다. 딸의 성격에 있는 새로운 특성을 보고 아이를 칭찬했다.
맞아. 우리는 자신의 꿈을 이루기 위해 싸워야만 한다.
매일 저녁 시험 연습이 끝나고 피곤해서 잘 익은 사과처럼 장미색 뺨을 하고 돌아왔다.
"릴리야. 매우 지쳤구나." 자주 내가 말했다.
"아니에요." 릴리가 대답했다.
"쉬지않고 춤출 수 있어요. 무용보다 더 예쁜 것은 없어요." 시험날이 다가왔다.
집안에 긴장감이 바닷 파도처럼 높아졌다.
릴리는 불안했다.

Ŝi malmulte manĝis kaj flamis kiel fajro. Ŝi similis al kometo kun blindiga lumo. Lili kaj mi estis pretaj ekveturi al Serda.

Du tagojn antaŭ la ekzameno ni vekiĝis frue. Panjo jam faris la matenmanĝon. Paĉjo estis preta akompani nin al la stacidomo. Lili estis silentema kaj emociigita. Mi same estis maltrankvila. Nevideblaj fingroj premis mian gorĝon. Mi demandis min, ĉu dum la ekzameno Lili sukcesos montri ĉion, kion ŝi lernis de Irina Moneva.

Tio estos la unua ekzameno en la vivo de Lili. Se ĝi malsukcesos, estos granda frapo por Lili. Senrevita kaj ege trista ŝi estos. Mi provis diri al Lili, ke se la ekzameno ne sukcesos, ne estos tragedio. Mi ripetis la vortojn de Irina Moneva, ke en la baleta lernejo oni ne akceptas multajn gelernantinojn, iujn knabinojn, kiuj kandidatas, instruis famaj baletistinoj.

-Ne! – diris Lili firme. – Irina Moneva estas bonega baletistino.

-Ni loĝas en malgranda montara urbo. Ĉi tie neniam estis baleta spektaklo kaj ni ne vidis kaj ne konas famajn baletistinojn – diris mi.

릴리는 조금 먹고 불꽃처럼 불태웠다.

눈을 멀게하는 빛을 가진 혜성 같았다.

릴리와 나는 세르다로 갈 준비를 했다.

시험 이틀 전날 우리는 일찍 일어났다.

엄마는 벌써 아침을 차리셨다.

아빠는 우리를 역까지 데려다줄 채비를 하셨다.

릴리는 말이 없지만 들떠있었다.

나도 마찬가지로 불안했다.

보이지 않는 손이 내 목을 졸랐다.

시험에서 릴리가 이리나 모네바 선생에게 배운 모든 것을
성공적으로 표현해 낼지 궁금했다.

이것이 릴리 인생에서 첫 번째 시험이다.

실패한다면 릴리에게는 큰 타격이다.

꿈을 잃고 매우 슬퍼할 것이다.

시험에 실패해도 비극은 아니라고 릴리에게 말하려고 했다.

유명 발레리나가 가르쳐서 지원한 어떤 여자아이들을,

많은 학생들을 발레학교에서 받지 않는다고 한

이리나 모네바의 말을 나는 되풀이했다.

"아니에요." 릴리가 단호하게 말했다.

"이리나 모네바는 아주 좋은 발레리나예요."

"우리는 작은 산골 마을에 살아.

여기서는 발레 공연도 없고,

유명 발레리나를 보거나 알지도 못 해."

하고 내가 말했다.

Lili silente rigardis min. Mi daŭrigis klarigi, ke por la baleta lernejo kandidatas filinoj de baletistinoj, sed mi ne estas baletistino, mi estas ordinara apotekistino. Lili silentis. Mi vidis, ke ŝi ne akceptas miajn argumentojn. Ŝi firme kredis, ke ŝi sukcesos en la ekzameno kaj ŝi lernos en la baleta lernejo.

Ni ekiris al la stacidomo. Panjo diris al ni "bonan vojaĝon kaj sukceson". Antaŭ la stacidomo ni renkontis mian iaman samklasaninon Pavlina, kiu demandis nin kien ni veturos.

-Al Serda – respondis mi. – Lili kandidatos en la baleta lernejo.

-Ĉu? – Pavlina alrigardis min per larĝe malfermitaj okuloj, kvazaŭ ŝi ne bone komprenis min.

-Jes, en la baleta lernejo – ripetis mi.

-Eva! Vi estas freneza. Ĉu vere vi deziras, ke Lili estu baletistino? Ĉiuj baletistinoj estas publikulinoj.

Mi ŝajnigis, ke mi ne aŭdis ŝin, sed mia koro ekdoloris. Mi bone sciis, ke en la provincaj urboj oni opinias balestistinojn publikulinoj.

릴리는 물끄러미 나를 쳐다보았다.

발레학교에 들어가려고 발레리나의 자녀들이 지원하는데

나는 발레리나도 아니고 평범한 약사라고

설명을 계속했다.

릴리는 조용했다.

릴리가 내 주장을 받아들이지 않음을 보았다.

자신이 시험에 합격해 발레학교에서 배울 것이라고 확실히 믿었다.

우리는 기차역으로 출발했다.

엄마는 우리에게 '잘 다녀오고 합격해' 라고 말씀하셨다.

역 앞에서 언젠가 같은 반인 **파브리나**를 만났는데

어디 가느냐고 물었다.

"세르다에 가. 릴리가 발레학교에 지원했어." 내가 대답했다.

"정말?" 파브리나는 마치 나를 잘 이해하지 못한다는 듯 동그랗게 뜬 눈으로 쳐다보았다.

"응. 발레학교야." 내가 되풀이했다.

"에바야, 미쳤니? 정말 릴리가 발레리나가 되기를 원해? 모든 발레리나는 창녀야."

나는 그 소리를 듣지 않은 척했지만,

마음이 아프기 시작했다.

시골에서는 발레리나를 창녀라고 말하는 것을

나는 잘 알았다.

Tamen laŭ mi la baleto estas la plej bela kaj la plej fajna arto.

Dum la ekzameno mi staris en la korto de la lernejo kaj mi tremis pro streĉeco. Mi atendis Lili, sed la tempo kvazaŭ haltus. Fin-fine Lili venis. Ŝi kuris al mi, pli ĝuste ŝi flugis. Lili estis senlime feliĉa.

La rezultoj de la ekzameno estos post semajno. Ni revenis en Srebrovo. Dum la tuta semajno mi provis ne mediti pri la ekzameno, tamen nur tiu ĉi penso okupis min. Sendepende ĉu mi estis hejme aŭ en la apoteko, mi pensis pri la ekzamena rezulto. Ĉu Lili sukcesis aŭ ne?

En interreto ni vidis la rezultojn. Neniam mi estis pli ĝoja. Lili sukcesis! Mi rigardis la nomliston de la knabinoj, kiuj sukcesis, kaj mi ne kredis, ke inter la aliaj nomoj estas la nomo de Lili. La unua ekzameno en ŝia vivo estis sukcesa. Antaŭ ŝi malfermiĝis pordo al nova nekonata mondo. Kio okazos en ŝia vivo? Kia estos la vojo sur kiun ŝi ekiros?

Lili jubilis. Ŝiaj okuloj brilis. Ŝi jam estis lernantino en la baleta lernejo en la ĉefurbo.

하지만 내가 보기에

발레는 가장 예쁘고 가장 정교한 예술이다.

시험 기간 내내 학교 운동장에 서서 긴장해서 떨었다.

릴리를 기다렸지만, 시간이 거의 멈춘 듯했다.

마침내 릴리가 왔다.

내게 달려왔는데 더 정확히는 날아왔다.

릴리는 한없이 행복했다.

시험결과는 일주일 뒤에 나온다.

우리는 스레브로보 집으로 돌아왔다.

일주일 내내 시험에 대해 생각하지 않으려고 했지만,

오직 이 생각만 머리에 꽉 찼다.

집에 있든 약국에 있든 상관없이 시험결과를 생각했다.

릴리가 합격했을까 아니면 불합격했을까?

인터넷에서 우리는 결과를 보았다.

지금껏 더 기쁜 적이 없었다. 릴리가 합격했다.

나는 합격한 여자아이들의 이름 목록을 쳐다보고

다른 이름 사이에 릴리 이름이 있다고 믿지 못했다.

딸 인생에서 첫 번째 시험은 성공이었다.

앞에 새로운 미지의 세계로 가는 문이 열렸다.

인생에서 무슨 일이 일어날까?

걸어가야 할 길은 어떤 것일까?

릴리는 환호했다. 눈동자는 빛났다.

벌써 수도에 있는 발레학교 학생이었다.

Mi tamen devis decidi kion fari: ĉu Lili estu en la lerneja komuna loĝejo aŭ mi luu loĝejon por ŝi. Mia salajro ne estis alta kaj mi ne povis lui loĝejon en Serda. Post longa cerbumado mi decidis: mi kaj Lili loĝos en Serda. Tiel ni estos kune. Mi certis, ke en Serda mi trovos laboron. Mi diris al miaj gepatroj mian decidon.

-Ĉu vi bone pripensis? – demandis paĉjo.

-Jes – mi alrigardis lin.

-En Serda la lupagoj de la loĝejoj estas altaj. Ĉu vi trovos laboron tie?

-Certe – rerspondis mi.

-Vi devas pli bone pripensi viajn agojn. Vi ĉiam agas emocie kaj malprudente. Rememoru viajn rilatojn kun Ivo, kun Kiril⋯

Paĉjo aludis miajn fiaskojn en la vivo kaj liaj vortoj forte pikis min.

-Estus bone, se foje-foje vi aŭdus miajn konsilojn. Mi ne deziras riproĉi vin, mi kiel patro deziras helpi vin.

-Jes, mi scias. Vi zorgas pri mi, sed mi devas zorgi pri mia filino - diris mi.

-Vi scias, ke paĉjo amas vin – diris panjo.

하지만 나는 무엇을 할지, 즉 릴리를 학교 기숙사에 있게
할지 아니면 방을 빌릴 것인지 정해야만 했다.

내 월급은 많지 않아 세르다에서 방을 빌릴 수 없었다.

오랫동안 궁리한 뒤 릴리와 함께 세르다에서 살기로 마음먹
었다.

그렇게 우리는 함께 있을 것이다.

세르다에서 일자리를 찾으리라고 확신했다.

나는 부모님께 내 결심을 말했다.

"잘 생각했니?" 아빠가 물으셨다.

"예." 내가 아빠를 쳐다보았다.

"세르다에서는 방 임대료가 비싸.
거기서 일자리를 찾을 거니?"

"분명히요." 내가 대답했다.

"네 행동을 더 잘 생각해야 해.
넌 항상 감정적이고 참을성 없이 행동해.
이보나 키릴과 관계를 기억해."

아빠는 삶에서 나의 큰 실패를 언급하여 그 말이 내 가슴을
세게 찔렀다.

"번번이 네가 내 충고를 들었더라면 좋았을 텐데.
너를 꾸짖고 싶지 않고, 아버지로서 너를 돕고 싶어."

"예, 저도 압니다. 아버지는 저를 돌보지만 저는 제 딸을
돌보아야만 해요." 내가 말했다.

"아빠가 너를 사랑하는지 알지?" 엄마가 말씀하셨다.

– Tamen mi deziras rememorigi al li la fabelon, kiun iam rakontis mia avino.

Panjo ekridetis kaj en ŝiaj okuloj aperis ruzetaj flametoj.

-Estis cikonio-patrino – komencis rakonti panjo la fabelon. – Ĝi transportis tra la maro siajn idojn, la etajn cikoniojn. Kiam la cikonio flugis kun iu el la idoj super la maro ĝi demandis la etan cikonion: "Ĉu vi tiel portos min super la maro, kiam mi maljuniĝos?" "Ne – respondis la eta cikonio – mi ne portos vin, mi portos mian idon." Tio estas la fabelo. Ĉiu patrino devas porti sian idon – konkludis panjo.

Paĉjo silentis. Li sciis tiun ĉi fabelon kaj nun li ridetis skeptike.

"하지만 언젠간 내 할머니가 이야기해 준 동화를 아빠에게 기억시키고 싶구나." 엄마는 살짝 웃고 눈에는 음흉한 불꽃이 나타났다.

"황새 엄마 이야기야." 엄마가 동화를 이야기하셨다.

"엄마 황새가 자기 새끼, 어린 황새를 바다 위로 건네주고 있었어. 황새가 바다 위에서 새끼 하나와 함께 날면서 어린 황새에게 물었지. '내가 늙으면 이렇게 나를 바다 위로 네가 건네주겠지?'

'아니.' 어린 황새가 말했어.

'나는 엄마를 건네주지 않고 내 새끼를 건네줄 거야.' 이것이 그 동화야. 모든 엄마는 자기 새끼를 건네주어야만 해." 엄마가 결론지으셨다.

아빠는 말이 없으셨다.

이 동화를 잘 알아 지금 냉소적으로 슬그머니 웃으셨다.

15.

En la komenco de monato septembro Lili kaj mi ekveturis al Serda kaj provizore ni ekloĝis en la domo de oĉjo Vasil, kuzo de panjo. Lili eklernis en la baleta lernejo kaj mi komencis serĉi laboron en Serda. Ĉiutage mi vagis de apoteko al apoteko, sed nenie estis laborloko por apotekistino. Mi komencis malesperiĝi. Ne eblis vivi sen mono. Mi decidis telefoni al Kiril kaj peti de li monon. Ja, li promesis regule doni monon al Lili, tamen dum la lastaj du monatoj li ne telefonis al mi kaj ne sendis monon. La pensioj de miaj gepatroj estis tre malaltaj kaj ili ne povis helpi min. De aliaj konatoj mi same ne povis peti monon kaj la sola ebleco estis Kiril, malgraŭ ke mi tute ne deziris ricevi monon de li. Mi tamen devis telefoni al li.

-Mi estas en Greklando – diris Kiril. – Post du tagoj mi revenos, mi venos en Serda kaj mi telefonos al vi.

Mi ne kredis, ke Kiril telefonos, tamen post tri tagoj li telefonis.

15장. 발레학교가 있는 세르다로 이사

9월 초순에 릴리와 나는 세르다로 와서 임시로 엄마의 사촌인 바실 아저씨 집에 살기 시작했다.

릴리는 발레학교에서 공부하고 나는 세르다에서 일자리를 찾기 시작했다.

매일 이 약국 저 약국 다녔지만, 어디에도 약사 일자리가 없었다.

나는 절망하기 시작했다.

돈 없이는 살 수 없었다.

나는 키릴에게 전화해서 돈을 요청하려고 마음먹었다.

정말 키릴은 정기적으로 릴리에게 돈을 준다고 약속해 놓고 지난 두 달간 내게 전화도 안 하고 돈도 보내지 않았다.

우리 부모님 연금은 아주 적어 나를 도울 수 없다.

다른 친지에게 마찬가지로 돈을 부탁할 수 없어서,

유일한 가능성은 키릴인데

그런데도 나는 결코 키릴에게서 돈을 받고 싶지 않았다.

하지만 키릴에게 전화를 해야만 했다.

"나는 그리스에서 있어요." 키릴이 말했다.

"이틀 뒤 돌아가요.

세르다에 가서 당신에게 전화할게요."

나는 키릴이 전화할거라고 믿지 않았지만 삼일 뒤 키릴이 전화했다.

Li diris, ke ni renkontiĝu ĉe motelo "Pirin", kie kutime li parkas la kamionon.

Kiril atendis min en la kafejo de la proksima benzinvendejo. Estis agrabla septembra posttagmezo. Okcidente la suno lante subiris kaj tie la ĉielo havis kuprecan koloron, kvazaŭ flamis la montopintoj. Ne estis nuboj. La firmamento similis al diafana silka tolo. Blovis febla vento. De la kafejo videblis la nova loĝkvartalo "Ljulin", kies multetaĝaj domoj situis je la piedoj de la monto. La domoj similis al blankaj ŝipoj ĉe verda haveno. La monto ankoraŭ estis verda. Aŭtuno ne rapidis kolorigi ĝin per ruĝaj, brunaj, oranĝaj koloroj. En la silenta sunsubiro estis tristeco kaj melankolio.

-Ĉu vi jam loĝas en la ĉefurbo? – demandis Kiril kaj bruligis cigaredon.

Lia rigardo estis laca. Ja, li veturis tutan nokton de Greklando.

-Estas novaĵo – diris mi.

Kiril alrigardis min kaj tuj li demandis:

-Ĉu vi edziniĝis?

-Ne – respondis mi.

-Sed⋯

화물트럭을 보통 주차하는 모텔 '피린'에서 만나자고 키릴이 말했다.

키릴은 주유소가 가까운 카페에서 나를 기다렸다.

상쾌한 9월 오후였다.

서쪽으로 해가 천천히 지고,

그쪽 하늘은 구리빛 해로 인해 마치 산꼭대기가 불타는 듯했다.

구름도 없었다. 하늘은 투명한 비단 헝겊 같았다.

희미한 바람이 불었다. 산자락에 고층건물이 있는 새 시가지 '류린'을 카페에서 볼 수 있었다.

집들은 푸른 항구에 있는 하얀 배 같았다.

산은 아직 푸르렀다.

가을은 그것들을 빨갛고 갈색이고 주황색으로 색칠하는데 서두르지 않았다.

조용한 일몰(日沒)에 슬픔과 우울함이 있었다.

"당신은 벌써 수도에 사나요?"

키릴이 묻고 담배에 불을 붙였다.

시선은 피곤했다.

정말 밤새 그리스에서 차를 몰고 왔다.

"새 소식이 있어요." 내가 말했다.

키릴이 나를 바라보고 바로 물었다.

"당신 결혼해요?"

"아니요." 내가 대답했다.

"그러면."

-Lili jam estas lernantino en la baleta lernejo en Serda.

Kiril surpriziĝis.

-Mi ne supozis, ke ŝi ŝatas danci – diris li malrapide.

-Jes, ĉar vi ne interesiĝas pri ŝi – diris mi. – Vi ne scias kion Lili ŝatas, pri kio ŝi okupiĝas, pri kio ŝi revas. Dum du monatoj vi telefonis nek al mi, nek al ŝi. Vi promesis sendi al ŝi monon, sed vi sendis nenion···

Lia rigardo ekbrilis kolere.

-Mi estis eksterlande. Vi tute ne informis min, ke Lili komencos lerni en la baleta lernejo. Lili ankoraŭ estas malgranda por baleto – diris Kiril.

-Ŝi estas dekjara kaj je tiu ĉi aĝo oni komencas lerni baleton – rimarkis mi.

-Bone, se tiel vi decidis··· - tramurmuris li.

-Ne mi! Lili decidis! Ŝi tre deziris lerni baleton. Ŝi tre forte deziris tion.

-Bone.

-Ĉu vi estas ŝia patro aŭ ne? – demandis mi. – Se vi estis ŝia patro, vi devas pensi pri ŝi. Du monatojn vi ne donis monon.

"릴리가 벌써 세르다의 발레학교 학생이 되었어요."
키릴은 놀랐다.
"나는 릴리가 무용을 좋아한다고 짐작 못 했어요." 천천히 말했다.
"맞아요. 아이에 관해 관심 없으니까요." 내가 말했다.
"당신은 릴리가 무엇을 좋아하고, 무슨 일을 하고, 어떤 꿈이 있는지 몰라요.
두 달 동안 나에게도 릴리에게도 전화하지 않았어요. 릴리에게 돈을 보낸다고 약속해 놓고 아무것도 안 보냈어요."
키릴의 시선이 화난 듯 빛났다.
"나는 외국에 있었어요.
당신은 내게 릴리가 발레학교에서 배우기를 시작할거라고 전혀 알려 주지 않았어요.
릴리는 아직 발레를 하기에는 어려요." 키릴이 말했다.
"릴리는 열 살이고 이 나이에 발레 배우기를 시작해요." 내가 알려 주었다.
"좋아요. 당신이 결정했다면." 키릴이 머뭇거렸다.
"내가 아니에요. 릴리가 결정했어요.
발레를 무척 배우고 싶어 해요.
그것을 아주 세게 원하지요."
"알았어요."
"당신은 아버지인가요 아닌가요?" 내가 물었다.
"아버지라면 아이에 대해 생각해야죠.
두 달간 돈도 주지 않았어요.

Lili bezonas monon.

-Jes, mi komprenas⋯ Mi diris al vi, ke dum la lastaj monatoj mi estis en Greklando, Turkio, Italio. Mi ne povis sendi monon. Nun mi donos al vi monon. Postmorgaŭ mi veturos al Kroatio. Post semajno mi revenos kaj mi denove donos al vi monon.

-Bone.

Kiril elprenis sian monujon kaj donis al mi kelkajn monbiletojn.

-Mi amas Lili kaj mi zorgos pri ŝi – diris li. - Ŝi sciu, ke ŝi havas patron, kiu ĉiam pensas pri ŝi kaj helpos ŝin.

Mi alrigardis lin. Kiril aspektis ne nur laca, sed ege soleca. Ombro vualis lian rigardon. Eble la soleco turmentis lin. Mi ekstaris kaj diris al li "ĝis revido". La mono, kiun li donis, ne estis multe, sed ĝi sufiĉos por la plej urĝaj bezonoj.

릴리는 돈이 필요해요.”

“그래, 알았어요. 지난 달에 내가 그리스, 터키, 이탈리아에 있다고 말했잖아요. 돈을 보낼 수 없었어요. 지금 돈을 줄게요. 모레 나는 크로아티아로 가요. 일주일 뒤 돌아와서 다시 당신에게 돈을 줄게요.”

“알았어요.”

키릴은 지갑을 꺼내 약간의 지폐를 주었다.

“나는 릴리를 사랑하고 그 애를 돌볼게요.”

키릴이 말했다.

“아이에게 항상 자기를 생각하고 도와주는 아버지가 있다고 알려주세요.”

나는 키릴을 쳐다보았다.

키릴은 피곤할 뿐만 아니라 아주 외로워 보였다.

그림자가 눈길을 덮었다.

아마 외로움이 고통스럽게 하는 듯했다.

나는 일어나서 ‘잘 가요’ 하고 말했다.

키릴이 준 돈은 많지 않았지만 가장 시급한 필요에는 충분할 것이다.

16.

Mi decidis iri en la universitaton kaj renkontiĝi kun mia iama profesoro pri farmakologio - Ivan Davidov. Mi deziris peti lin trovi al mi laboron. Dum mi studis, mi ordigis la librojn en lia kabineto kaj mi kompostis liajn sciencajn studojn.

Mi eniris la kabineton de profesoro Davidov kaj kiam li vidis min, li ege surpriziĝis.

-Eva - diris li. - Delonge mi ne vidis vin. Kiel vi fartas?

-Dankon, bone, profesoro Davidov. Mi jam loĝas en Serda kaj mi venis vidi vin kaj paroli kun vi - diris mi.

-Dankon.

Malgraŭ la aĝo, li aspektis energia, vigla. Lia larĝa vizaĝo havis kuprecan koloron kaj liaj grizaj okuloj rigardis min kare. La profesoro estis malalta, sed svelta.

-Eva, Eva - ripetis li - antaŭ kiom da jaroj vi diplomiĝis?

-Delonge - ekridetis mi.

-Ĉu vi havas familion, infanojn?

16장. 대학 다닐 때의 교수를 찾아가다

나는 대학교에 가서 예전 약리학 교수인 **이반 다비도브**를 만나려고 마음먹었다.

일자리를 찾아 달라고 부탁하고 싶었다.

내가 공부할 때 교수 사무실에서 책을 정리하고 과학 논문을 편집했다.

다비도브 교수실로 들어갔더니,

나를 보자 크게 당황하셨다.

"에바." 교수님이 말씀하셨다.

"오랜만에 보는구나. 어떻게 지내니?"

"감사합니다. 잘 지내요 교수님.

벌써 세르다에 살고 교수님을 뵙고 말씀 드리고 싶어 왔어요." 내가 말했다.

"고마워." 나이에도 불구하고

힘이 넘치고 활발하게 보였다.

커다란 얼굴은 구리빛이고 회색 눈동자는 사랑스럽게 나를 바라보았다.

교수는 키가 작지만 날씬했다.

"에바. 에바." 교수가 되풀이하셨다.

"몇 년 전에 졸업했지?"

"오래되었어요." 나는 살짝 웃었다.

"가족이나 자녀도 있지?"

-Mia edzo forpasis. Mi havas filinon, kiu estas dekjara – respondis mi. – Nun ŝi lernas en la baleta lernejo en Serda.

La telefono sur lia skribotablo eksonoris. La profesoro levis la aŭskultilon. Estis mallonga konversacio. Li remetis la aŭskultilon kaj diris:

-Kara Eva, mi devas eliri, sed vespere ni povus renkontiĝi. Je la sepa horo estu en kafejo "Panoramo" sur bulvardo "Respubliko". Certe vi scias kie ĝi troviĝas.

-Dankon – diris mi.

-Mi komprenas, ke vi deziras diri ion al mi. Vespere en la kafejo ni parolos trankvile. Nun pardonu min. Oni atendas min kaj mi devas rapidi.

Ni ambaŭ eliris el la kabineto kaj la profesoro rapide malproksimiĝis en la longa universitata koridoro. Mi ne supozis, ke li proponos al mi renkontiĝi.

Iom mi hezitis – ĉu vespere mi iru en kafejon "Panoramo" aŭ ne. Tamen profesoro Davidov povus helpi min trovi laboron. Oni konis lin. Multaj liaj gestudentoj nun laboris en diversaj apotekoj. Mi decidis iri al la renkontiĝo.

"남편은 죽었어요. 10살먹은 딸이 하나 있어요." 내가 대답했다.

"지금 딸은 세르다에 있는 발레학교에서 공부해요."

교수님의 책상 위에서 전화가 울렸다.

교수님은 전화기를 들었다.

짧은 대화가 있었다.

수화기를 내려놓고 말씀하셨다.

"사랑스런 에바. 나가 봐야 해. 저녁에 만날 수 있지? 7시에 레스푸브리코 거리에 있는 '파노라마' 카페에 있어. 분명 그것이 어디 있는지 알 거야."

"감사합니다." 내가 말했다.

"무엇을 말하고 싶은지 알겠어.

저녁에 카페에서 조용하게 이야기 해.

지금은 미안해.

나를 기다려서 서둘러야 해."

우리 두 사람은 사무실에서 나왔고,

교수님은 서둘러 긴 대학 복도로 멀어지셨다.

나는 교수님이 만나자고 제안할 줄은 짐작도 못 했다.

조금 주저했다.

저녁에 카페 파노라마에 가야 해 말아야 해? 하지만 내가 일자리를 찾도록 다비도브 교수가 도울 수 있다면.

사람들이 교수님을 알았다.

많은 제자가 지금 여러 약국에서 일했다.

나는 만나러 가기로 마음먹었다.

Vespere kvin minutojn antaŭ la sepa horo mi eniris la kafejon. Profesoro Davidov atendis min. Elegante vestita, li surhavis grizan kostumon, kies koloro konvenis al lia arĝenteca hararo. Kiam li vidis min, li ekridetis.

-Bonan vesperon, profesoro — salutis mi lin.

Li tuj ekstaris kaj mankisis min.

-Saluton, Eva. Mi ĝojas, ke vi estas tre preciza. Mi ne ŝatas atendi. Kiam mi atendas iun, la minutoj kvazaŭ pasus tre malrapide. Kion vi trinkos?

-Nur kafon — respondis mi.

-Ne eblas. Ni devas trinki vinon, okaze de nia renkontiĝo post tiom da jaroj.

-Bone. Estu vino.

-Mi trinkas ruĝan vinon — diris li.

La kelnerino alportis vinbotelon. La profesoro levis sian glason kaj iom solene li diris:

-Je nia renkontiĝo post dekok jaroj. Li alrigardis min kaj komencis malrapide paroli:

-Mi tre bone memoras, kiam vi estis studentino kaj vi helpis min. Tiam vi scipovis rapide komposti. Ĉu vi ankoraŭ tiel rapide kompostas?

-Delonge mi ne kompostis — respondis mi.

저녁 7시 5분 전에 카페에 들어갔다.

다비도브 교수님이 나를 기다리셨다.

멋진 차림으로 은색 머릿결과 잘 어울리는 회색 정장을 입으셨다.

나를 보자 웃음을 지으셨다.

"안녕하세요 교수님." 내가 인사했다.

교수님은 즉시 일어나서 내 손에 키스하셨다.

"안녕, 에바. 정말 정확하게 와서 기뻐.

나는 기다리기를 싫어하거든.

누군가를 기다리면 시간이 마치 아주 천천히 가는 거 같아.

무엇을 마실래?"

"커피요." 내가 대답했다.

"안 되지. 그렇게 오랜만에 만났는데

포도주를 마셔야지."

"좋습니다. 포도주요."

"나는 적포도주를 마셔." 교수님이 말씀했다.

종업원이 포도주 병을 가져왔다.

교수님은 잔을 들어 조금 거창하게 말씀했다.

"10년 만의 우리 만남을 위해!" 교수님은 나를 쳐다보더니 천천히 말을 시작하셨다.

"에바가 대학생일 때 나를 도와 준 것을 아주 잘 기억해. 그때 빨리 편집하는 능력이 있었지.

아직 그렇게 빨리 편집해?"

"오래 전에 편집은 그만 두었어요." 내가 대답했다.

-Bonvolu rakonti pri vi, pri via vivo – petis la profesoro.

-Vi scias, ke mi naskiĝis kaj loĝis en urbo Srebrovo. Mi laboris en apoteko tie, sed mia filino komencis lerni en la baleta lernejo kaj jam de du monatoj ni loĝas en Serda. Mi tamen ne havas laboron kaj mi ŝatus peti vin trovi al mi laboron en iu ĉefurba apoteko.

Li rigardis min kaj dum minuto li silentis.

-Estas malfacile. Mi parolos kun iuj el miaj iamaj studentoj. Ja, vi estis tre bona studentino kaj vi nepre devas havi laboron. Ja, vi bezonas monon, vi devas zorgi pri via filino.

Liaj vortoj vekis en mi esperon. Estis naŭa horo, kiam ni eliris el kafejo "Panoramo". Ekstere blovis friska vento. La profesoro deziris telefone voki taksion kaj akompani min hejmen, sed mi diris, ke mi preferas veturi trame.

-Telefonu al mi post unu semajno – diris li. – Eble mi sukcesos trovi al vi laboron.

-Dankon, profesoro.

Mi ekiris al la tramhaltejo. Mi ĝojis, esperante, ke la profesoro trovos al mi laboron. Mi eniris la loĝejon, ridetanta.

"에바와 에바의 삶에 대해 이야기해 봐." 교수님이 요청하셨다.

"아시다시피 저는 스레브로보에서 태어나 살았어요.
거기서 약국에서 일했는데, 딸이 발레학교에서 공부하기 시작해 벌써 두 달 전부터 세르다에서 살고 있어요.
하지만 직장이 없어 여기의 어느 약국에 일자리를 찾아 달라고 부탁하고 싶어요."

교수님은 나를 쳐다보고 잠깐 말이 없으셨다.

"어려워. 전에 내 학생 중 누구와 이야기는 할 거야.
정말 에바는 매우 훌륭한 학생이었으니,
반드시 직장을 가져야 해.
정말 돈이 필요하고, 딸을 돌봐야 해."

그 말이 나에게 희망을 불러일으켰다.

9시에 카페 파노라마에서 나왔다.

밖에는 시원한 바람이 불었다.

교수님은 전화로 택시를 불러 나를 집으로 데려다주고 싶어하셨지만, 나는 지하철로 가는 것을 더 좋아한다고 말했다.

"일주일 뒤에 내게 전화해."

교수님이 말씀했다.

"아마 네게 일자리를 알아주는 데 성공할 거야."

"감사합니다. 교수님."

나는 지하철역으로 갔다.

나는 교수님이 일자리를 찾아 줄 거로 희망하면서 기뻤다.

나는 웃으면서 집에 들어갔다.

Lili demandis min:

-Ĉu vi trinkis alkoholaĵon?

-Jes — respondis mi. — Mi trinkis vinon. Mi estis kun mia universitata profesoro. Li promesis trovi al mi laboron.

Lili ekĝojis.

Post semajno mi telefonis al profesoro Davidov, sed li petis min, ke mi telefonu post kelkaj tagoj. La tempo pasis kaj la senlaboreco turmentis min. Mi bezonis monon por vivteni Lili kaj min. Nepre mi devis trovi ian laboron. Jam ŝajne mi ne povis kalkuli je profesoro Davidov. Mi devis sola serĉi laboron. Mi estis patrino, mi havis zorgojn.

Mi rememoris, ke kiam mi laboris en la apoteko en Srebrovo, tra la fenestro de la apoteko ĉiun tagon mi vidis hundon, eble stratan hundon, kiu havis idojn kaj ĉiutage ĝi serĉis nutraĵon por la hundetoj. La hundino estis magra, malforta, sed ĝi ĉiam vagis sur la str3toj por serĉi nutraĵon. Mi admiris tiun ĉi hundinon.

Iun matenon la profesoro telefonis al mi. Jam pasis preskaŭ monato de nia renkontiĝo.

릴리가 물었다.

"술 마셨어요?"

"응." 내가 대답했다.

"포도주를 마셨어.

대학 때 교수님과 같이 있었어.

일자리를 찾아 준다고 약속했어."

릴리는 기뻐했다.

일주일 뒤 다비도브 교수님께 전화했지만,

며칠 뒤에 다시 전화하라고 요청하셨다.

시간이 지나 실업 상태가 나를 괴롭혔다.

릴리와 나의 생계를 위해 돈이 필요했다.

어떤 일이라도 꼭 찾아야만 했다.

벌써 다비도브 교수님을 기댈 수 없다고 느꼈다.

나는 혼자 일자리를 찾아야 했다.

나는 엄마고 돌볼 사람이 있다.

스레브로보에서 약국에 근무할 때 약국 창문으로 날마다 개, 아마 집 없는 개를 봤는데 그 개는 새끼가 있어 매일 새끼를 위해 먹을 것을 찾아 다녔다.

암캐는 마르고 힘이 없었으나 항상 먹을 것을 찾아 길거리를 헤맸다.

나는 이 암캐를 칭찬했다.

어느 날 아침 교수가 내게 전화했다.

우리가 만난 지 거의 한 달이 지났다.

Kiam mi aŭdis lian voĉon, mi ekĝojis. La profesoro diris, ke vespere ni renkontiĝu denove en kafejo "Panoramo".

La tutan tagon mi estis tre emociigita. Antaŭ la ekirio al la kafejo, mi survestis mian plej belan robon, kiu havis ĉerizan koloron. Mi surmetis orelringojn kaj braceleton. Mi deziris esti belaspekta. Mi rigardis min en la spegulo. Miaj helverdaj okuloj brilis, mia vizaĝo estis glata, sur ĝi ankoraŭ ne videblis sulkoj. Mia bruna hararo estis longa, krispa, mia korpo svelta.

Mi eniris la kafejon. La profesoro salutis min kare. Mi sidis ĉe la tablo, atendante, ke li diros, ke li trovis al mi laboron. Tamen li ne rapidis ekparoli.

-Kiel fartas Lili? – demandis la profesoro.

-Ŝi estas feliĉa, ke ŝi lernas baleton – respondis mi.

La profesoro ekparolis:

-Mi havas multe da laboro kaj plurajn okupojn – diris li. – Vespere mi revenas hejmen laca.

Estis iom strange, ke li komencis paroli pri si mem.

교수님의 목소리를 듣자 나는 기뻤다.

교수님이 저녁에 다시 파노라마 카페에서 만나자고

말씀하셨다.

하루종일 나는 흥분했다.

카페로 출발하기 전에 체리 색으로 된

가장 예쁜 옷을 입었다.

귀걸이와 팔찌도 했다.

예쁘게 보이고 싶었다.

거울로 나를 쳐다보았다.

밝은 초록색 눈은 빛났고 얼굴은 매끄럽고

아직 주름은 볼 수 없었다.

갈색 머릿결은 길고 구불구불했으며 몸은 날씬했다.

카페에 들어갔다.

교수님이 내게 다정하게 인사하셨다.

나는 탁자에 앉아 일자리를 찾았다고 말해 주길 기다렸다.

하지만 교수님은 말을 꺼내는데 서두르지 않으셨다.

"릴리는 어떻게 지내?" 교수님이 물으셨다.

"발레를 배우니 행복해요."

내가 대답했다.

교수님이 말을 꺼내셨다.

"나는 일이 많고 직책이 여러 가지야."

교수님이 말씀하셨다.

"저녁에 지쳐서 집에 돌아와."

교수님이 자기 자신에 관해 말을 시작하니 조금 이상했다.

-Eble vi scias, Eva, — daŭrigis li -, ke mi divorcis kaj nun mi loĝas sola en mia vilao, kiu troviĝas proksime al la monto. Ĝi estas komforta, bela···

Por momento li eksilentis kaj poste pli malrapide li daŭrigis, fiksrigardante min.

-Eva, — diris li — post nia renkontiĝo ĉi tie, mi longe pensis pri vi. Jam, kiam vi estis studentino, vi tre plaĉis al mi. Tiam kaj nun vi estas tre bela. Mi opinias, ke ni povus vivi kune. Vi ne devas labori. Mia salajro estas tre alta. Mi zorgos pri Lili kaj pri vi. Mi amas la infanojn. Certe Lili estas kara knabino kaj ŝi similas al vi. Baldaŭ vi kaj Lili devas gasti al mi.

Li eksilentis kaj provis tuŝi mian manon, sed mi rapide retiris ĝin.

-Ni ne estas infanoj — diris la profesoro. — Iom da tempo ni kunloĝos kaj poste ni geedziĝos.

Liaj vortoj surprizis, ĝenis min.

-Pardonu min, sinjoro profesoro — diris mi, - sed mi ne atendis de vi tiun ĉi proponon.

-Kara Eva, vi ne devas tuj akcepti mian proponon — ekridetis li.

"아마 에바도 알겠지? 에바." 교수님이 말을 이으셨다.

"내가 이혼하고 산 근처에 있는 빌라에서 혼자 사는 것을. 그곳은 편하고 예뻐."

잠깐 말을 그치더니 나중에 더욱 천천히 나를 뚫어지게 쳐다보며 말을 계속 하셨다.

"에바!" 교수님이 말씀하셨다.

"여기서 우리가 만난 뒤 오랫동안 에바를 생각했어. 벌써 대학생일 때 에바는 내 마음에 들었어. 그때나 지금이나 예뻐. 우리가 함께 산다면 어떨까 생각해.

에바는 일을 안 해도 돼.

내 월급은 아주 많아.

내가 에바와 릴리를 돌볼게.

나는 아이들을 좋아해.

분명 릴리는 사랑스러운 아이고 에바를 닮았겠지.

곧 에바와 릴리를 우리 집으로 초대할게."

교수님은 말을 멈추더니 내 손을 만지려고 했지만, 내가 재빠르게 거두었다.

"우리는 어린이가 아니야." 교수님이 말씀하셨다.

"어느 정도 같이 살다가 나중에 결혼하자." 교수님의 말이 나를 놀라게 하고 화나게 했다.

"죄송해요, 교수님. 그렇지만 교수님에게 이런 제안을 기다리지 않았어요." 내가 말했다.

"사랑하는 에바, 즉시 내 제안을 받아들이지 않아도 돼." 교수님이 살짝 웃었다.

– Vi pripensu kaj nur poste vi respondu al mi. Vi vidas, ke mi estas sincera. Mi pretas je ĉio por vi kaj por via filino.

Li daŭrigis paroli. Vorte li pentris trankvilan familian idilion. Mi rigardis liajn lacajn grizajn okulojn. Nun mi rimarkis la sulkojn sur lia vizaĝo. En la anguloj de liaj lipoj same videblis profundaj sulkoj. Sur lia mieno estis amareco. Pro la multjaraj penoj pri la kariero kaj eble pro familiaj problemoj li aspektis laca kaj elĉerpita. Nun, antaŭ mi sidis maljunulo, kiu kvazaŭ dezirus kapti savzonon por resti ankoraŭ iomete super la ondoj de la vivo.

-Eva, promesu al mi, ke vi pripensos – diris li.

– En mia propono ne estas maldeco kaj ofendo. Ĝi estas homeca. La homoj serĉas vojon unu al alia. Kutime viro kaj virino renkontiĝas kaj ambaŭ ekiras sur la vivopadon. Tamen ili longe serĉas unu la alian.

En lia voĉo estis peto. Li certe supozis, ke mi ne akceptos lian proponon, sed li deziris provi. Eble li proponis tion al aliaj junaj virinoj. Mi ne scias kiom da virinoj li konis post kiam li eksedziĝis.

"깊이 생각하고 나중에 내게 대답해 줘.

내가 진지하다는 것을 알고

나는 에바와 에바의 딸을 위해 모든 것을 할 준비가 되어 있어." 교수는 말을 계속했다.

말로 안정적인 가족의 사랑을 그렸다.

나는 교수의 지친 회색 눈동자를 쳐다보았다.

이제서야 얼굴에서 주름을 보았다.

입술 구석에도 똑같이 깊은 주름이 패였다.

표정은 씁쓸했다.

경력을 위한 수많은 세월의 노력과 아마도 가정 문제 때문에 지치고 탈진한 듯 보였다.

마치 지금 내 앞에 삶의 파도 위에서 여전히 조금의 휴식을 위한 피난처를 잡고 싶어하는 노인이 앉아있었다.

"에바. 생각해 본다고 내게 약속해 줘." 교수가 말했다.

"나의 제안에는 부적합하거나 상처 주는 것은 없어.

그것은 인간적이야.

사람은 서로 길을 찾아.

보통 남자와 여자는 만나서 함께 삶의 오솔길을 걸어가.

그러나 그들은 오랫동안 서로를 찾지."

교수의 목소리에는 부탁이 담겨있었다.

분명 제안을 내가 받아들이지 않으리라고 짐작했지만, 시도하고는 싶었다.

아마 그것을 다른 젊은 여자에게도 제안했다.

이혼한 뒤 얼마나 많은 여자를 아는지 나는 모른다.

-Sinjoro profesoro – diris mi. – Mi devas foriri. Mia filino atendas min. Ŝi estas sola hejme.

-Pripensu, Eva – ripetis li. – Vi ne eraros. Telefonu al mi.

-Dankon pro la invito, sinjoro profesoro – diris mi kaj ekiris.

Li certe komprenis, ke mi ne telefonos al li.

"교수님. 가 봐야겠어요. 딸이 기다려요. 집에 혼자 있어요." 내가 말했다.

"잘 생각해 봐. 에바. 실수하지 않겠지. 내게 전화해." 교수가 반복했다.

"초대에 감사합니다. 교수님." 나는 말하고 떠났다. 내가 전화하지 않으리라는 것을 교수는 분명 알았다.

17.

Mi trovis laboron, sed ne en apoteko. Mi iĝis vendistino en malgranda nutraĵvendejo. Mia salajro estis malalta, sed mi jam pli trankvilis. Mi povis dediĉi pli da tempo al Lili.

Kiam mi eklaboris, mi planis lui loĝejon, tamen la mono ne sufiĉis. Mi kaj Lili restis loĝi en la domo de oĉjo Vasil. Aŭtune, kiam ni venis en Serdan, mi diris al oĉjo Vasil, ke ni loĝos en lia domo nur du monatojn, tamen mi ne povis lui loĝejon kaj ni devis loĝi ĉe li dum la vintro.

Oĉjo Vasil estis fraŭlo. Li instruis francan lingvon en gimnazio. Alta magra li ĉiam estis vestita en kostumo, blanka ĉemizo kun kravato. Liaj kostumoj estis malmodaj kaj iom ridindaj. Reveninte el la lernejo, li tuj demetis la kostumon kaj vestis hejman veston.

Oĉjo Vasil mem lavis kaj mem gladis siajn ĉemizojn. Foje mi gladis du liajn ĉemizojn, sed li koleriĝis kaj diris al mi ne plu gladi liajn vestojn.

Li havis precizan tagordon.

17장. 식료품 판매원과 노인 돌봄 부업

나는 일자리를 찾았지만, 약국이 아니었다.
작은 식료품 가게 판매원이 되었다.
급여는 낮았지만 벌써 더 안정되었다.
더 많은 시간을 릴리에게 쏟을 수 있었다.
일을 시작할 때 방을 빌리려고 계획했지만,
돈이 충분하지 않았다.
나와 릴리는 **바실** 아저씨 집에서 계속 살았다.
가을에 세르다에 왔을 때 바실 아저씨에게 오직 두 달만 있
겠다고 말했지만, 방을 빌릴 수 없어서 겨울 내내 여기서
살아야만 했다.
바실 아저씨는 노총각이셨다.
고등학교에서 불어를 가르치셨다.
키가 크고 말라서 항상 정장에 흰 와이셔츠, 넥타이 차림이
셨다.
정장은 유행이 지나 조금 웃겼다.
학교에서 돌아와 곧 정장을 벗고 평상복으로 갈아입는다.
바실 아저씨는 스스로 빨래하고 스스로 와이셔츠를 다림질
하셨다.
한번은 내가 와이셔츠 두 개를 다리미질 했더니 화를 내며
더는 자기 옷을 다리미질 하지 말라고 말씀하셨다.
아저씨는 정확한 하루 일정을 보내셨다.

Matene li vekiĝis je la sesa horo, banis sin, diligente razis sin, matenmanĝis kaj li aŭskultis la novaĵojn, kiujn oni eldiris en la radio. Poste li vestis la kostumon kaj antaŭ la spegulo li atente ligis sian kravaton. Je la sepa horo oĉjo Vasil eliris el la domo, dirante al ni: "Ĝis revido kaj agrablan tagon".

Je la unua horo posttagmeze li revenis hejmen, tagmanĝis kaj li eniris sian ĉambron, kie li dormis ĝis la kvara horo posttagmeze. Poste li iris promenadi kaj aĉeti ion por vespermanĝo. Vespere oĉjo Vasil sidis ĉe la eta skribotablo kaj legis. Malofte li konversaciis kun ni. Li ne ŝatis bruon kaj mi supozis, ke li ne ŝatas infanojn, ĉar li preskaŭ ne rimarkis Lili. Mi miris kial li estas instruisto, se li ne ŝatas infanojn. Kiel li instruas? Ja, en la lernejo la gelernantoj petolas kaj bruas. Certe li estis severa instruisto kaj eble la lernantoj timis lin.

Vintre en la loĝejo de oĉjo Vasil estis malvarme. Ni loĝis en granda ĉambro, kiun ne eblis bone hejtigi. Oĉjo Vasil donis al ni etan elektran hejtilon, sed ĝi tute ne hejtigis la ĉambron.

아침에 6시에 일어나 세수하고 부지런히 면도하고
아침을 드신 다음,
라디오에서 나오는 뉴스를 들으셨다.
뒤에 정장으로 갈아입고 거울 앞에 서서 조심스럽게 넥타이
를 매셨다.
7시에 바실 아저씨는 집을 나서면서 내게
'안녕, 즐거운 하루' 라고 말씀하셨다.
오후 1시에 집에 돌아와 점심을 드시고
방으로 들어가 오후 4시까지 주무셨다.
그리고 산책하고 저녁 거리를 사러 나가셨다.
저녁에 바실 아저씨는 작은 책상에 앉아 책을 읽고,
가끔 우리와 이야기를 나누셨다.
시끄러운 것을 싫어하고,
릴리에 관해 전혀 알아차리지 않은 것을 보니
아이를 싫어한다고 짐작했다.
아이를 좋아하지 않은데 왜 교사가 되었는지 놀랐다.
어떻게 가르치실까?
정말 학교에서 남녀학생들은 장난치고 떠든다.
분명 엄격한 교사고 아마 학생들이 무서워했을 것이다.
겨울에 바실 아저씨 집은 추웠다.
우리는 불이 잘 들어오지 않는 큰 방에 살았다.
바실 아저씨는 우리에게 작은 전기난로를 주었지만, 그것이
전혀 방을 데우지 못했다.

Kiam vespere Lili kaj mi revenis hejmen, ni rapidis enlitiĝi, ĉar en la ĉambro estis malvarme. Tiu ĉi vintro estis longa kaj ni senpacience atendis la printempon.

En aprilo mi komencis labori ĉe sinjorino Elisaveta Timofeeva. Mia kolegino Lina proponis al mi tiun ĉi kromlaboron.

Post la fino de la labortago en la nutraĵvendejo mi iris al sinjorino Timofeeva. Mi helpis ŝin aĉetadi kaj dum kelkaj horoj mi estis ĉe ŝi, por ke ŝi ne estu sola. La edzo de sinjorino Timofeeva, fama advokato, delonge forpasis. Ŝi ne havis infanojn.

Sinjorino Timofeeva devenis el malnova aristokrata rusa familio.

Ŝia avo estis blankgvardiano en la iama rusa armeo.

Ŝi ne havis parencojn kaj konatojn. Sinjorino Timofeeva estis pianistino kaj kiam mi estis ĉe ŝi, ŝi aŭ pianludis, aŭ ŝi sidis en granda malnova fotelo kaj rakontis al mi sian vivon.

Ŝi diris, ke kiam ŝia avo, la rusa oficiro, forlasis Rusion en 1917 post la revolucio, li portis la pianon, pri kiu la familio fieris.

저녁에 릴리와 내가 집에 돌아오면 우리는 방이 추워서 서둘러 침대로 들어갔다.

이 겨울은 길어 우리는 간절히 봄을 기다렸다.

4월에 **엘리사베타 티모페에바** 여사 집에서
일하기 시작했다.

직장 동료 **리나**가 이 부업을 내게 제안해 주었다.

식료품 가게 일이 끝난 뒤 티모페에바 여사에게 갔다.

물건 사는 것을 도와주고, 여러 시간 혼자 있지 않도록 곁에 있었다.

티모페에바 여사의 남편은 유명한 변호사인데 오래전에 돌아가셨다.

자녀는 없었다.

티모페에바 여사는 옛 러시아귀족 가문 출신이었다.

여사의 할아버지는 언젠가 러시아군대의
하얀 친위대원이었다.

여사는 친척이나 친지도 없으셨다.

티모페에바 여사는 피아니스트였고
내가 옆에 있을 때 피아노를 치거나
크고 오래된 안락의자에 앉아
자기 인생 이야기를 들려주셨다.

러시아 무관인 할아버지는 1917년 혁명 뒤 러시아를 떠날 때 피아노를 가지고 왔고 가족들은 그것에 대해 자랑스러워했다고 말씀하셨다.

Tiu ĉi piano trairis longan vojon: de Odeso, tra Istanbulo ĝis la urboj Ruse kaj Serda.

Mi rimarkis, ke ĉiam antaŭ la pianludado sinjorino Timofeeva survestis longan nigran robon. Verŝajne ŝi surhavis similan robon, kiam ŝi koncertis en diversaj eŭropaj urboj.

Sinjorino Timofeeva ŝatis rakonti al mi pri siaj multaj amindumantoj, kiuj estis dum ŝia juneco. Sidanta en la profunda fotelo, ŝi malrapide reveme parolis:

-Eva, min amindumis kapitano, mara oficiro. Li estis tre bela. Vi neniam vidis tian belan oficiron. Alta kun bluaj kiel la maro okuloj kaj peĉnigra liphararo. Ni konatiĝis somere, kiam mi feriis ĉe la maro. Li invitis min trarigardi lian ŝipon. Poste ni longe korespondis. Li sendis al mi bildkartojn. Liaj mesaĝoj kaj bondeziroj estis tre poeziaj.

Mi aŭskultis ŝin kaj mi demandis min ĉu vere ŝin amindumis mara oficiro aŭ tio estis nur ŝia elpensaĵo. Sinjorino Timofeeva vivis en sia mondo de pasinteco. Tie estis ŝiaj rememoroj, similaj al malnovaj flaviĝintaj bildkartoj.

이 피아노는 긴 여정 즉 오데소에서 이스탄불을 거쳐 루세와 세르다까지 지나갔다.

피아노 연주하기 전에 티모페에바 여사는 항상 검고 긴 연주복을 입는 것을 알아차렸다.

정말로 여러 유럽 도시에서 음악회 할 때 같은 옷을 입은 듯했다.

티모페에바 여사는 자신의 젊었을 적 사랑한 많은 사람에 대해 이야기하기를 좋아하셨다.

깊은 안락의자에 앉아 천천히 꿈꾸듯이 말씀하셨다.

"에바. 해군장교 선장과 사귀었어. 아주 멋졌지.

결코 그렇게 멋진 군인을 본 적이 없을거야.

바다처럼 파란 눈에 키가 크고 송진처럼 검은 수염이 있어.

바닷가에서 휴가를 보낸 여름에 우리는 알게 되었지.

자기 배를 구경시키려고 나를 초대했어.

나중에 오랫동안 편지를 주고받았지.

그림엽서를 내게 보내 주었어.

글과 기원하는 말은 꽤 시적이었어."

이야기를 들으며 정말 해군장교를 사귀었는지

그것이 단지 상상인지 궁금했다.

티모페에바 여사는 과거의 세상 속에서 사셨다.

오래되어 누렇게 바랜 그림엽서 같은 추억이

거기에 있었다.

Tiuj ĉi rememoroj kiel kurteno, kaŝis ŝin de la nuntempo, en kiu ne estis romantikeco kaj agrablaj teneraj travivaĵoj.

-Mi ne ŝatas spekti televizion — ofte diris sinjorino Timofeeva. — Nun en la filmoj estas murdoj, ŝteloj, forraboj, katastrofoj··· Kiam mi spektas tiujn ĉi filmojn, mi ne povas dormi nokte. Iam, dum mia juneco, la filmoj estis tre belaj! La filmmuziko estis mirinda! Mi neniam forgesos la muzikon de la malnovaj filmoj.

Sidanta en la fotelo sinjorino Timofeeva similis al eta ebura statueto. Ŝia haŭto estis blanka. Sur ŝiaj brakoj videblis ŝiaj bluaj vejnoj. Ŝia arĝentkolora hararo jam estis maldensa, ŝiaj longaj kaj ostecaj fingroj montris, ke ŝi estis pianistino.

Sinjorino Timofeeva tre riĉis. Ŝi ludonis kelkajn loĝejojn en la centro de la urbo kaj ŝi havis multe da mono. Je la komenco de ĉiu monato ŝi pagis al mi kaj ofte ŝi donis etajn donacojn por Lili, demandante min pri ŝi.

-Kiel fartas Lili? Ĉu ŝi progresas en la baleto? Iam mi deziris estis baletistino — diris sinjorino Timofeeva, - sed paĉjo ne permesis al mi.

이런 기억이 커튼처럼 지금의 자신을 숨기고 있어 낭만적이고 유쾌한 기분 좋은 경험은 아니었다.

"TV 보는 것을 좋아하지 않아." 자주 티모페에바 여사는 말씀하셨다.

"지금 화면에서는 살인, 강도, 납치, 사고 등이 있어.
이런 화면을 보면 밤에 잠을 잘 수 없어.
언젠가 젊었을 때 영화는 정말 예뻤는데.
영화음악은 놀랄만했지.
결코 옛 영화음악을 잊을 수 없어."

안락의자에 앉아 있는 티모페에바 여사는 작은 상아 조각상 같았다.

피부는 하얗다.

팔 위에서 파란 정맥을 볼 수 있다.

은색 머릿결은 이미 숱이 없고 긴 뼈같은 손가락은 피아니스트였음을 보여주었다.

티모페에바 여사는 무척 부자였다.

도심에 집을 몇 채 세 주고 있으며 돈도 많았다.

매달 초에 내게 돈을 주고 자주 릴리를 위한 작은 선물을 주면서 릴리에 관해 물어보셨다.

"릴리는 어떻게 지내?
발레는 많이 발전했나?
언젠가 나도 발레리나가 되고 싶었는데."

티모페에바 여사가 말했다.

"그런데 아빠가 허락하지 않으셨어.

Li estis tre severa. Tiam mi iĝis pianistino. Kiam mi spektas baletan spektaklon, mia koro jubilas. Mi admiras la baletistinojn, ilian belegan dancadon. Per la korpoj ili esprimas la riĉecon de la emocioj. Mirinde! Por la baleto ne estas limoj. Ĝi estas komprenebla ĉie.

-Same por la muziko ne estas limoj — diris mi.

-Jes, sed ni la muzikantoj bezonas muzikilojn. La baletistinoj bezonas nur siajn korpojn. Oni povas bedaŭri, ke la homa korpo maljuniĝas. Bedaŭrinde. La vivo estas absurda. Ni naskiĝas, laboras, kreas kaj subite ni malaperas senspure. Poste neniu eĉ supozas, ke iam ni vivis.

Mi aŭskultis sinjorinon Timofeeva. Malgraŭ ke ŝi estis pli ol okdekjara, ŝi bele parolis.

아빠는 아주 엄하셨거든. 그래서 피아니스트가 되었어.

발레공연을 보면 내 가슴은 기뻐 뛰었지.

발레리나와 그들의 멋진 무용을 칭찬해.

몸으로 그들은 다양한 감정을 표현해.

놀라워. 발레에는 한계가 없어.

그것은 당연히 무엇이든 할 수 있어.”

“음악도 마찬가지로 한계가 없어요.” 내가 말했다. “그래, 하지만 연주자는 악기가 필요해.

발레리나는 오직 자기 몸만 있으면 돼.

인간의 몸이 늙어 가서 아쉬울 수는 있어.

안타깝지. 삶은 불합리해.

우리는 나서 일하고 만들고 갑자기 흔적도 없이 사라져. 나중에 그 누구도 우리가 언젠가 살았다는 것을 짐작조차 못해.”

나는 티모페에바 여사의 말을 들었다.

80세 이상인데도 여사는 예쁘게 말씀하셨다.

18.

Lili lernis per granda deziro. Preskaŭ dum la tuta tago ŝi estis en la lernejo. Frumatene ŝi iris kaj malfrue posttagmeze ŝi revenis hejmen. Lili plenumis strikte ĉiujn postulojn de la instruistoj kaj sekvis rigoran dieton.

Matene, kiam ŝi vekiĝis, ŝi tuj mezuris la pezon de sia korpo kaj ŝi tre atentis ne dikiĝi. Nun mi konsciis kiel malfacilas esti baletistino.

Lili havis precizan tagordon. Vespere ŝi enlitiĝis je la dudeka horo kaj matene ŝi vekiĝis je la sesa horo. Ĉiam ŝi devis esti tre vigla, ĉar la baletaj dancoj estis lacigaj.

Kiam oni ŝatas ion, oni entute dediĉas sin al ĝi kaj pretas oferi ĉion. Mi ĝojis, ke Lili obstine strebis al sia celo. Ŝi havis fortan volon. Ŝi similis al soldato, kiu plenumas gravan mision.

Lili ege ŝatis glaciaĵon, sed nun ŝi ne plu manĝis glaciaĵon, ĉar ĝi estis tre kalorihava.

Mi vidis novajn karaktertrajtojn de Lili. Ŝi jam ne estis la sama Lili.

La infanoj similas al birdetoj.

18장. 돌봄 노인의 죽음

릴리는 커다란 소원을 가지고 공부했다. 거의 온종일 학교에 있었다.

이른 아침에 학교에 가서 오후 늦게 집에 돌아왔다. 릴리는 교사들의 모든 요구를 곧이곧대로 실천했고 엄격한 식이요법을 따랐다.

아침에 깨면 곧바로 몸무게를 재고 뚱뚱해지지 않으려고 매우 신경을 썼다.

이제야 나는 발레리나 되기가 얼마나 어려운 일인가 알았다. 릴리는 정확한 일과를 지켰다.

저녁 8시에 자서 아침 6시에 일어났다.

발레가 피곤하게 하므로 항상 매우 활동적이어야 했다.

사람이 무언가를 좋아하면 완전히 거기에 자신을 바치고, 모든 것을 제공할 준비를 한다.

릴리가 고집스럽게 자기 목표를 위해 애쓰는 것이 나는 기뻤다. 딸은 강한 의지를 가졌다.

중요한 사명을 수행하는 군인과 같았다.

릴리는 아이스크림을 아주 좋아하지만, 지금은 거의 먹지 않았다. 열량이 아주 많기 때문이었다.

나는 릴리의 새로운 인간적 특징을 보았다.

이미 예전의 릴리가 아니었다.

어린이들은 어린 새와 같았다.

La birdetoj elkoviĝas, iliaj flugiloj iom post iom plifortiĝas kaj ili elflugas el la nestoj. La infanoj kreskas kaj ili same elflugas malproksimen de la gepatra domo. Ili ekiras sian vivovojon.

Mi naskis Lili, mi helpis ŝin, kiam ŝi estis infano. Nun Lili trovis sian destinon. Ŝi ekiris sur sian vojon. Mi revis, ke Lili iĝu fama baletistino. Ŝi dancu en la operejoj de Milano, Londono, Parizo. Mi revis kaj ĝoja ondo varmigis mian bruston.

Estis merkredo. Post la fino de la labortago en nutraĵvendejo mi iris al la domo de sinjorino Timofeeva. Pasintsemajne mi ne povis viziti ŝin, ĉar mi devis akompani Lili al kuracisto. Ŝia orelo doloris. La kuracisto, serioza juna viro, detale esploris la orelon kaj li konstatis, ke ĝi inflamiĝis. Tri tagojn Lili ne devis frekventi la lernejon. Tio tute ne plaĉis al ŝi, ŝi tamen devis obei la kuraciston kaj plenumi ĉiujn liajn konsilojn.

-Sinjoro doktoro - preskaŭ plore diris Lili - mi nepre devas ĉiutage danci. Baldaŭ ni havos dancprezenton.

어린 새는 알을 깨고 나와 그들의 날개가 점점 세지고
둥지에서 떠나 날아간다.
아이들은 자라서 그들도 부모집에서 멀리 떠나간다.
자신의 삶의 길을 출발한다.
내가 릴리를 낳고 딸이 어릴 때는 도와줬다.
지금 릴리는 자기 운명을 발견했다.
자기의 길을 걸어갔다.
나는 릴리가 유명한 발레리나가 되길 꿈꾸었다.
밀라노, 런던, 파리의 오페라 극장에서 춤추게 해야지.
나는 꿈을 꾸며 기쁨의 파도가 내 가슴을 따뜻하게 했다.
금요일이었다.
식료품점 일이 끝나고 나서 티모페에바 여사의 집에 갔다.
지난주에 여사를 방문할 수 없었다.
왜냐하면 릴리를 데리고 의사에게 가야했기 때문이었다.
딸의 귀가 아팠다.
젊고 신중한 남자 의사는 자세히 귀를 조사하고
염증이 생겼다고 확인했다.
3일간 학교에 갈 수 없었다.
그것이 아주 슬펐으나 의사의 말을 복종하고
모든 충고를 따랐다.
"의사 선생님." 거의 울듯 릴리가 말했다.
"나는 매일 꼭 춤을 추어야 해요.
곧 우리는 발레공연을 해요.

Vi certe bone komprenas, ke se nur unu tagon mi ne dancus, mi perdus la lertecon.

-Kara knabineto, - diris la doktoro ‾ mi bone komprenas vin, tamen la sano estas la plej grava. Vi estas tre juna kaj vi bone zorgu pri via sano. La baletistino devas esti sana. Se vi ne estus sana, vi ne povus danci. Se dolorus via orelo, vi ne bone aŭdus la muzikon.

Lili aŭskultis la doktoron iom malkontente. Li pravis. Lili devis resaniĝi. La doktoro skribis recepton. Lia skribmaniero estis bela kaj legebla. Sur lia skribotablo en skatoleto estis diverskoloraj skribiloj. Mi rimarkis, ke en la kabineto regis preciza ordo. La kuracisto surhavis puran blankan gladitan kuracistan kitelon, kio impresis min. Sendube li estis serioza persono, ŝatanta sian profesion. Antaŭ nia foriro li diris:

-Lili, mi kredas, ke vi ne forgesos inviti mi spekti vian dancprezenton, ĉu ne? ‾kore kaj amike li ridetis.

-Mi ne forgesos, sinjoro doktoro ‾ diris Lili.

La kuracisto detale klarigis kiel Lili devas preni la kuracilon.

단 하루라도 춤추지 않으면 실력이 줄어드는 것을 잘 아실 텐데요."

"꼬마 아가씨." 의사가 말했다.

"너를 잘 이해하지만 건강은 가장 중요해.

너는 매우 어려서, 건강을 잘 돌봐야 해.

발레리나는 건강해야해.

아프다면 춤출 수 없어.

귀가 아프다면 음악을 잘 들을 수 없어."

릴리는 조금 불만족스럽게 의사 말을 들었다.

옳은 말이었다. 릴리는 다시 건강해야했다.

의사가 처방전을 썼다.

의사의 쓰는 방식은 예쁘고 읽을 수 있었다.

책상 위 작은 상자에는 여러 색 필기구가 들어있었다.

사무실에 정확한 질서가 있음을 나는 알아차렸다.

의사는 하얗고 깨끗하게 다림질한 가운을 입었다.

그것이 인상적이었다.

의심할 것 없이 직업을 좋아하는 신중한 사람이었다.

우리가 나가기 전 의사가 말했다.

"릴리야. 발레공연을 내가 보도록 초대하는 것을 잊지 않으리라고 믿는다, 그렇지?"

진심으로 정답게 살짝 웃었다.

"잊지 않았어요, 의사 선생님." 릴리가 말했다.

의사는 릴리가 어떻게 약을 먹어야 하는지 자세히 설명했다.

Mi vidis, ke la kuracilo estas tre bona, sed mi ne kuraĝis diri al la doktoro, ke mi estas apotekistino.

Ni diris: "Ĝis revido " al la simpatia doktoro kaj ni foriris.

Dum la semajno mi telefonis al sinjorino Timofeeva por diri al ŝi, ke mi ne povus viziti ŝin pro la malsano de Lili, sed ŝia telefono ne funkciis. Tio maltrankviligis min. Kutime, kiam mi telefonis, sinjorino Timofeeva ĉiam tuj respondis. Mi opiniis, ke ŝia poŝtelefono difektiĝis.

Merkrede mi decidis nepre viziti sinjorinon Timofeeva. Ŝia domo estis sur placo "Parizo", proksime al la nutraĵvendejo, kie mi laboris. Kutime mi piediris al ŝia loĝejo. Estis agrabla maja tago. La ĉielo - profunda kaj blua kiel ametisto.

Sur la str*atoj promenis homoj, paŝantaj malrapide, ĝuantaj la printempan posttagmezon. Mi same ĝuis la printempon. La malvarma vintro pasis. La printempo vekis en mi energion kaj esperon. Mi jam sukcesis ŝpari iom da mono kaj mi povis lui loĝejon.

약이 꽤 좋다고 보았지만

내가 약사라고 감히 말하지 않았다.

우리는 '안녕히 계세요' 라고

친절한 의사에게 말하고 나왔다.

이번 주에 릴리가 아파서 찾아갈 수 없다고 말하려고 티모

페에바 여사에게 전화했지만,

전화를 받지 않았다.

그것이 나를 불안하게 했다.

보통 내가 전화하면 티모페에바 여사는 항상 곧 대답했다.

나는 여사 휴대전화기가 고장났다고 생각했다.

수요일에 티모페에바 여사를 꼭 방문하려고 마음먹었다.

여사의 집은 내가 일하는 식료품 판매점 근처

파리조 광장에 있었다.

보통 집까지 걸어서 갔다.

상쾌한 5월의 하루였다.

하늘은 자색 수정처럼 깊고 파랗다.

천천히 걸으며 봄날의 오후를 즐기는 사람들이

거리를 산책했다.

나도 마찬가지로 봄을 즐겼다.

추운 겨울이 지났다.

봄이 내 안에서 힘과 희망을 깨웠다.

나는 얼마간의 돈을 저축하는데 성공해서

방을 빌릴 수 있었다.

Mi komencis legi la anoncojn en la ĵurnaloj pri la loĝejoj, kiujn oni ludonas. Eĉ mi planis demandi sinjorinon Timofeeva ĉu ŝi ludonos al ni iun el siaj loĝejoj en la urbo. Ja, ŝi posedis kelkajn loĝejojn, kiujn ŝi ludonis.

Nerimarkeble mi iris al ŝia domo, kiu estis en malnova griza konstruaĵo. En la enirejo estis marmora ŝtuparo kun fera balustrado. La domo estis kvinetaĝa, sur ĉiu etaĝo troviĝis du apartamentoj. Foje sinjorino Timofeeva menciis, ke antaŭe ĉi tie loĝis tre riĉaj personoj – ĉefe komercistoj. Unu el ili komercis per vino, alia per tabako.

Malrapide mi supreniris al la kvara etaĝo kaj antaŭ tuŝi la butonon de la sonorilo, mi rimarkis, ke sur la pordo estas gluita flava rubando. Tio perpleksigis min. Mi ĉirkaŭrigardis kaj mi ne kuraĝis sonorigi, nek premi la tenilon de la pordo. Eble io terura okazis.

Mi sonorigis ĉe la najbara pordo. Mi tremis. En la najbara apartamento loĝis maljuna familio. Foje-foje la sinjorino de tiu ĉi loĝejo gastis al sinjorino Timofeeva. Mi denove sonorigis. La sonoro aŭdiĝis obtuze.

나는 사람들이 세 놓는다고 신문에 낸 방의 광고를 읽기 시작했다.

티모페에바 여사에게 도시에 가지고 있는 집 중 하나를 빌려줄 수 있는지 물어보려고 계획까지 했다.

정말로 세 주고 있는 집을 몇 채 소유했다.

어느새 나는 오래된 회색 건물로 된 여사의 집에 도착했다.

입구에 철 난간 손잡이가 있는 대리석 계단이 있었다.

건물은 5층이고 층마다 두 개의 아파트가 있었다.

가끔 티모페에바 여사는 전에 여기서 부자, 주로 기업인들이 살았다고 언급했다.

그들 중 하나는 포도주를, 또 다른 하나는 담배를 팔았다.

천천히 4층으로 올라가서 초인종을 누르기 전에 문에 붙여진 누런 리본을 알아차렸다.

그것이 나를 당황스럽게 했다.

주위를 둘러보고 감히 종을 울리거나 문의 손잡이를 당길 수 없었다.

아마도 무슨 끔찍한 일이 일어났다.

이웃집 문의 초인종을 눌렀다.

나는 떨었다.

이웃 아파트에는 늙은 가족이 살았다.

가끔 이 집 아주머니가 티모페에바 여사에게 손님으로 왔다. 다시 초인종을 눌렀다.

희미하게 종소리가 났다.

Mi atendis senmova. Pasis eble minuto. Ŝajnis al mi, ke iu atente observas min tra la gvattruo de la pordo. Estis kompreneble. La homoj en la loĝejo estis maljunaj kaj certe timiĝis. Tamen fin-fine oni rekonis min kaj la pordo lante malfermiĝis. Antaŭ mi ekstaris la najbarino de sinjorino Timofeeva. Okdekjara ŝi estis dika, malvigla kun bastono, vestita en longa ruĝa hejma robo. Atente ŝi rigardis min tra siaj grandaj okulvitroj kaj demandis:

-Kion vi bezonas?

-Mi venis al sinjorino Timofeeva, sed mi ne komprenas kial estas rubando, gluita sur la pordo de ŝia domo? Kio okazis? Ĉu ŝi malsaniĝis?

Mi parolis maltrankvile. La timo forte premis mian koron. La najbarino rigardis min tragike kaj mi komprenis, ke okazis terurajo.

-Ĉu ŝi mortis? – demandis mi.

-Terure – diris la virino kaj ŝi komencis malrapide rakonti.

Antaŭ du tagoj je tagmezo ŝi rimarkis, ke la pordo de la loĝejo de sinjorino Timofeeva estas malfermita.

움직이지 않고 기다렸다.

아마 몇 분 지났다.

누군가가 문 구멍을 통해 나를 주의 깊게 살피는 것처럼 보였다.

당연했다.

집에 있는 사람들은 늙어서 분명 무서울 것이다.

하지만 마침내 나를 알아보고 문을 천천히 열었다.

내 앞에 티모페에바 여사의 이웃집 아주머니가 나왔다.

80세 먹은 할머니는 뚱뚱했고,

지팡이를 하고 힘도 없이 길고 빨간 평상복을 입었다.

커다란 안경 너머로 자세히 나를 보더니 물었다.

"무슨 일이에요?"

"티모페에바 여사에게 왔지만 왜 집 문 위에 리본이 붙였는지 알 수 없어요

무슨 일이 있었나요?

아픈가요?"

불안하게 말했다.

두려움이 내 심장을 강하게 눌렀다.

이웃 여자가 나를 슬프게 쳐다보았다.

나는 무서운 일이 일어났다고 알아차렸다.

"돌아가셨나요?" 내가 물었다.

"안 됐어요." 여자는 말하고 천천히 이야기하기 시작했다.

이틀 전 점심 때 티모페에바 여사의 집 문이 열린 것을 알았다.

La najbarino staris iom da tempo antaŭ la pordo kaj poste ŝi decidis eniri la loĝejon. Ŝi enpaŝis en la ĉambron kaj vidis, ke sinjorino Timofeeva kuŝas sur la planko, dronita en sango. La najbarino tuj telefonis al ambulanco. Venis kuracisto, kiu konstatis, ke sinjorino Timofeeva estas murdita. La kuracisto telefonis al la polico. Evidentiĝis, ke en la loĝejo estis rabistoj, kiuj prirabis sinjorinon Timofeeva kaj mortigis ŝin.

-La bona sinjorino Timofeeva forpasis – diris la najbarino. – La policanoj trarigardis la loĝejon. Estis ŝtelitaj valoraĵoj kaj eble multe da mono. Ja, sinjorino Timofeeva estis riĉa. Ŝi ludonis loĝejojn kaj ricevis multe da mono.

Mi flustris: "Ĝis revido" kaj mi foriris. Frakasita mi estis. Neniam plu mi vidos sinjorinon Timofeeva kaj neniam plu mi aŭdos ŝian teneran melodian voĉon. Mi iris sur la strato kaj mi amare ploris kiel senhelpa knabineto, profunde ĉagrenita. Sinjorino Timofeeva estis bonkora. Ŝi amis la homojn. Silente kaj kviete ŝi vivis en ia sia elpensita mondo. Ŝi vivis kun siaj revoj, iluzioj, rememoroj.

이웃집 여자는 잠깐 문 앞에 서서 나중에 집 안으로 들어가기로 마음먹었다.

방으로 들어갔더니 티모페에바 여사가 피를 흘린 상태로 마루에 누워 있는 것을 보았다.

이웃 여자는 곧 응급실에 전화했다.

의사가 와서 티모페에바 여사가 살해되었다고 확인했다.

의사가 경찰서에 신고했다.

집에 강도가 들어 티모페에바 여사 물건을 훔치고 여사를 죽인 것이 분명했다.

"좋은 티모페에바 여사가 돌아가셨어요." 이웃 여자가 말했다.

"경찰관들은 집안을 살폈어요. 보석들과 아마 많은 돈이 도둑 맞았어요. 정말 티모페에바 여사는 부자였죠.

방을 세 놓고 많은 돈을 벌었어요."

나는 '안녕히 계세요' 하고 속삭이고 나왔다.

나는 무너져내렸다.

이제는 다시 티모페에바 여사를 볼 수 없고,

부드러운 멜로디의 목소리를 들을 수 없다.

거리로 나가서 깊은 곤경에 처해 도움받을 수 없는 어린 여자아이처럼 서럽게 울었다.

티모페에바 여사는 좋은 사람이었다.

사람을 사랑했다. 말없이 조용하게 무언가 자신이 생각해낸 세계에서 살았다.

꿈, 환상, 추억과 함께 살았다.

De tempo al tempo ŝi pianludis. La maljuniĝo ne ĝenis ŝin. Ŝi ne plendis. Ŝi alkutimiĝis al la soleco.

Sinjorino Timofeeva amis min, ŝi ŝatis esti kun mi. Mi helpis ŝin, mi aĉetadis nutraĵproduktojn por ŝi. Ŝi rakontis al mi siajn rememorojn kaj mi aŭskultis ŝin pacience.

Sinjorino Timofeeva nostalgie rememoris sian junecon, siajn amindumantojn, siajn piankoncertojn. Eble ŝi fantaziis iujn siajn travivaĵojn, sed estis agrable aŭskulti ŝin. Ŝi kontentis, ke ŝi realigis sian vivrevon. Ŝi estis fama muzikantino. Tamen sinjorino Timofeeva konsciis, ke la vivo estas granda iluzio. Ŝi estis riĉa, sed ne avida. Ŝi ŝatis fari donacojn. Por ŝi la mono ne estis grava.

때로 피아노를 쳤다.

늙음이 여사를 성가시게 하지 못했다.

여사는 불평하지 않았다.

외로움에 익숙해졌다.

티모페에바 여사는 나를 사랑했고 나와 같이 있기를 좋아하셨다.

나는 여사를 도와 여사를 위해 식료품을 샀다.

여사는 자기 추억을 내게 이야기했고 나는 인내심을 갖고 들었다.

티모페에바 여사는 향수에 젖어 자신의 젊음, 사귀었던 사람들, 피아노 음악회를 기억했다.

아마 어떤 경험을 환상적으로 이야기했지만 나는 기쁘게 들었다.

여사는 삶의 꿈을 이룬 것에 만족했다.

유명한 연주가였다. 하지만,

티모페에바 여사는 삶이 커다란 환상이라고 알았다.

부유했으나 욕심이 없었다.

선물하기를 좋아했다.

여사에게 돈은 중요하지 않았다.

19.

La entombigo de sinjorino Timofeeva estis vendrede. Mi daŭre pensis pri ŝi. Kia terura morto trafis ŝin! Neniu scias kiam kaj kiel venos la morto. Ĝi kvazaŭ ŝtelproksimiĝas malantaŭ nia dorso kaj subite kaptas nin en sian frostan ĉirkaŭbrakon. Pri kio pensis sinjorino Timofeeva en la lastaj minutoj de sia vivo? La rabistoj frapis ŝian kapon per granda kristala vazo. Sinjorino Timofeeva ne tuj mortis. Kiam mi estis ĉe ŝi kaj kiam ni konversaciis, ŝi neniam menciis ion pri la proksimiĝanta fino de sia vivo. Ŝi parolis pri ĉio, sed neniam pri la morto.

Matene mi vekiĝis, banis min, vestis min. Poste mi kuiris kafon kaj por Lili – teon. Lili ankoraŭ dormis. Mi jam devis veki ŝin. Sidanta ĉe la tablo, mi trinkis la kafon. Mi rigardis tra la fenestro. Estis nuba vetero, aŭdiĝis la siblo de la vento. Mi tute ne ŝatis la malbonan veteron. En mia animo kvazaŭ estus mallumo, kiu premis min. Mi fortrinkis la kafon kaj vekis Lili. Ŝi iris en la banejon.

19장. 돌봄 노인의 장례식

티모페에바 여사의 장례식은 금요일에 있었다.

나는 계속해서 여사를 생각했다.

얼마나 비참한 죽임을 당했는가?

누구도 죽음이 언제 어떻게 올지 알지 못한다.

그것은 마치 도둑이 우리 등 뒤로 몰래 와서 갑자기 차가운 팔로 우리를 안는 것과 같다.

삶의 마지막 순간에 티모페에바 여사는 무슨 생각을 했을까?

강도가 커다란 수정 꽃병으로 여사의 머리를 때렸다.

티모페에바 여사는 바로 죽지 않았다.

내가 같이 있으며 우리가 대화할 때 인생의 가까운 종말에 관해 여사는 그 무엇도 언급하지 않았다.

모든 것을 말했지만 한번도 죽음은 말하지 않았다.

아침에 나는 일어나서 몸을 씻고 옷을 갈아입었다.

뒤에 커피를 타고 릴리에게 차를 타 주었다.

릴리는 아직 자고 있었다. 이제 딸을 깨워야 한다.

탁자 옆에 앉아 커피를 마셨다. 창문을 쳐다보았다.

구름이 낀 날씨에 바람의 살랑거리는 소리가 들렸다.

나는 나쁜 날씨를 전혀 좋아하지 않았다.

내 영혼에 마치 나를 억누르는 어둠이 있는 듯했다. 커피를 다 마시고 릴리를 깨웠다. 릴리가 화장실에 갔다.

Poste ŝi rapide matenmanĝis: buterpanon, fromaĝon, teon. Lili prenis sian lernosakon kaj ekiris. Mi vestis min kaj same ekiris. La tombejo ne estis proksime. Mi devis veturi per tramo. Malmultaj da homoj estis en la tombeja preĝejo, nur kelkaj gemaljunuloj. Dum la pastro eldiris la funebran parolon, mi pensis pri sinjorino Timofeeva. Ŝi estis kara al mi. Ŝi helpis min en la malfacila por mi momento. Mi observis la homojn, kiuj staris ĉe la ĉerko. Ili verŝajne estis malproksimaj parencoj de sinjorino Timofeeva. Sur iliaj vizaĝoj videblis tedo kaj enuo. Verŝajne ili deziris, ke la funebla ceremonio pli rapide finiĝu. Poste ili iros en iun kafejon kaj ili komencos diskuti kiel dividi inter si la heredaĵon de sinjorino Timofeeva. Nun ili estis streĉitaj, ĉar certe ili ne sciis ĉu sinjorino Timofeeva postlasis testamenton. Kaj se estas testamento, kion ĝi enhavas. Verŝajne ĝi surprizos ilin.

Kiam oni metis la ĉerkon en la tombon, mi lasis mian florbukedon sur la tombon, mi flustris: "Adiaŭ kara sinjorino Timofeeva" kaj malrapide mi ekiris al la elirejo.

뒤에 재빨리 버터바른 빵, 치즈, 차로 아침을 먹었다.

릴리는 학교 가방을 들고 출발했다.

나는 옷을 입고 같이 나왔다.

묘지는 가깝지 않았다.

나는 지하철을 타야만 했다.

무덤이 있는 성당에는 오직 노인 몇 명을 포함해서 사람들이 적었다.

신부가 애도사(哀悼辭)를 하는 동안 나는 티모페에바 여사를 생각했다. 여사는 내게 친절했다.

어려운 순간에 처했을 때 나를 도와주었다. 나는 관 옆에 선 사람들을 살펴보았다.

그들은 정말 티모페에바 여사의 먼 친척인 듯했다.

그들의 얼굴에는 지루함과 권태가 보였다.

정말 그들은 장례식이 더 빨리 끝나기를 원하는 듯했다.

나중에 그들은 어느 카페에 가서 티모페에바 여사가 남긴 유산을 어떻게 나눌 것인가 토론하기 시작할 것이다.

지금 그들은 긴장했다.

티모페에바 여사가 유언을 남겼는지

알지 못하기 때문이었다.

유언이 있다면 무슨 내용일까?

정말 그것이 그들을 놀라게 할 것이다.

관을 무덤에 넣자 꽃다발을 무덤에 두고 '사랑하는 티모페에바 여사님, 잘 가세요' 하고 속삭였다.

그리고 천천히 출입구로 나왔다.

Mi iris preter la tomboj - la fino de la vivo, de la esperoj, de la revoj, de la iluzioj.

Mi revenis hejmen. Mi estis laca. Oĉjo Vasil estis en sia ĉambro. Mi ŝatus diri al li mian triston pri sinjorino Timofeeva, sed mi ne kuraĝis ĝeni lin. Certe li denove legis ion. Ja, lia vivo estis trankvila kaj ordinara. Li ne havis familion, ne havis amikojn. En la familioj ofte estas problemoj. Al la amikoj oni ne povas fidi. En la lernejo oĉjo Vasil diligente plenumis siajn devojn. Lia vivo estis travidebla kiel la akvo de montara lago. Enua griza vivo, kiun tamen oĉjo Vasil ŝatis. Vivo sen emociaj travivaĵoj.

Mi proponis al Lili iom promenadi en la proksima parko. La vetero estis agrabla, sunbrila. La kvartalo, kie loĝis oĉjo Vasil, estis silenta. Proksime troviĝis granda parko. La arboj verdis kaj forte senteblis la printempo. La naturo renaskiĝis por la nova vivo. Ĉio floris. Ni sidis sur benko. Mi rigardis la ĉielon. Dum horoj mi povis rigardi la ĉielon. La nuboj similis al ursoj, al kuŝantaj virinoj sur la blua littuko de la firmamento, aŭ al montoj kaj insuloj. Lili silentis, sidanta ĉe mi.

삶의, 희망의. 꿈의, 환상의 끝인 무덤들 사이로 걸었다.

집으로 돌아왔다. 피곤했다.

바실 아저씨는 방에 계셨다.

티모페에바 여사 때문에 내 슬픔을 말하고 싶지만 감히 성가시게 하고싶지 않았다.

분명 아저씨는 다시 무언가를 읽었다.

정말 아저씨의 삶은 조용하고 평범했다.

가족도 없고 친구도 없었다.

가족에서는 자주 문제가 있다. 친구를 믿을 수 없다.

학교에서 바실 아저씨는 열심히 자기 의무를 다 했다.

아저씨의 삶은 산속 호수의 물처럼 속이 훤히 보였다.

지루한 회색빛 삶이지만 바실 아저씨는 그것을 좋아했다.

흥분한 경험이 없는 인생.

나는 가까운 공원으로 조금 산책가자고 딸에게 제안했다.

날씨가 상쾌하고 해가 빛났다.

바실 아저씨가 사는 지역은 조용했다.

근처에 큰 공원이 있었다.

나무는 푸르고 강하게 봄을 느낄 수 있었다.

자연은 새로운 삶을 위해 다시 태어났다.

모든 것이 꽃 피었다. 우리는 긴 의자에 앉았다.

나는 하늘을 올려다 보았다. 여러 시간 하늘을 볼 수 있었다. 구름은 곰 같고 하늘의 파란 침대 위에 누워있는 여자 같고 산이나 섬 같았다.

릴리는 내 옆에 앉아 조용했다.

-Panjo, vi estas trista?

Ŝia febla voĉo kvazaŭ vekus min.

-Jes – respondis mi.

-Ĉu vi tristas pri sinjorino Timofeeva? – demandis Lili.

-Ŝi estis tre kara kaj tre bonkora.

-Mi same tre bedaŭras pri ŝi.

-Sinjorino Timofeeva forpasis kaj ni perdis karan personon. Ĉi tie ŝi estis al mi kiel patrino – diris mi. – Nun ni estas solaj. Neniu helpas nin. Ni solaj devas solvi ĉiujn problemojn.

-Panjo ni sukcesos solvi la problemojn! Vi vidos! – diris Lili. – Ni estas kune, ni sukcesos!

Mi ĉirkaŭprenis kaj kisis ŝin. Lili estis eta fragila kiel kristala ornamaĵo. Ŝiaj okuloj ĉiam ravis min. Ŝia infana vizaĝo radiis ĉastecon. Ŝiaj brakoj similis al teneraj flugiloj. Lili estis mia la plej granda riĉaĵo.

"엄마. 슬퍼요?" 딸의 희미한 소리가 마치 나를 깨우는 듯했다.

"응." 내가 대답했다.

"티모페에바 여사님 때문에 슬퍼요?" 릴리가 물었다.

"그분은 진짜 사랑스럽고 좋은 분이었어."

"저도 똑같이 마음이 아파요."

"티모페에바 여사가 떠나고 우리는 좋은 사람을 잃었어. 여기 그분은 내게 엄마 같은 분이셨어." 내가 말했다.

"지금 우리는 다시 혼자야. 누구도 우리를 도와주지 못해. 우리는 모든 문제를 스스로 풀어야 해."

"엄마. 우리는 문제를 푸는데 성공할 거예요. 그럴 거예요." 릴리가 말했다.

"우리는 함께 있고 성공할 거예요."

나는 릴리를 껴안고 키스했다.

릴리는 수정 장식처럼 작고 깨지기 쉽다.

눈은 항상 나를 취하게 했다.

해맑은 얼굴이 순결성을 비추었다.

팔은 부드러운 날개 같았다.

릴리는 나의 가장 큰 재산이었다.

20.

Mi alkutimiĝis al la laboro en la nutraĵvendejo. Ĝi similis al la laboro en la apoteko, tamen nun mi ne vendis kuracilojn, sed nutraĵojn. La vendejo ne estis granda. Ĝi troviĝis sur mallarĝa strato "Makedonio" kaj en ĝi eblis aĉeti panon, lakton, buteron, fromaĝon, bieron··· Plej ofte en la vendejo aĉetis virinoj, kiuj loĝis en la najbaraj domoj. Mi konatiĝis kun ili. Ili estis afablaj kaj karaj.

Unu el ili estis sinjorino Vesa Fileva. Ĉirkaŭ kvardekjara ŝi havis tri infanojn: du filinojn kaj unu filon. Sinjorino Fileva estis instruistino pri matematiko, sed ŝi ne laboris, ĉar ŝi zorgis pri sia la plej juna filino, kiu estis dujara. Ĉiun matenon sinjorino Fileva venis en la vendejon kaj aĉetis lakton por la infanoj. Ĉiam je la deka horo matene ŝi eliris el la domo kun tri infanoj por promeni en la parko.

Al mi tre plaĉis, ke sinjorino Fileva havas tri infanojn. Ŝi estis bona patrino, ege amis la infanojn kaj zorgis pri ili.

20장. 노인 돌봄 부업 찾기

나는 식료품 판매점 일에 익숙해졌다.

그것은 약국에서의 일과 같지만, 지금 나는 치료약을 파는 것이 아니라 식료품을 팔았다.

판매점은 넓지 않았다.

그것은 좁은 거리 '마케도니오'에 있고,

거기에서 빵, 우유, 버터, 치즈, 맥주 등을 살 수 있다.

판매점에서 가장 자주 사는 사람은 이웃집 여자들이다.

나는 그들과 친해졌다.

그들은 상냥하고 친절했다.

그들중 하나가 **베사 필레바** 여사다.

약 40세로 1남 2녀의 세 자녀를 두고 있다.

필레바 여사는 수학교사지만 두 살짜리 가장 어린 딸을 돌봐야 하기에 일하지 않았다.

매일 아침 필레바 여사는 판매점에 와서

아이용 우유를 샀다.

항상 아침 10시에 공원에서 산책하려고 세 자녀와 함께 집에서 나왔다.

필레바 여사가 세 자녀를 두어서 내 마음에 들었다.

여사는 좋은 엄마고 아이를 매우 예뻐했으며,

아이들을 돌보았다.

Sinjorino Fileva rezignis pri sia kariero de instruistino por esti kun siaj infanoj kaj eduki ilin. Ŝi ĉiam estis ĝoja, afabla.

Kiam mi vidis ŝin en la vendejo aŭ sur la strato, mi meditis, ke estus bonege, se mi same havu tri infanojn kiel ŝi.

De tempo al tempo mi interŝanĝis kelkajn vortojn kun sinjorino Fileva, kiam ŝi venis en la vendejon.

Foje ŝi menciis, ke la plej juna filino Mimi estas malsana. Mimi malvarmumis.

Mi konsilis sinjorinon Fileva aĉeti kuracilon "paraceto" el la najbara apoteko.

-Mi estis apotekistino – diris mi – kaj mi certas, ke paraceto helpos. Mimi rapide resaniĝos.

-Koran dankon – diris sinjorino Fileva. – Tamen kial vi laboras en nutraĵvendejo? – demandis ŝi.

Mi diris, ke mi ne trovis laboron en apoteko kaj tial mi devis eklaboiri ĉi tie.

-Ĉi tie la salajro estas malalta kaj mi kromlaboris – aldonis mi. – Ĝis nun mi helpis maljunan sinjorinon, sed bedaŭrinde ŝi forpasis.

필레바 여사는 자녀와 같이 있고 교육 시키려고 교사의 경력을 포기했다.

여사는 항상 기쁘고 상쾌했다.

가게나 길에서 보면 나도 여사처럼 세 자녀를 가졌다면 아주 좋을 것으로 생각했다.

여사가 판매점에 오면 때로 필레바 여사와 몇 마디 말을 나누었다.

한번은 가장 어린 딸 미미가 아프다고 언급했다.

미미가 감기 들었다.

내가 이웃 약국에서 '파라쩨토' 라는 치료 약을 사라고 조언했다.

"나는 약사였어요." 내가 말했다.

"그리고 파라쩨토가 도움이 될 거라고 믿어요.

미미는 곧 건강해질거예요."

"정말 고마워요."

필레바 여사가 말했다.

"그런데 왜 판매점에서 일하나요?" 하고 물었다.

나는 약국에서 일자리를 찾지 못해 여기서 일해야만 한다고 말했다.

"여기 급여가 낮아서 부업을 했어요."

내가 덧붙였다.

"지금까지 늙은 여사님을 도와 드렸는데 아쉽게도 그분이 돌아가셨어요."

-Se vi deziras denove labori kiel helpantino de maljunulino, mi proponus al vi esti helpantino de mia onklino. Ŝi estas sepdekjara, vivas sola kaj ŝi bezonas virinon, kiu helpu ŝin.

-Dankon – diris mi.

Sinjorino Fileva donis al mi la telefonnumeron de sia onklino.

-Mia onklino nomiĝas Helena Todeva kaj ŝi loĝas sur strato "Sankta Johano". Mi telefonos al ŝi kaj mi diros, ke mi parolis kun vi.

-Dankon.

Mi ĝojis, ke sinjorino Fileva proponis al mi, ke mi estu helpantino de ŝia onklino.

La sekvan tagon mi telefonis al sinjorino Todeva kaj post la fino de la labortago en la nutraĵvendejo mi iris al ŝia domo. Strato "Sankta Johano" troviĝis proksime al la urba stadiono kaj mi veturis buse.

Sinjorino Todeva loĝis en domo, en kies korto estis multaj floroj, abundis diverskoloraj tulipoj. La domo estis duetaĝa kun du larĝaj balkonoj. Mi sonorigis ĉe la pordo kaj post kelkaj minutoj sinjorino Todeva malfemis la pordon.

"다시 할머니 돕는 일을 하기 원한다면
내 숙모님을 돌보도록 제안하고 싶어요.
70세고 혼자 사셔서,
도와줄 여자가 필요해요."
"고맙습니다." 내가 말했다.
필레바 여사는 내게 자기 숙모의 전화번호를 줬다.
"내 숙모는 **헬레나 토데바**이고 '산크타 요하노' 거리에
사세요.
내가 전화해서 당신과 이야기했다고 말할게요."
"감사합니다."
나는 필레바 여사가 자기 숙모를 돌보도록 제안해 주어 기
뻤다.
다음날 토데바 여사에게 전화하고,
식료품 판매점 일이 끝난 뒤 여사의 집으로 갔다.
'산크타 요하노' 거리는 시립 운동장 가까이에 있어 버스
를 타고 갔다.
토데바 여사는 마당에 꽃이 많았고 여러 색깔 튤립이 무성
한 집에 사셨다.
집은 넓은 발코니가 2개인 2층이었다.
나는 문에서 초인종을 눌렀다.
몇 분 뒤 토데바 여사가 문을 열었다.

-Bonan tagon – diris mi. – Mi estas Eva.

-Jes, mia nevino Vesa rekomendis vin al mi.

Sinjorino Todeva estis alta virino kun longa hararo, jam tute blanka kaj kun helaj cejankoloraj okuloj. La ĉambron, en kiun ni eniris, estis kanapo, tableto, kvar foteloj, kombino-ŝranko, flortablo. La granda fenestro rigardis al la korto kun la floroj. Sinjorino Todeva malfacile paŝis kaj helpis sin per bastono.

-Bonvolu sidiĝi – diris ŝi.

Mi sidis en fotelon kaj ŝi sidis sur la kanapo.

-Mi bezonas helpantinon – komencis ŝi. – Antaŭ jaro mi falis en la banĉambro kaj mia dekstra femuro rompiĝis. Tre malfacile mi paŝas. Mi ne povas eliri el la domo. Iu devas helpi min aĉeti por mi nutraĵon kaj ĉion necesan. Bedaŭrinde mi loĝas sola. Mia filino loĝas en Britujo. Ŝi regule sendas al mi monon, sed mi bezonas iun, kiu helpu min ĉi tie.

-Mi povus helpi vin – diris mi.

Sinjorino Todeva komencis demandi min. Ŝi deziris ekscii ĉion pri mi. Kie mi naskiĝis, kie mi loĝas, kion mi studis, kion mi laboras.

"안녕하세요." 내가 말했다.

"저는 에바입니다."

"예. 조카 베사가 추천해 주었지요."

토데바 여사는 키가 크고 벌써 전부 하얀 긴 머릿결, 밝은 수레국화색 눈동자를 가졌다.

우리가 들어간 방에는 장의자, 작은 탁자, 네 개의 안락의자, 복합옷장, 꽃 탁자가 있었다.

커다란 창은 꽃이 있는 마당을 향했다.

토데바 여사는 힘겹게 걸었고 지팡이를 사용했다.

"앉아요." 여사가 말했다.

나는 안락의자에 앉고 여사는 장의자에 앉았다.

"나는 도와줄 여자가 필요해." 여사가 말을 꺼냈다.

"1년 전 화장실에서 넘어져 오른쪽 넓적다리가 부러졌어. 걷기가 무척 힘들어. 집에서 나갈 수도 없어.

식료품과 필요한 모든 것을 사러 가는데

누군가가 도와줘야 해.

아쉽게도 난 혼자 살아. 내 딸은 영국에 살아.

정기적으로 내게 돈을 보내지만 여기서 나를 도와줄 누군가가 필요해."

"제가 도와드릴 수 있어요." 내가 말했다.

토데바 여사는 내게 묻기 시작했다.

나에 대해 모든 것을 알고 싶어 했다.

어디에서 태어나고 어디에서 살고 무엇을 공부했고 무슨 일을 했는지,

Ĉu mi havas familion, infanojn. Mi respondis al ĉiuj ŝiaj demandoj, sed tiu ĉi detala pridemando ne plaĉis al mi. Verŝajne sinjorino Todeva deziris kontroli ĉu mi estas honesta kaj ĉu ŝi povus fidi al mi. Neniu ĝis nun tiel pridemandis min kaj tio ĝenis min. Tamen mi deziris esti afabla kaj mi trankvile respondis.

Kiam sinjorino Todeva bone informiĝis pri mi, pri mia vivo, ŝi diris:

-Mi ne estas riĉa kaj mi ne povas bone pagi al vi.

Ŝi proponis al mi monsumon, kiu vere estis malalta. Sinjorino Todeva kvazaŭ forgesus, ke antaŭ kelkaj minutoj ŝi diris al mi, ke ŝia filino regule sendas al ŝi monon. Laŭ ŝia parolmaniero kaj laŭ ŝiaj demandoj mi konkludis, ke ŝi tute ne similas al sinjorino Timofeeva. Sinjorino Timofeeva estis malavara. Ŝi neniam interesiĝis pri mia pasinta vivo kaj neniam ŝiaj demandoj al mi estis tiklaj kaj ĝenaj.

-Mi bezonas – daŭrigis sinjorino Todeva, - ke la virino, kiu helpu min estu ĉe mi dum la tuta tago.

나에게 가족, 자녀가 있는지,

질문에 모두 대답했지만, 이런 세세한 질문은 마음에 들지 않았다.

정말 토데바 여사는 내가 정직한지 나를 믿을 수 있는지 점검하고 싶어했다.

지금까지 아무도 그렇게

나에게 물어보지 않아서 불편했다.

하지만 친절하려고 바라면서 차분하게 대답했다.

토데바 여사가 나에 대해,

나의 삶에 대해 잘 알고 말했다.

"나는 부유하지는 않아서 많은 돈을 줄 수는 없어."

정말 낮은 액수를 내게 제안했다.

토데바 여사는 몇 분 전에 딸이 정기적으로 돈을 보낸다고 말한 것을 잊은 것 같았다.

말하는 방식이나 질문을 봐서 티모페에바 여사와 전혀 다르다고 결론지었다.

티모페에바 여사는 욕심이 없었다.

결코 내 과거의 삶에 대해 관심이 없었고,

나에 대한 질문은

결코 성가시고 귀찮지 않았다.

토데바 여사가 계속 말했다.

"나는 온종일 내 옆에서 나를 도와 줄 여자가 필요해.

Ŝi devas promenadi kun mi, foje-foje helpi min viziti teatron aŭ koncerton, eĉ bani min, ĉar por mi tio estas ege malfacile.

Mi sincere diris al ŝi, ke mi ne povas plenumi tiujn ĉi postulojn, ĉar mi laboras kaj mi ne havas eblecon dum la tuta tago esti ĉe ŝi.

Mi dankis al sinjorino Todeva kaj mi ekstaris por foriri.

-Mi tre bedaŭras – diris ŝi. – Vi estas simpatia virino. Bedaŭrinde, ke vi ne havas eblecon esti ĉe mi.

Ekstere sunbrilis. Estis bela printempa tago. Junuloj rapidis al la stadiono. Verŝajne estos futbalmatĉo. Mi iris al la bushaltejo, meditante pri la konversacio kun sinjorino Todeva. Ŝiaj kondiĉoj ne estis akcepteblaj. Mi ne povas tutan tagon esti ĉe ŝi. Tamen la salajro, kiun mi ricevis en la nutraĵvendejo ne sufiĉis. Mi nepre devis trovi ian kromlaboron.

Mi rememoris, ke en interreto mi legis anoncon, ke firmo dungos personon por disdono de reklambroŝuroj. Tiu ĉi laboro estas bona. Mi povas post la labortago en la nutraĵvendejo disdoni reklambroŝurojn.

나와 함께 산책해야 해.

때로 내가 극장이나 음악회에 가도록 도와야 하고, 나를 씻는 것도 해야 해.

왜냐하면 내게 그것이 아주 힘드니까."

나는 이런 요구를 들어줄 수 없다고 진지하게 말했다. 왜냐하면 나는 일해서 하루종일 옆에 있을 가능성이 없기 때문이다.

나는 토데바 여사에게 감사하고 나가려고 일어섰다.

"매우 유감이네요." 여사가 말했다.

"당신은 착한 여자네요. 아쉽게도 나와 같이 있을 가능성이 없네요."

밖에는 해가 빛났다. 예쁜 봄날이었다.

젊은이들은 운동장으로 서둘렀다.

정말 축구 경기가 있을 것이다.

토데바 여사와 나눈 대화를 생각하면서 나는 버스 정류장으로 갔다.

여사의 조건은 받아들일 수 없었다.

온종일 옆에 있을 수 없다.

그러나 식료품 판매점에서 받는 급여는 충분치 않았다.

꼭 다른 부업을 찾아야만 했다.

인터넷에서 광고지를 배부하는 사람을 채용한다는 회사 광고를 읽었다.

이 일은 좋다. 식료품 판매점에서 일이 끝난 뒤 광고지를 배부할 수 있다.

Mi decidis telefoni al tiu ĉi firmo. Tio estis espero. Mi devis nepre trovi kromlaboron. Mi pretis labori ĉion. Ja, mi estis obstina. Mi deziris montri al mi mem, ke mi venkos la malfacilaĵojn. Mi kredis, ke mi sukcesos. Ekzemplo por mi estis Lili. Ŝi deziris lerni baleton kaj ŝi sukcesis realigi sian revon.

Mi revenis hejmen. Lili lernis siajn lecionojn. Tuj ŝi komencis rakonti al mi kio okazis en la lernejo. En ŝia klaso estis knabinoj kaj nur unu knabo, kies nomo estis Vladimir. Lili ofte menciis lian nomon. Mi supozis, ke Vladimir estas bela knabo kaj verŝajne li plaĉas al ĉiuj knabinoj en la klaso. Lili diris, ke Vladimir ne ŝatas matematikon kaj li havas malbonan noton pri matematiko.

–Panjo, hodiaŭ la instruistino pri matematiko deziris ekzameni Vladimir, sed li rezignis. La instruistino koleriĝis kaj ŝi forpelis lin el la klasĉambro.

Mi sciis, ke Vladimir ne obeas la instruistinojn. Li kondutis provoke, sed tiu ĉi lia konduto plaĉis al la knabinoj.

나는 이 회사에 전화하려고 마음먹었다.

그것이 희망이었다. 나는 꼭 부업을 찾아야 했다.

모든 일을 할 준비가 되었다.

정말 나는 끈기가 있었다.

내 자신에게 어려움을 이길 것임을 보여주기 원했다.

나는 성공하리라 믿었다.

나에게 사례는 릴리였다.

딸은 발레를 배우기 원해서 꿈을 실현시키는데 성공했다.

집으로 돌아왔다. 릴리는 자기 수업을 공부했다.

곧 딸은 학교에서 무슨 일이 있었는지

이야기하기를 시작했다.

딸의 반에 여자아이들이 많고 **블라디미르**라는 이름의 유일한 남자아이가 있었다.

딸은 자주 그 이름을 언급했다.

나는 블라디미르가 멋진 소년이고 정말 반에서 모든 여자아이들이 좋아한다고 짐작했다.

블라디미르가 수학을 좋아하지 않아 수학에서 나쁜 점수를 받았다고 딸이 말했다.

"엄마. 오늘 여자 수학 선생님이 블라디미르를 시험하려고 했는데 아이가 그만두었어요

선생님이 화가 나 그 아이를 교실에서 내쫓았어요."

나는 블라디미르가 선생님께 불순종했다고 알았다.

그 아이가 성나도록 행동했는데 이런 행동이 여자아이들 마음에 들었다.

Mi provis klarigi al Lili, ke Vladimir kondutas maledukite, tamen mi vidis, ke Lili simpatias kun li. Bedaŭrinde mi ne povis konvinki ŝin, ke la sinteno de Vladimir estas malbona.

-Panjo, - insistis Lili - Vladimir ne estas malbona. La geinstruistoj malamas lin, ĉar li disputas kun ili. Li havas sian opinion pri ĉio, kio okazas en la lernejo.

Mi ne deziris disputi kun Lili. Ŝi devis mem kompreni kiu pravas. En tiu ĉi momento oĉjo Vasil frapetis al la pordo, li eniris la ĉambron kaj ekstaris antaŭ mi. Li atente trarigardis la meblojn, la bretojn kun la libroj.

-Kiel vi fartas? - demandis li.

-Bone - respondis mi, supozante, ke li ne venis demandi nin kiel ni fartas.

Oĉjo Vasil proksimiĝis al la tablo sur kiu estis la lernolibro de Lili pri literaturo. Li prenis ĝin kaj komencis trafoliumi ĝin. Post iom da tempo li ekparolis.

-Printempas - diris li - la vetero jam estas bona kaj mi planas renovigi la loĝejon.

Mi tuj komprenis, ke li aludas, ke ni forlasu la loĝejon.

나는 릴리에게 블라드미르가 반교육적으로 행동했다고 설명하려고 했지만

릴리가 그 아이를 동정하고 있음을 보았다.

아쉽게도 블라디미르의 태도가 나쁘다고 딸에게 확신시킬 수 없었다.

"엄마." 릴리가 우겼다.

"블라디미르는 나쁘지 않아요. 선생님들이 미워해요. 왜냐하면 선생님과 토론하니까요. 그 아이는 학교에서 생긴 모든 일에 자기 의견을 가지고 있어요."

나는 릴리와 토론하고 싶지 않았다.

딸이 스스로 누가 옳은지 이해해야했다.

이 순간 바실 아저씨께서 문을 살짝 두드리셨다.

방에 들어오시더니 내 앞에 섰다.

주의깊게 가구, 책있는 선반을 살펴 보셨다.

"어떻게 지내니?" 아저씨가 물었다.

"잘 지내요."

우리가 어떻게 지내는지 물으려고 오지 않은 것을 짐작하며 내가 대답했다.

바실 아저씨는 릴리의 문학 교과서가 놓여 있는 탁자로 가까이 갔다. 그것을 들고 그것을 넘기기 시작했다.

조금 뒤 말을 꺼냈다.

"봄이구나." 하고 말씀했다.

"날씨는 이미 좋아 집을 수리할 계획이다."

나는 이 집을 떠나 달라고 암시하는 것을 금세 알았다.

Mi rapide diris:

-Oĉjo Vasil, ĉisemajne mi provos lui loĝejon.

-Ne estas urĝe – tramurmuris li.

-Mi nepre luos loĝejon kaj ni translokiĝos. Mi dankas vin. Vi multe helpis nin. Ĉi tie ni pasigis la vintron.

-Tio estis nature. Ja, ni estas geparencoj – diris li.

Li ankoraŭfoje detale ĉirkaŭrigardis la ĉambron kaj antaŭ eliri li diris al Lili:

-Lernu, lernu. Vi devas esti bona lernantino.

Poste li tramurmuris:

-Ĝis revido.

Kiam li eliris mi diris:

-Mi atendis tion. Bedaŭrinde, ke sinjorino Timofeeva forpasis. Se ŝi estus viva, ŝi povus pruntedoni al mi iom da mono. Nun ni ne havas sufiĉe da mono. Lili alrigardis min.

-Panjo, ni sukcesos! – diris ŝi.

-Jes. Ni sukcesos, mia kara trezoro – ekridetis mi kaj kisis ŝin. – Ambaŭ ni sukcesos! Vi estas mia espero!

-Vi vidos!

나는 재빨리 말했다.

"바실 아저씨. 이번 주에 새 집을 알아볼 거예요."

"서두르지 마라." 하고 중얼거렸다.

"저는 꼭 방을 빌려 이사갈 거예요.
고맙습니다. 우리를 많이 도와 주셨어요.
여기서 겨울을 보냈어요."

"그것은 당연하지. 정말 우리는 친척이니까."
아저씨가 말씀했다.

다시 한번 방을 자세히 살펴보고 나가기 전에 릴리에게 말씀했다.

"배워라. 배워라. 좋은 학생이 되어야 해."
나중에 "잘 있어." 하고 중얼거리셨다.

아저씨가 나가자 내가 말했다.

"그것을 기다렸어.
아쉽게도 티모페에바 여사님이 돌아가셨지.
살아계셨다면 얼마간의 돈을 빌려 주셨을 텐데.
지금 충분한 돈이 없어."

릴리가 나를 쳐다보았다.

"엄마. 우리는 잘 해낼 거예요." 하고 말했다.

"그래. 우리는 잘 해낼 거야. 우리 귀한 보물."
나는 살짝 웃고 딸에게 입맞추었다.

"우리 둘 다 성공할 거야. 너는 나의 희망이야."

"엄마는 볼 거예요."

La flamanta rigardo de Lili donis al mi fortojn kaj energion. Ŝia rideto igis min venki ĉiujn malfacilaĵojn.

릴리의 불타는 시선이 내게 힘과 에너지를 주었다.
딸의 미소는 내가 모든 어려움을 이기도록 했다.

21.

En Serda loĝis mia kuzo Damen. Kiam ni estis infanoj, ni multe ludis. Li estas du jarojn pli aĝa ol mi. Mi ne havis gefratojn kaj Damen estis kiel mia frato. Post la fino de la gimnazio mi studis en Serda kaj Damen estis kursano en la Oficira Kursejo en urbo Tarnov. De tempo al tempo ni vidis unu la alian en Srebrovo.

Nun li kun sia familio loĝis en Serda. Mi decidis viziti lin, esperante ke li helpos min trovi loĝejon. Damen loĝis en granda loĝkvartalo en la suda parto de la urbo. Mi telefonis kaj li tuj invitis min gasti al li. Vera, la edzino de Damen, kiun antaŭe mi ne konis, tre kare renkontis min. Damen kaj ŝi invitis min vepermanĝi.

Pli ol dek jarojn mi kaj Damen ne vidis unu la alian kaj nun ni parolis pri la tempo, kiam li kaj mi loĝis en diversaj urboj. Post la fino de la Oficira Kursejo Damen estis oficiro en malproksimaj urboj en diversaj partoj de la lando.

21장. 사촌 다멘과 만남

세르다에 나의 사촌 **다멘**이 살았다.

우리가 어렸을 때 많이 놀았다.

나보다 두 살 많다.

나는 형제가 없었으므로 다멘이 나의 형제였다.

고등학교 졸업 뒤 나는 세르다에서 공부했고, 오빠는 타르노브 시에 있는 무관학교 학생이 되었다.

때로 우리는 스레브로보에서 서로 만났다.

지금 오빠는 가족들과 함께 세르다에 살고 있다.

나는 방을 찾는데 도움을 받을 수 있을까 바라며 오빠를 방문하기로 마음먹었다.

오빠는 도시의 남부 큰 주거지역에서 살았다.

전화했더니 바로 초대했다.

전에 안 적이 없는 다멘의 처 **베라**는 매우 친절하게 나를 만났다.

다멘 부부는 저녁 먹으러 나를 초대했다.

10년 이상 나와 다멘은 서로 보지 못해서

우리는 여러 도시에 살던 그 때를 이야기했다.

무관학교를 마치고 나서

다멘은 나라의 여러 지역 먼 도시들에서

무관으로 근무했다.

-Post la vagado de urbo al urbo — diris Vera — ni jam loĝas ĉi tie, en Serda, sed mi serioze malsaniĝis. Mi suferas pro sukera diabeto.

Videblis, ke Vera estis bela virino kun nigra hararo, jam iom blanka, kun brunaj okuloj, similaj al maronoj, sed ŝia vizaĝo pro la malsano estis pala kaj flaveca.

-Mi rapide laciĝas kaj ĉion mi faras malfacile — daŭrigis ŝi. — Bone, ke nia filo jam estas memstara kaj li ne loĝas ĉe ni.

Damen demandis pri Lili. Mi diris al li, ke ŝi lernas en la baleta lernejo kaj tial mi kaj Lili venis loĝi en Serda.

-Verŝajne vi havas problemojn — supozis Damen. — Ĉio en Serda estas multekosta. Ĉi tie oni devas havi altan salajron.

-Iel mi solvas la problemojn — tramurmuris mi.

-Kie vi loĝas? — demandis li.

-Ni loĝas en la domo de oĉjo Vasil, kuzo de panjo. Vi certe konas lin. Li estas instruisto pri franca lingvo, sed baldaŭ li komencos renovigi la loĝejon kaj mi devas lui loĝejon.

"여러 도시를 거쳐" 베라가 말했다.

"우리는 지금 이곳 세르다에 살지만
나는 심각하게 아파요.
당뇨병으로 고통스러워요."

베라는 미인으로 보였다.
검은 머릿결은 벌써 조금 희어지고
마롱 과일 같은 갈색 눈동자지만
얼굴은 병 때문에 창백하고 누렇다.

"나는 쉬 피곤해요.
그리고 하는 모든 것이 힘들어요." 하고 계속 말했다.

"우리 아들은 벌써 독립해서 우리랑 살지 않아 다행이예요."

다멘은 릴리에 대해 물었다.

딸이 발레학교에서 공부해서 릴이와 나는 세르다에 살러 왔다고 말했다.

"정말 너는 문제가 있구나." 다멘이 짐작했다.

"세르다에서는 모든 것이 비싸.
여기서는 많은 급여를 받아야 해."

"어떻게든 문제를 해결할 거야." 내가 중얼거렸다.

"어디에 사니?" 하고 물었다.

"우린 엄마의 사촌 바실 아저씨네 집에서 살아.
오빠도 분명 알거야.
프랑스어 교사고 조만간 집을 수리하기 시작해.
그래서 방을 구해야만 해."

Damen rigardis min kaj post eta paŭzo li proponis:

-Vi povus loĝi ĉe ni. Nia loĝejo estas granda. Estos ĉambro por vi.

Mi tute ne atendis tiun ĉi proponon. Mi ekĝojis, tamen mi diris:

-Mi ne deziras ĝeni vin.

-Vi ne ĝenos nin – diris firme Vera. – Ĉi tie vi fartos bone. Ni havas vilaon en la proksima vilaĝo Katino kaj ofte ni estas tie.

-Mi kore dankas pri la propono, vi estas tre karaj – ripetis mi.

-Mi ĝojus, se vi loĝus ĉe ni – diris Damen.

-Mi parolos kun Lili, ĉar via loĝejo estas tre malproksime de la baleta lernejo, en kiu ŝi lernas, kaj mi telefonos al vi.

Vesperiĝis. Mi diris al ili "Ĝis revido" kaj mi ekiris. Damen proponis akompani min al la aŭtobushaltejo.

-Vi ne konas nian loĝkvartalon. Mi venos kun vi al la bushaltejo – diris li.

Ni ambaŭ ekiris. Mallumis kaj ie-tie stratlampoj ĵetis palan citronkoloran lumon.

다멘은 나를 바라보고 조금 쉬었다가 제안했다.

"너는 여기 살 수 있어. 우리 집은 크거든. 너희를 위한 방은 있어."

나는 이 제안을 전혀 기대하지 않았다.

나는 기뻤지만 말했다.

"오빠를 성가시게 하고싶지 않아."

"성가신게 아니예요." 베라가 군세게 말했다.

"여기서 잘 지낼 수 있어요.

우리는 가까운 카티노 마을에 빌라가 있어서

자주 거기 가요."

"제안에 정말 감사드려요.

너무 친절하시네요." 내가 되풀이했다.

"네가 우리랑 산다면 기쁠 텐데." 다멘이 말했다.

"릴리와 이야기 해 볼게요.

왜냐하면 집이 아이가 공부하는 발레학교에서 너무 머니까요. 그리고 전화 드릴게요."

저녁이 되었다.

나는 그들에게 '잘 계세요' 인사하고 집을 나섰다.

다멘은 고속 버스 정류장까지 나를 배웅하겠다고 제안했다.

"너는 우리 거주지역을 잘 몰라.

버스 정류장까지 너랑 같이 갈게." 오빠가 말했다.

우리 둘은 나왔다.

어둡고, 여기저기서 가로등이 희미한 레몬빛 조명을 비추었다.

Damen malrapidigis siajn paŝojn kaj mi antaŭsentis, ke li deziras diri ion al mi. Li mantuŝetis mian ŝultron.

-Eva — ekflustris li — tre delonge mi deziris diri al vi, sed mi ne kuraĝis⋯

Lia basa voĉo iom tremis. Mi haltis kaj alrigardis lin.

-Mi amas vin — diris li rapide.

Mi stuporiĝis, mi rigardis lin konsternita.

-Jes — ripetis li — Mi amas vin. Mi amas vin jam de la infaneco, kiam ni estis infanoj. Mi bone scias, ke tio estas peko. Ni estas gekuzoj, sed dum la jaroj mi ne povis sufoki tiun ĉi senton.

-Ĉu vi komprenas kion vi diras? — flustris mi.

-Mi provis kaŝi mian amon kaj tial mi evitis renkonti vin⋯

Ni staris ĉe stratlampo.

Mi rigardis lin.

Liaj karbokoloraj okuloj fiksrigardis min.

Li estis embarasita, senhelpa, simila al infano, perdita en granda urbo. Mi ne sciis kion diri.

-Vi havas edzinon — tramurmuris mi.

-Jes.

-Vera estas bona virino — daŭrigis mi.

오빠가 발걸음을 늦추어

뭔가 내게 말하고 싶어 하는 것을 예감했다.

오빠가 내 어깨를 손으로 만졌다.

"에바." 다멘이 말했다.

"아주 오래 전부터 말하고 싶었지만 용기가 없었어."

오빠의 낮은 목소리는 조금 떨렸다.

나는 멈춰 얼굴을 바라보았다.

"너를 좋아해." 하고 빠르게 말했다.

나는 정신이 멍한 채 놀라서 쳐다보았다.

"그래." 하고 반복했다.

"너를 사랑해. 우리가 어릴 때 이미 어릴 때부터 너를 좋아했어. 그것이 잘못이라는 것을 잘 알아.

우리는 사촌이지만 수년간 이 감정을 숨길 수 없었어."

"오빠가 무엇을 말하는지 알고 있나요?" 내가 속삭였다.

"내 사랑을 숨기려고 했어.

그래서 너를 만나길 피했어."

우리는 가로등 옆에 섰다. 나는 오빠를 바라보았다.

석탄 같은 눈이 나를 뚫어지게 쳐다보았다.

당황하고 도울 힘도 없고 큰 도시에서 길을 잃은 어린이 같았다.

나는 무엇이라고 말을 할지 몰랐다.

"오빠는 아내가 있잖아요." 내가 우물우물 말했다.

"그래."

"베라는 좋은 여자예요." 내가 계속 말했다.

-Jes, sed mi amas vin.

-Frenezaĵo!

Ni ekpaŝis kaj nerimarkeble ni venis al la aŭtobushaljejo. Mi deziris, ke la aŭtobuso tuj alvenu. Post du minutoj venis aŭtobuso. Mi eniris ĝin. Damen restis sur la aŭtobushaltejo. Mia kapo bruis kvazaŭ en ĝi furiozis maraj ondoj. Ankoraŭ mi ne kredis, ke Damen diris tion. Ĉu eblas? Mi rememoris nian infanecon. Damen diris, ke tiam, kiam ni estis infanoj, li amis min, sed tiam mi tute ne supozis tion. Mi provis rememori kion ni parolis, kiam ni estis adoleskuloj, sed bedaŭrinde la tempo ĉion viŝis. Mi febre trafoliumis miajn rememorojn.

Mi similis al trezorserĉanto, kiu fosas en la pasinteco. Eble tiam, kiam mi estis infano, mi same amis Damen.

Tamen tiam ne bone kaj ne klare mi konsciis tion. Ĉu mi amis lin? Li estis forta, li protektis min. Ĉu tiam mi nevole vekis en li tiujn ĉi sentojn?

Mi revenis hejmen. Silente kiel ŝtelisto mi eniris la ĉambron. Lili jam dormis profunde, kviete kiel anĝelo. Mi malvestiĝis kaj kuŝis en la lito.

"그래. 그러나 나는 너를 사랑해."

"미쳤군요."

우리는 길을 걸어 어느새 고속버스 정류장에 왔다.

고속버스가 곧 오기를 바랐다.

2분 뒤 고속버스가 왔다. 나는 그것을 탔다.

오빠는 버스 정류장에 남았다.

내 머리는 마치 머릿속에 바다의 파도가

성내듯 시끄러웠다.

다멘이 말한 것을 아직 믿지 못했다.

가능한가? 우리의 어린 시절을 기억했다.

다멘은 우리가 어릴 때 그때 나를 사랑했다고 말했지만

그때 나는 전혀 그것을 짐작하지 못했다.

우리가 청소년일 때 우리가 말한 것을 기억하려고 했지만,

아쉽게도 시간이 모든 것을 씻어갔다.

희미하게 내 기억들을 들춰 보았다. 과거에서 보물 찾는 사람 같았다. 아마 그때 내가 어렸을 때 나도 오빠를 사랑했다. 그러나 그때 그것을 알아차리지 못하거나 불분명했다.

내가 오빠를 사랑했나?

오빠는 힘이 세서 나를 지켜 주었다.

그때 나는 의도하지 않게 그 안에 이런 느낌을

불러 일으켰나?

집에 돌아왔다. 도둑처럼 조용히 방에 들어왔다.

릴리는 이미 깊이 천사처럼 조용히 자고 있었다.

나는 옷을 벗고 침대에 누웠다.

Mi fermis okulojn kaj en la silenta malluma ĉambro kvazaŭ ankoraŭfoje mi vidis Damen, starantan sur la aŭtobushaltejo. Li staris tie kiel senpova infano, kiu ne sciis kion fari. Mi sincere kompatis lin. Mi sentis doloron pri li.

나는 눈을 감고 조용한 어두운 방에서 버스 정류장에 서 있는 다멘을 아직 보는 듯했다.
거기서 무엇을 할지 모르는 힘없는 어린이처럼 서 있다.
나는 진심으로 오빠를 불쌍하게 생각했다.
오빠의 아픔을 느꼈다.

22.

Longe, dum tuta monato, mi serĉis loĝejon. En Serda la luprezoj de la loĝejoj estis tre altaj. Mi trarigardis diversajn loĝejojn.

Iuj el ili estis luksaj kaj elegantaj en novaj konstruaĵoj, aliaj estis etaj domoj en la randaj urbaj kvartaloj.

Mizeraj domoj de malriĉuloj.

Mallarĝaj ĉambroj kun malnovaj mebloj.

En tiuj ĉi ĉambroj estis nur lito kaj vestoŝranko.

Mi jam opiniis, ke mi ne trovos taŭgan loĝejon.

Iun tagon simpatia maljunulino proponis al mi subtegmentan ĉambron. La domo estis en la centro de la urbo.

Mi kaj la posedantino de la loĝejo, kiu estis sepdekjara, dika, peze spirantaj, ni supreniris al la subtegmenta ĉambro, malgranda, mallarĝa kun du fenestroj kvazaŭ en la ĉielo. De ĉi tie videblis nur la tegmentoj de la najbaraj domoj.

En la ĉambro estis du litoj, tablo, vestoŝranko, bretaro. Antaŭ la ĉambro troviĝis eta kuirejo kaj banĉambro. La luprezo ne estis alta.

22장. 옛 동급생 루이자와 만남

오랫동안 한 달 내내 방을 찾았다.
세르다에서 방 임대료는 꽤 높았다.
나는 여러 방을 살폈다.
그들 중 일부는 새 건물로 화려하고 우아했고
다른 것은 변두리 지역 작은 집이었다.
가난한 자의 비참한 집.
오래된 가구에 좁은 방.
이 방에 오직 침대와 옷장만 있었다.
나는 적당한 집을 못찾겠다고 이미 생각했다.
어느날 친절한 할머니가
내게 다락방을 제안했다.
집은 도심에 있었다.
70세에 뚱뚱하고 힘들게 숨쉬는 집주인과 함께
마치 창이 두 개 하늘에 있는 듯한
작고 좁은 다락방으로 올라갔다.
여기서 이웃집들의 지붕만 볼 수 있다.
방에는 침대가 두 개, 탁자, 옷장, 선반이 있었다.
방 앞에 작은 부엌과 화장실이 있었다.
임대료가 비싸지 않았다.

Gravis, ke la domo estas en la centro de la urbo kaj mi povis piediri al la vendejo, kie mi laboris.

Oĉjo Vasil estis tre ĝoja, kiam mi diris al li, ke mi trovis loĝejon. Eble li jam opiniis, ke mi neniam forlasos lian domon.

Kun Lili ni iris al nia nova subtegmenta nesto, por ke mi montru ĝin al ŝi. Kiam Lili vidis la loĝejon, ŝi senreviĝis. Ŝi ne supozis, ke nia nova loĝejo estas tiel malgranda.

-Bedaŭrinde mi ne havas monon lui pli grandan loĝejon - diris mi.

Lili silentis kaj malĝoje rigardis la tegmentojn de la najbaraj domoj.

-Por ni duope tiu ĉi loĝejo taŭgas - provis mi konvinki ŝin.

-Jes - tramurmuris Lili.

-Ĉi tie ni loĝos dum la lernojaro. Somere, dum la ferio, vi estos en Srebrovo ĉe la geavoj.

-Bone.

-Somere en Srebrovo vi estos trankvila. Vi promenados en la montaro kun viaj estintaj samklasaninoj, vi naĝos en la rivero…

En nia nova loĝejo ni estis memstaraj.

집이 도심에 있고 내가 일하는 판매점까지 걸어서 갈 수 있다는 것이 중요했다.

내가 방을 구했다고 말하자

바실 아저씨는 크게 기뻐하셨다.

아마 내가 결코 자기 집을 떠나지 않을 거라고 생각했을 것이다.

딸에게 보여주려고 함께 새 지붕밑 둥지로 갔다.

릴리가 집을 보자 꿈이 깨졌다.

우리 새집이 그렇게 작으리라고 딸이 짐작하지 못했다.

"아쉽게도 더 큰 집을 빌릴 돈이 없어."

내가 말했다.

릴리는 말이 없이 슬프게 이웃집 지붕을 쳐다보았다.

"우리 둘에게는 이 집이 알맞아."

나는 딸에게 확신시키려고 했다.

"예."

릴리가 우물쭈물거렸다.

"여기서 학교 다니는 동안 살 거야.

여름 방학에 할아버지 집이 있는 스레브로보에서 지내고."

"알았어요."

"여름에 스레브로보에서 너는 편안할 거야.

너는 전 친구들과 산에서 산책하고 강에서 수영하고."

우리 새 집에서 우리는 독립했다.

Neniu ĝenis nin. Ofte ni vizitis teatrojn, operejon, koncertojn. De tempo al tempo Lili petis min, ke ŝi estu en dancamuzejo kun siaj samklasaninoj. Kutime sabate posttagmeze estis dancamuzo por gelernantoj. La dancejo troviĝis ĉe la granda urba parko kaj dum la gejunuloj dancis, mi atendis Lili en apuda kafejo, kies nomo estis "Lazuro".

Foje sabate Lili estis en la dancejo kaj mi atendis ŝin en la kafejo. Estis malhela nuba posttagmezo. En la kafejo estis nur kelkaj homoj. Mi trinkis kafon kaj mi observis la personojn ĉe la najbaraj tabloj. La pordo de la kafejo malfermiĝis kaj eniris eleganta alta virino, vestita en bela blua printempa mantelo kun same blua silka ŝalo. La virino ĉirkaŭrigardis kaj venis al la tablo, ĉe kiu mi sidis. Ŝi ekstaris kontraŭ mi kaj diris:

-Saluton Eva.

Mi levis rigardon surprizita kaj mi rekonis mian iaman samklasaninon Luiza.

-Luiza - diris mi.

En Srebrovo ni estis najbarinoj, samklasaninoj, sed mi delonge ne renkontis ŝin.

그 누구도 우리를 성가시게 안 했다.

우리는 자주 극장, 오페라극장, 음악회를 방문했다.

때로 릴리가 학교 친구와 함께 춤추는 오락장에 가게 해 달라고 요청했다.

보통 토요일 오후에

학생들을 위한 춤추는 오락장이 열렸다,

춤추는 장소는 커다란 시립 공원에 있고 젊은이들이 춤추는 동안 '라주로' 라는 근처 카페에서 나는 딸을 기다렸다.

한번은 토요일에 릴리가 춤추는 오락장에 있고 나는 카페에서 기다렸다.

어두운 구름 낀 오후였다.

카페에 오직 몇 사람만 있었다.

나는 커피를 마시고 옆 탁자 사람들을 살폈다.

카페 문이 열리고 키가 크고 우아한 여자가 멋진 파란색 봄 외투에 역시 파란 비단 숄을 한 채 들어왔다.

여자는 둘레를 돌아보더니 내가 앉아 있는 탁자로 왔다.

내 앞에 서더니 말했다.

"안녕! 에바"

나는 놀란 시선을 들고

예전 동급생 루이자인 것을 알아봤다.

"루이자" 내가 말했다.

스레브로보에서 우리는 이웃이고 동급생이었는데

오랫동안 보지 못했다.

-Jes, mi estas – ekridetis Luiza.

-Ho, vi aspektas tre elegante kaj mi preskaŭ ne rekonis vin – diris mi.

-Jes, nun mi estas eleganta. Mi ĝojas vidi vin ĉi tie.

-De tempo al tempo mi venas en tiun ĉi kafejon – diris mi. – Lili, mia filino, amuziĝas en la najbara dancamuzejo kaj ĉi tie mi atendas ŝin.

-Ĉu vi loĝas en Serda? – demandis Luiza.

-Jes. Lili lernas en la baleta lernejo kaj ni loĝas ĉi tie.

-Mi same loĝas ĉi tie – diris Luiza.

Ŝi demetis la mantelon, la ŝalon kaj sidis ĉe la tablo, ĉe mi. El sia multekosta retikulo ŝi elprenis elegantan cigaredujon kaj etan bluan fajrilon. Venis la kelnerino, Luiza mendis kafon kaj konjakon.

Mi rememoris, ke antaŭ jaroj en Srebrovo Luiza estis vendistino en vendejo por inaj tolaĵoj. Mi ne deziris demandi ŝin kion nun ŝi laboras en Serda, sed evidente ŝi emis paroli. Verŝajne ŝi delonge ne vidis konatinon el Srebrovo kaj deziris iom babili.

"맞아. 나야."

루이자가 살짝 웃었다.

"정말 너는 멋지게 보이구나.

거의 못 알아볼 뻔 했어." 내가 말했다.

"그래, 지금 나는 잘 차려 입었어.

여기서 너를 보게 돼 기뻐."

"때로 이 카페에 와." 내가 말했다.

"내 딸 릴리가 이 근처 춤추는 오락장에서 놀고 있어서 기다리고 있어."

"세르다에 사니?" 루이자가 물었다.

"응, 딸이 발레학교에서 공부해서

여기 살아."

"나도 여기 살아." 루이자가 말했다.

외투와 숄을 벗고 나와 같은 탁자에 앉았다.

비싼 손가방에서 우아한 담배갑과 작고 파란 라이타를

꺼냈다.

여종업원이 왔다.

루이자는 커피와 코냑을 주문했다.

몇 년 전 스레브로보에서 루이자는 여성 모직제품을 파는 판매점에서 점원인 것을 나는 기억했다.

세르다에서 지금 무슨 일을 하는지 묻고 싶지 않았지만 분명 루이자는 말하려고 했다.

정말 오랫동안 스레브로보에서 지인을 보지 못해 뭔가 수다 떨기를 원했다

-Ĉu vi fumas? – demandis min Luiza.

-Ne – respondis mi.

-Ja, vi estas apotekistino kaj vi zorgas pri via sano – ridetis ŝi. – Ĉu ĉi tie vi same laboras en apoteko? – demandis ŝi.

-Ne. Mi laboras en nutraĵvendejo.

Tiu ĉi respondo surprizis ŝin.

-Verŝajne via salajro estas tre malalta? – supozis Luiza.

-Jes.

-Ĉu la salajro de via edzo estas pli alta? – demandis ŝi.

-Mi ne havas edzon – respondis mi.

Mi tute ne deziris paroli pri mi mem, sed Luiza daŭrigis demandi min.

-Kiel vi vivas? Certe vi lupagas loĝejon. Ĉu vi havas sufiĉe da mono?

Mi provis iel ĉesigis la konversacion, sed ne eblis. Luiza parolis, fumis kaj malrapide trinkis la konjakon. Ŝiaj grandaj malhelbluaj okuloj similis al okuloj de kapareolo. Iam en la gimnazio ŝi estis unu el la plej belaj knabinoj kun harmonia korpo kiel amforo kaj longaj femuroj.

"담배 피니?" 루이자가 물었다.

"아니." 내가 대답했다.

"정말 너는 약사라

네 건강에 신경 쓰지." 하고 살짝 웃었다.

"여기서도 약국에서 일하니?"

루이자가 물었다.

"아니. 식료품 판매점에서 일해."

이 대답이 루이자를 놀라게 했다.

"정말 네 급여가 아주 작지?" 루이자가 짐작했다.

"응."

"네 남편의 급여는 더 많지?" 하고 물었다.

"남편이 없어." 내가 대답했다.

나에 대해 말하기를 전혀 원치 않았지만,

루이자는 계속 물었다.

"어떻게 사니?

분명 방을 빌렸구나.

돈은 충분하니?"

어떻게든 대화를 멈추려고 했지만 불가능했다.

루이자는 말하고 담배 피우고 천천히 코냑을 마셨다.

커다랗고 어두운 파란색 눈동자는 노루 눈 같았다.

언젠가 고등학교에서 루이자는 항아리 같이 잘 빠진 몸매에

긴 다리를 가진 가장 예쁜 여자아이 중 하나였다.

En la lernejo ŝi ĉiam surhavis tre mallongajn jupojn kaj la instruistinoj riproĉis ŝin.

-Kiam mi loĝis kaj laboris en Srebrovo, mia salajro same estis tre malalta – diris Luiza. – Eble vi memoras, ke mi estis vendistino de inaj tolaĵoj. Foje la posedanto de la vendejo akuzis min, ke mi ŝtelis noktĉemizon. Stultaĵo! Mi diris: "Merdo!" Mi forlasis la vendejon. En Srebrovo mi enuis kaj mizeris. Mi ne deziris plu esti vendistino kaj mi venis en Serda. Ĉi tie mi iĝis kompaniulino. Jes, mi ne hontas, ke mi estas kompaniulino.

Mi rigardis ŝin mire.

-Jes, jes. Vi bone komprenis, mi ne estas hipokritulino kiel iuj publikulinoj, kiuj mensogas, ke ili estas frizistinoj aŭ sekretariinoj. Mi estas kompaniulino kaj mi estas kontenta.

Ŝi parolis iom laŭte kvazaŭ ŝi dezirus skandali la hipokritulojn.

-Antaŭe ĉiam mi opiniis, ke la personoj, kiuj havas multe da mono vivas feliĉe kaj senzorge – daŭrigis Luiza, - sed mi jam scias, ke ili same ne estas feliĉaj.

학교에서 항상 매우 짧은 치마를 입어 교사들이 꾸지람을 받았다.

"내가 스레브로보에 살면서 일할 때 급여는 마찬가지로 매우 작았어." 루이자가 말했다.

"아마 여름 여성 모직 제품 판매원이었던 것을 기억할 거야. 한번은 가게 주인이 내가 잠옷을 훔쳤다고 고소했어. 바보같이!

내가 '똥덩이'라고 말했지.

나는 판매점을 그만두었어.

스레브로보에서 지겹고 비참했지.

더 판매원이 되고 싶지 않아 세르다에 왔어.

여기서는 동반 여자가 되었어.

그래. 동반 여자가 된 것이 부끄럽지 않아."

나는 놀라서 똑바로 바라보았다.

"그래. 맞아.

미용사나 비서라고 거짓말하는 어느 창녀처럼 내가 위선자는 아닌 것을 잘 알거야.

나는 동반 여자고 행복해."

루이자는 위선자들을 추문내길 원하는 듯
조금 크게 말했다.

"전에는 돈이 많은 사람은 행복하고 걱정 없이 산다고 항상 생각했어." 루이자는 계속 말했다.

"하지만 그들도 마찬가지로 행복하지 않는다는 것을 벌써 알아.

Eble vi ne komprenas tion, sed mi bone scias. La riĉuloj telefonas al mi. Ili invitas min vespermanĝi aŭ veturigas min en elegantajn restadejojn. Ili konversacias kun mi. Mi atente afable aŭskultas ilin. Ili ŝatas paroli al iu. Ili kontentas, ke iu aŭskultas ilin. Ili estas riĉegaj. Tamen ili timas la homojn. Ili timas siajn proksimulojn, parencojn, al kiuj ili ne kuraĝas konfesi siajn pensojn kaj sentojn. Tial ili bezonas virinojn kiel min. Ili bezonas mian komplezon.

Mi rigardis ŝin. Luiza ne estis ebria. Ŝi ankoraŭ ne fortrinkis la konjakon.

-Kiam la silento kaj timo premas tiujn ĉi riĉulojn, ili vokas min - aldonis ŝi. - Kiam mi estas ĉe ili, ili trankvile parolas, ridas, eldiras stultaĵojn. Tiam ili ne ludas rolojn. Ili ne kaŝas sin. Iliaj glaciigitaj vizaĝoj ekbrilas. Tamen tio ne daŭras longe. Eble nur horon aŭ du horojn. Ili pagas al mi, denove ili metas siajn ferajn maskojn kaj foriras.

Luiza ĉesis paroli kaj rigardis la grizan fumon de sia cigaredo. Post ioma paŭzo ŝi diris:

-Kial vi ne provas esti kompaniulino.

아마 너는 그것을 이해하지 못하겠지만, 나는 잘 알아.

부자들이 내게 전화해. 그들이 내게 저녁 먹자고 초대하거나 멋진 휴게실로 차를 태워 데려가.

그들은 나와 이야기하지. 나는 상냥하게 열심히 들어. 그들은 누군가에게 말하기를 좋아해. 누가 그것을 들어주면 만족해. 그들은 엄청 부자야.

그러나 사람들을 무서워해. 그들은 가까운 사람, 친지를 두려워 해서 그들에게 감히 자기 생각이나 감정을 고백하지 않아. 그래서 그들은 나같은 여자를 필요로 해. 그들은 나의 호의를 필요로 해."

나는 루이자를 쳐다보았다.

루이자는 취하지 않았다.

아직 코냑을 다 마시지 않았다.

"침묵과 두려움이 이 부자들을 짓누를 때 그들은 나를 불러." 하고 덧붙였다.

"내가 그들 옆에 있으면 그들은 편안하게 이야기하고, 웃고, 바보스런 말을 꺼내.

그때 그들은 자기 역할을 하지 않아. 자신을 숨기지 않아. 그들의 차디찬 얼굴이 빛나기 시작해. 하지만 그것이 오래 가진 않아. 아마 1시간이나 2시간 그들은 내게 돈을 내고 다시 그들의 철가면을 쓰고 떠나."

루이자는 말을 멈추고 담배의 회색 연기를 바라보았다. 조금 쉬었다가 말했다.

"왜 너는 동반 여자가 되려고 하지 않니?

Ja, nenia laboro estas malbona aŭ hontiga – kaj Luiza denove komencis voĉe ridi.

Mi mire gapis ŝin.

-Ne rigardu min tiel. Oni rapide alkutimiĝas. Vi perlaboros multe da mono. Post iom da tempo tiu ĉi okupo plezurigos vin.

Evidente Luiza jam vivis en mondo, kiun mi ne konis kaj mi ne komprenis. Tamen mi ne tre certis ĉu ŝi estis kontenta aŭ ĉu ŝi paradis, ĉu ŝi demonstris feliĉon. Certe ŝi havis multe da mono, sed ĉu tiu ĉi okupo plezurigas ŝin?

Tamen la vivo estas multaspekta kaj ekzistas diversaj homoj. Sendube estas uloj, kiuj bezonis Luizan kaj ili pagis al ŝi. Ĉu ŝi estas pekulino? Ĉu mi kaj aliaj estas sanktuloj? Ĉiuj homoj eraras kaj pekas, sed ne ĉiu kuraĝas konfesi tion. Ni zorge kaŝas niajn erarojn. Ni provas trankviligi nin mem kaj pardoni nin mem.

-Estis bone, ke mi renkontis vin – diris Luiza. -Ŝajnas al mi, ke neniam mi loĝis en Srebrovo kaj neniun mi konis tie.

-Dum la lastaj jaroj Srebrovo tre ŝanĝiĝis – diris mi. – Multaj homoj ekloĝis en Serda. Aliaj ekveturis eksterlanden.

정말 어떤 일에도 나쁘거나 부끄러운 것은 없어."

그리고 다시 루이자는 소리 나게 웃기 시작했다.

나는 놀라서 바라 보았다.

"나를 그렇게 보지 마. 사람들은 빠르게 익숙해져. 너는 많은 돈을 벌거야. 조금 뒤에 이 직업이 마음에 들 거야."

분명 루이자는 내가 모르고 이해하지 못하는 세계에 벌써 살고 있었다.

하지만 만족한지 천국에 있는지 행복한 척 하는지 나는 매우 확신하지 못했다.

분명 돈은 많지만 이 직업이 자신을 기쁘게 하나?

삶은 여러 면이 있고 다양한 사람들이 있다.

루이자를 필요로 하는 사람이 있음도 의심할 수 없고 그들은 루이자에게 돈을 주었다.

루이자가 죄인인가?

나와 다른 사람은 거룩한가? 모든 사람이 실수하고 죄를 짓지만 모두 감히 그것을 고백하지 않는다.

우리는 조심스럽게 우리 실수를 숨긴다.

우리 자신을 안정시키려고, 우리 자신을 용서하려고 한다.

"너를 만나서 기뻐." 루이자가 말했다.

"나는 스레브로보에서 더 살 수 없고 거기서 아무도 모르는 것 같아."

"지난 여러 해 스레브로보는 꽤 변했어." 내가 말했다.

"많은 사람이 세르다로 이사 갔어. 다른 사람은 외국으로 갔어.

Ĉu vi ne deziris ekveturi ien, en alian landon?

-Kial? Mi ne estas freneza. Mi ne povas loĝi eksterlande. Ĉi tie mi bone perlaboras. Mi ne deziras esti servistino al eksterlandanoj.

Mi rigardis mian brakhorloĝon.

-Ĝis – diris Luiza kaj ekstaris. – Mi havas rendevuon. Mi venis ĉi tien trinki kafon. Telefonu al mi. Jen mia vizitkarto. Mi ĝojos denove renkonti vin.

-Bone.

Luiza donis al mi la vizitkarton, metis sur la tablon monon, survestis sian mantelon, ligis la ŝalon kaj ekridetis al mi. Nun ŝi similis al iama knabino, kiu ŝi estis en la gimnazio, frivola, petolema.

-Ĝis.

-Ĝis.

Luiza ekiris malrapide al la pordo. Certe ŝi ĝojis, ke ni renkontiĝis. Eble ŝi deziris paroli kun iu. Ja, ŝi diris, ke kiam ŝi estas kun la riĉaj uloj, ŝi devas aŭskulti ilin kaj ne paroli. Ŝi devis ludi la rolon de bona aŭskultanto. Certe ne tre facila rolo.

Denove mi rigardis la brakhorloĝon.

다른 나라 어디로 여행 가고 싶지 않니?"

"왜? 나는 미치지 않았어.

나는 외국에서 살 수 없어.

여기서 나는 잘 벌어.

외국 사람들에게 접대하는 사람이 되고 싶지 않아."

나는 내 손목 시계를 보았다.

"안녕" 루이자가 말하고 일어섰다.

"나는 약속이 있어. 커피 마시러 여기 왔어.

내게 전화해. 여기 내 명함이 있어.

다시 너를 만나면 기쁠 거야."

"좋았어."

루이자는 내게 명함을 주고 탁자 위에 돈을 놓고 외투를 입은 뒤 숄을 걸치고 내게 살짝 웃었다.

지금 언젠가 고등학교에 있는 순수하고 장난스런 어린 여자아이 같았다.

"안녕."

"잘 가!" 루이자가 천천히 문으로 갔다.

우리가 만나서 루이자는 분명 기뻤다.

아마 누군가와 이야기하고 싶었을 것이다.

부자들과 같이 있을 때 이야기를 들어야만 하고 말하지 못했다고 정말 내게 말했다.

루이자는 좋은 듣는 사람의 역할을 해야만 했다.

분명 그렇게 쉬운 일은 아니다.

다시 손목시계를 쳐다 보았다.

Lili baldaŭ venos. Mi eliris el la kafejo por atendi ŝin ekstere. Vesperiĝis. Kvazaŭ blua vualo kovris la urbon. Mi sentis min sola, tute sola. Sur la strato ne pasis homoj. Estis tre silente. Mi timiĝis. Bone, ke mi havas Lili. Mi estis ege dankema, ke mi havas Lili. Luiza havis neniun.

릴리가 곧 돌아올 것이다.

나는 밖에서 릴리를 기다리려고 카페에서 나왔다.

저녁이었다.

마치 파란 베일이 도시를 덮은 듯했다.

나는 내가 외롭고 완전히 쓸쓸한 것을 느꼈다.

거리에 지나가는 사람은 없었다.

아주 조용했다. 나는 무서웠다.

릴리가 있어서 다행이다.

릴리가 있어서 크게 감사했다.

루이자는 아무도 없었다.

23.

Mi devis renkontiĝi kun Kiril en kafejo "Magnolio". Antaŭ tago li telefonis al mi kaj diris, ke li venos en Serdan kaj donos al mi monon por Lili.

"Magnolio" estis konata kafejo, kiu troviĝis antaŭ la Nacia Teatro. Ĉiam en ĝi estis multaj homoj. Mi sidis ĉe tablo kaj atendis Kiril. Pasis kvina horo, sed Kiril ne venis. Mi komencis nervoziĝi. Ĉe la najbara tablo sidis du mezaĝaj viroj, kiuj obstine observis min. Certe ili estis flirtemuloj, elegante vestitaj kun modaj kostumoj kaj kravatoj. Iliaj okuloj fajris kiel la okuloj de malsataj lupoj. La unua viro, alta kun malhelflava jako, fumanta pipon, havis etan liphararon. Verŝajne li estis aŭ pentristo, aŭ aktoro. Lia sinteno estis provoka. Li fiksrigardis min kaj ŝajnis al mi, ke li baldaŭ ekstaros, sidos ĉe mia tablo kaj alparolos min. Mi jam estis kolera al Kiril. Li malfruis kaj mi diris al mi mem, ke neniam plu mi atendos lin en kafejo aŭ en restoracio. Pli bone estis, kiam li atendis min en sia ŝarĝkamiono.

23장. 키릴의 청혼을 거부하다

나는 카페 마그놀리오에서 키릴과 만나야 했다.

며칠 전에 키릴이 전화하길 세르다로 와서 릴리를 위한 돈을 내게 주겠다고 말했다.

마그놀리오는 유명한 카페로 국립극장 앞에 있었다.

항상 그 안에는 사람이 많았다.

나는 탁자에 앉아 키릴을 기다렸다.

5시가 지났지만 키릴은 오지 않았다.

나는 짜증 나기 시작했다.

옆 탁자에는 중년의 두 남자가 앉아 계속해서 나를 살폈다.

분명 그들은 희롱꾼으로 멋지게 최신 정장과 넥타이를 차려입었다.

그들의 눈동자는 배고픈 늑대처럼 빛났다.

어두운 노란 자켓을 입은 키 큰 남자는 파이프 담배를 피우고 짧은 콧수염을 했다.

정말로 화가나 배우 같았다. 태도는 도발적이었다.

나를 뚫어지게 쳐다보더니 곧 일어나서 내 탁자에 앉아 말을 걸 듯이 내게 보였다.

나는 벌써 키릴에게 화가 났다.

키릴이 늦어서 나는 더는 카페나 식당에서 기다리지 않으리라고 혼잣말했다.

화물차에서 나를 기다릴 때가 더 좋았다.

En la momento, kiam mi decidis foriri, Kiril venis. Videblis, ke li rapidis kaj tuj li komencis senkulpigi sin, dirante ke pro la granda trafiko en la centro de la ĉefurbo, li malfruis.

-Venontfoje mi ne venos aŭte en Serdan – diris Kiril.

Li klarigis, ke li venis ofice kaj du tagojn li estos ĉi tie. Tamen tio ne interesis min.

Kiril demandis kiel ni fartas, ĉu Lili kaj mi ankoraŭ loĝas en la domo de oĉjo Vasil.

Mi diris, ke ni jam havas tre belan loĝejon en la centro de la urbo kaj ni tre bone fartas.

-Bonege – diris li. – Mi planas pli ofte veni en Serdan kaj ni povus pli ofte vidi unu la alian.

Tiu ĉi propono ne plaĉis al mi kaj mi rapidis diri:

-Vi scias, ke Lili estas ege okupata. Tutan tagon ŝi estas en la lernejo kaj malfrue vespere ŝi revenas hejmen. Krom tio mi devas komenci duan laboron, ĉar la mono ne sufiĉas.

-Kalkulu je mi – provis trankviligi min Kiril – Mi donos pli ofte monon al vi.

내가 떠나려고 마음먹은 그 순간에 키릴이 왔다.

서두르는 것이 보였다.

수도의 큰 교통 혼자 때문에 늦었다고 말하며 금세 변명을 시작했다.

"다음에는 차로 세르다에 오지 않을 거야."

키릴이 말했다.

사무로 와서 이틀 여기 있을 것이라고 설명했다.

그러나 그것이 흥미를 주지 못했다.

키릴은 우리가 어떻게 지내는지, 릴리와 내가 아직 바실 아저씨네서 사는지 물었다.

도심에 아주 예쁜 집을 가졌고 아주 잘 지낸다고 말했다.

"잘 되었네요." 하고 말했다.

"나는 더 자주 세르다에 올 계획이예요.

우리는 더 자주 서로 볼 수 있어요."

이 제안이 내 맘에 들지 않아 나는 말을 서둘렀다.

"릴리가 매우 바쁜 거 알지요.

온종일 학교에 있다가 밤 늦게 집에 돌아와요.

그밖에 돈이 충분하지 않으니까

나는 부업을 시작해야 해요."

"내 입장을 생각해 줘요."

키릴이 나를 안정시키려고 했다.

"내가 더 자주 돈을 줄게요."

-Mi ne povas kalkuli je vi, ĉar denove du monatojn vi forgesis doni la monon, kiun vi promesis.

-Vi scias, ke mi ofte veturas eksterlanden kaj dum longa tempo mi ne estis ĉi tie – ofendiĝis li kaj alrigardis min kolere.

-Tamen vi povus pli ofte telefoni al Lili. Ŝi deziras paroli kun vi, scii kiel vi fartas.

-Jes. Vi pravas. Mi devas pli ofte telefonparoli kun Lili. Nun mi havas bonan proponon.

Mi alrigardis lin suspekteme.

-Kian?

-Dum la somera ferio Lili kaj mi iros en Greklandon. Ni vizitos Atenon, Tesalonikon, Larison. Certe la ekskurso plaĉos al Lili.

-Mi diros al ŝi vian planon – aldonis mi seke.

-Dum tiu ĉi ekskurso mi kaj Lili pli bone ekkonos unu la alian.

-Bone. Mi parolos kun ŝi – ripetis mi.

-Mi havas same proponon al vi – diris Kirl iom hezite kaj li alrigardis min.

-Ĉu?

-Ni geedziĝu. Vere mi eraris, sed nun mi deziras, ke ni estu kune.

"당신 입장을 생각할 수 없어요. 왜냐하면 약속한 돈을 주는 것을 다시 두 달이나 잊었으니까요."

"내가 자주 외국에 가서 오랫동안 여기 있지 않은 것을 알잖아요."

상처입고 화가 나서 나를 바라보았다.

"하지만 더 자주 릴리에게 전화할 수 있을 텐데요.

딸은 당신과 이야기하고 어떻게 지내는지 알고 싶어 해요."

"그래요. 당신이 맞아요.

릴리에게 더 자주 전화해야 해요.

지금 좋은 제안을 할게요."

나는 의심스럽게 바라보았다.

"어떤?"

"여름휴가 중 릴리와 나는 그리스에 갈 거예요. 아테네, 데살로니카, 그리스를 방문할 거예요. 분명히 여행이 릴리의 마음에 들겠지요."

"당신의 계획을 딸에게 말할게요." 딱딱하게 덧붙였다.

"여행하면서 나와 릴리는 서로 더 잘 알게 되겠지요."

"좋아요. 딸에게 말할게요." 내가 반복했다.

"당신에게도 똑같이 제안할게요." 키릴이 조금 주저하듯 말했다. 그리고 나를 쳐다보았다.

"무엇을?"

"우리 결혼해요. 정말 내가 잘못했지만 지금은 함께 살기를 원해요.

- 315 -

Vi scias, ke mi divorcis kaj ni povus geedziĝi. Se ni kunvivus, tio same por Lili estus bone. Ŝi estos kun patro kiel ĉiuj infanoj. Tiel nia vivo estos pli facila. Mi bone salajras. Mi aĉetos loĝejon ĉi tie, en Serda.

-Ĉu ne estas malfrue por tiuj ĉi planoj? – demandis mi ironie. – Tiam vi forkuris kaj nun vi proponas geedziĝon. Nun, post tiom da jaroj, vi decidis zorgi pri Lili. Mi ne kredas vin. Ne eblas kredi al homo, kiu estis malhonesta. Nun mi preferas loĝi nur kun Lili. Por Lili estos pli bone vivi sen patro ol kun patro kiel vi.

Kiril koleriĝis. Lia vizaĝo iĝis malhela kaj lia rigardo akra.

-Kun vi ne eblas konversacii – diris li. – Tutan vivon vi estos sola. Bone! Vivu tiel, kiel vi deziras! Mi afable proponis al vi geedziĝon, sed vi ne deziris! – preskaŭ kriis li.

-Jes mi ne deziras edziĝiniĝi al vi! – diris mi firme.

Kiril metis sur la tablon koverton kun la mono, ekstaris rapide kaj foriris.

Mi revenis hejmen, pensante pri la malagrabla konversacio kun Kiril.

내가 이혼한 것을 아니까 우리는 결혼할 수 있어요. 같이
산다면 그것은 마찬가지로 릴리에게도 좋아요.
릴리는 모든 아이들처럼 아빠랑 같이 있게 돼요.
그렇게 우리의 삶은 더 쉬워져요.
나는 잘 벌어요.
이곳 세르다에 집을 살 거예요."
  "이 계획이 너무 늦지 않았나요?"
나는 비꼬듯 물었다.
  "그때 당신은 도망가고 지금은 결혼을 제안하네요. 지금
세월이 많이 지나 릴리를 돌보려고 마음 먹었네요. 나는 당
신을 믿지 않아요. 부정직한 사람은 믿을 수 없어요. 지금
릴리랑 둘이 사는 것을 더 좋아해요. 릴리에게는 당신 같은
아버지와 함께 보다는 아빠 없이 사는게 더 좋아요."
키릴은 화가 났다. 얼굴은 어두워지고 시선은 날카롭다.
  "당신과는 대화가 안 되네요." 하고 말했다.
  "당신은 평생 혼자 있겠다고요? 좋아요.
그렇게 살아요. 원하는 대로.
친절하게 결혼을 제안했는데 당신이 원치 않았어요."
거의 소리쳤다.
  "그래요. 나는 당신과 결혼 하기를 원치 않아요." 나는
굳세게 말했다.
키릴은 탁자 위에 돈이 든 봉투를 놓고 재빨리 일어나서 나
갔다.
나는 키릴과 나눈 불쾌한 대화를 생각하며 집에 돌아왔다.

Mi sidis en nia subtegmenta ĉambreto. Lili ankoraŭ ne revenis. Hodiaŭ en la baleta lernejo estis granda provdancado por la spektaklo, okaze de la lernojara fino. Ĉiujare en junio la gelernantoj de la baleta lernejo prezentas spektaklon en la operejo. La geknaboj diligente kaj multe provdancis por tiu ĉi spektaklo.

Mi rigardis tra la fenestro al la tegmentoj de la najbaraj domoj. Antaŭ mi vastiĝis ruĝtegola maro, super kiu diafanis la sennuba ĉielo. Mi rememoris Srebrovo, la altan montaron, kiu kiel soldata gardisto staras ĉe la urbo. Ŝajnis al mi, ke jam delonge mi loĝas en Serda. Mi tamen sopiris la silenton de la etaj stratoj de Srebrovo, la domojn, kaŝitajn malantaŭ la ŝtonaj bariloj, la kortojn, en kiuj estas pomaj, piraj, ĉerizaj arboj, la florojn, la putojn kun malvarma kristale pura akvo. Srebrovo estis mia mondo, en kiu mi naskiĝis kaj loĝis, urbo, kiu tute ne similis al Serda.

Ĉi tie, en Serda, okazis multaj travivaĵoj al mi. Mi eĉ ne kredis, ke mia vivo ĉi tie estos tiel intense, simila al labirinto.

나는 다락방에 앉았다.

릴리는 아직 돌아오지 않았다.

오늘 발레학교에서는 학년 말을 맞아

공연을 위한 커다란 시험 무용이 있었다.

올 6월에 발레학교 학생들은

오페라극장에서 공연을 한다.

학생들은 공연을 위해

열심히 여러 번 시험 무용을 했다.

나는 창으로 이웃집 지붕을 바라보았다.

내 앞에 구름없는 하늘을 비추는 붉은 기와의 바다가

넓게 펼쳐져 있었다.

나는 도시에서 경비 군인처럼 서 있는 높은 산과 스레브로

보를 기억했다.

이미 오래 전부터 세르다에 산 것처럼 느껴졌다.

하지만 스레브로보 작은 거리의 조용함,

돌담 뒤에 숨겨진 집, 사과, 배, 체리가 있는 마당,

꽃, 수정같이 맑고 차가운 물이 있는 우물이 그리웠다.

스레브로보는 나고 자란 나의 세계고

세르다와 전혀 닮지 않은 도시였다.

여기 세르다에서 많은 경험을 했다.

여기서 내 삶이 그렇게 치열하고 미로 같을지

믿기조차 어려웠다.

Mi rememoris la renkontojn kun mia iama profesoro Davidov, kun mia kuzo Damen, kun Luiza, kun Kiril.

Ili ĉiuj kvazaŭ dezirus helpi min.

La profesoro proponis al mi kunvivadon. Li diris, ke mi ne devas labori, li promesis zorgi pri Lili. Li donos al mi monon kaj mi pasigos la tagojn hejme. Lili havos ĉion, kion ŝi deziras.

Vere mi ne perlaboras sufiĉe da mono kaj pro tio Lili suferas. Mi ne povas aĉeti al ŝi belajn vestojn, ŝuojn, mi ne povas aĉeti fortepianon, kiun ŝi bezonas. Jes, mi naskis ŝin, ĉar mi ege deziris havi infanon, tamen nun mi vidis, ke ne estas facile esti patrino.

Mi rememoris Damen – mian karan kuzon. Li same proponis helpi min. Li konfesis, ke li amas min, li proponis, ke mi kaj Lili loĝu en lia domo kaj mi ne devas lupagi. Tamen ĉu mi pagos al li per amo? Lia edzino Vera estas malsana kaj ĉu mi devis anstataŭigi ŝin en la lito? Ĉu tion li proponis? Eble mi estas tre cinika? Mi ne plu kredas, ke estas amo. Ne ekzistas amo. Ĉu mi maljuniĝis?

Kiril proponis al mi geedziĝon.

나는 예전의 다비도브 교수, 사촌 다멘, 루이자, 키릴과 만남을 기억했다.

그들은 모두 마치 나를 도우려는 듯했다.

교수는 내게 같이 살기를 제안했다.

내가 일할 필요가 없다고 말하고

릴리를 돌보겠다고 약속했다.

내게 돈을 줄 것이고 나는 집에서 하루를 보낼 것이다.

릴리는 원하는 모든 것을 가질 것이다.

정말 나는 충분한 돈을 벌지 못해 그것 때문에 릴리는 고생한다.

딸에게 예쁜 옷과 신발을 사줄 수 없고 필요로 하는 피아노를 살 수 없다.

정말 아이갖기를 간절히 원해서 딸을 낳았지 엄마가 된다는 것이 쉽지 않음을 이제야 알았다.

사랑하는 사촌오빠 다멘을 기억했다.

마찬가지로 나를 도우려고 제안했다.

나를 사랑한다고 고백하고 릴리와 내가 자기 집에서 살라고 제안하며 임대료를 내지 않아도 된다.

하지만 사랑으로 지불할 것인가?

부인 베라가 아프니 침대에서 부인을 대신해야 하나?

그것을 오빠가 제안했는가?

아마 내가 그렇게 철면피인가?

사랑이 있다고 더 믿지 못한다. 사랑이 없다.

내가 늙었는가? 키릴은 내게 결혼을 제안했다.

Nun post tiom da jaroj. Li deziris, ke ni vivu kune je la bono de Lili, ke Lili havu patron. Dankon! Kiam Lili bezonis patron, Kiril kaŝis sin kaj nun li deziras havi filinon. Mi diris al Kiril, ke jam estas malfrue kaj li koleriĝis. Eble li opinias, ke sen li mi ne solvos miajn problemojn. Neniam mi kalkulis je Kiril. Mi ne bezonas lin.

La renkontiĝo kun Luiza mirigis min. Ŝi proponis, ke mi estu kompaniulino, mi havos multe da mono, mi alkutimiĝos al tiu ĉi okupo kaj poste mi sentos plezuron. Kia neimagebla feliĉo! Iujn virinojn oni ne povas kompreni.

Mi daŭre rigardis tra la fenestro. Iom post iom la ĉielo iĝis violkolora, poste – inkokolora kaj ĉio dronis en mallumo. Mi sidis senmova. Kiam vesperiĝas mi ĉiam rememoras la vortojn de Dragomir, ke inter la tago kaj la nokto komenciĝas io, ĝi ekvivos, sed kio ĝi estas – ni ne scias.

La pordo malfermiĝis. Lili eniris kaj lumigis la ĉambron.

–Panjo, ĉu vi estas ĉi tie? – demandis ŝi. – Mi opiniis, ke vi ne estas hejme.

지금 꽤 시간이 지났다.

릴리에게 아빠가 있어야 하니까 릴리 좋으라고 함께 살기를 원했다. 감사하다!

릴리가 아버지를 필요로 할 때 키릴은 숨었지만

지금 딸을 원한다.

나는 키릴에게 벌써 늦었다고 말했더니 화를 냈다. 아마 자기 없이 내가 문제를 풀 수 없을 것이라고 생각했다. 결코 나는 키릴을 계산에 넣지 않았다.

나는 키릴이 필요하지 않다.

루이자와 만남은 나를 놀라게 했다.

내가 동반 여자가 되어

많은 돈을 벌게 되고 이 직업에 익숙해지고 나중에 기쁨을 느낄 것이라고 제안했다.

얼마나 상상할 수 없는 행복인가.

어떤 여자들은 이해할 수 없다. 나는 계속 창밖을 바라 보았다. 조금씩 하늘이 보라색이 되더니 나중에 잉크색이 되고 모든 것이 어둠에 잠겼다.

나는 꼼짝 않고 앉아 있었다.

저녁이 되자 나는 항상 드라고미르의 말 '밤과 낮 사이에 무언가가 시작되고 그것은 살아난다.' 를 기억하지만 그것이 무엇인지 나는 모른다.

문이 열렸다. 릴리가 들어와 방 불을 켰다.

"엄마. 여기 있었어요?" 하고 물었다.

"집에 안 계신다고 생각했어요.

Kial vi sidas en la malluma ĉambro?

-Eble mi ekdormis – diris mi.

Lili proksimiĝis al mi.

-Ĉu vi ploris? – demandis ŝi.

-Ne.

-Viaj okuloj estas ruĝaj.

-Ne. Mi ne ploris. Kiel vi fartas? – demandis mi.

-Mi lacas. Hodiaŭ la provdancoj estis tre lacigaj, sed mi kontentas. Ni jam estas pretaj por la spektaklo. Vi scias, ke Vladimir estas mia kundancanto kaj nia danco estas tre bela.

-Mi ĝojas. Mi ne havas paciencon ĉeesti ĉe la spektaklo.

-Mi ne forgesu. Morgaŭ mi nepre devas pagi la monatan takson pri mia poŝtelefono – diris Lili.

-Mi tuj donos al vi monon. Hodiaŭ mi renkontiĝis kun via patro kaj li donis monon. Li proponis, ke somere vi ambaŭ ekskursu en Greklando. Vi estos en Ateno, en Tesaloniko···

-Bonege! – ekkriis Lili. – Mi revis esti en Greklando. Bonega ideo!

Ĝoje Lili ekdancis en la ĉambro, kiu bedaŭrinde estas tre mallarĝa kaj ŝi nur turnis sin.

왜 어두운 방에 앉아 계세요?"

"아마 언뜻 잠 들었구나." 내가 말했다.

릴리가 가까이 왔다.

"울었어요?" 딸이 물었다.

"아니"

"눈이 빨개요."

"아니야. 울지 않았어. 어떻게 지냈니?" 내가 물었다.

"피곤해요.

오늘 시험 무용은 매우 지치게 하지만 만족해요.

우리는 벌써 공연 준비가 다 됐어요.

블라디미르가 함께 춤추는 동료고

우리 무용은 매우 예쁘다는 것을 알잖아요."

"기쁘구나. 나는 공연장에서 있을 인내심이 없구나."

"잊지 않을거예요.

내일 내 휴대폰 한 달 사용요금을 꼭 내야 해요."

릴리가 말했다.

"곧 돈을 줄게. 오늘 네 아버지를 만났더니 돈을 주셨어.

여름에 너와 함께 그리스에 여행 가자고 제안했어.

너는 아테네, 데살로니카 등지에 갈 거야."

"아주 좋아요." 릴리가 소리쳤다.

"나는 그리스에 가는 꿈을 꾸었어요.

정말 좋은 생각이에요."

기쁘게 릴리가 방에서 춤을 주었지만 아쉽게도 방이 매우
좁아 혼자 돌 뿐이었다.

Ŝia vizaĝo brilis pro feliĉo. Lili diris: "Mi revis esti en Greklando".

Pri kio alia ŝi revis? Ja, ŝi vidas, ke ni vivas mizere kaj ŝi ne kuraĝas diri al mi pri kio ŝi revas. Neniam Lili konfesis al mi siajn revojn. Ŝi ne deziris maltrankviligi min. Mi ne diris al ŝi, ke Kiril proponis, ke ni geedziĝu. Eble post iom da tempo mi diros tion al Lili. Mi provis ne plu mediti pri Kiril.

Mi komencis prepari la vespermanĝon. Morgaŭ denove estos longa laciga tago.

딸의 얼굴은 행복에 겨워 빛이 났다.

릴리가 '나는 그리스에 가는 꿈을 꾸었어요' 라고 말했다.

다른 무엇에 관해 꿈을 꾸었는가?

정말 우리가 힘들게 사는 것을 보고 감히 꿈꾸고 있는 것을
말하지 않는다.

결코, 꿈에 대해 내게 솔직하게 털어놓지 않았다.

나를 불안하게 하고 싶지 않았다.

키릴이 결혼하자고 제안한 것을 나는 말하지 않았다. 아마
조금 뒤 그것을 릴리에게 말할 것이다.

더 키릴에 관해 생각하지 않으려고 했다.

저녁을 준비하기 시작했다.

내일 다시 길고도 피곤한 날이 될 것이다.

24.

Nia nesto, nia subtegmenta eta ĉambro pli kaj pli plaĉis al mi. Ĝi estis malgranda, sed oportuna. Nokte foje-foje Lili kuŝis en mian liton, ĉe mi. Ŝi ĉirkaŭbrakis min kaj longe ni estis silentemaj en la malluma ĉambro. Nerimarkeble Lili ekdormis. Ŝia spirado estis trankvila kaj egalritma. La benitaj ondoj de la songo lulis ŝin. Mi kuŝis senmova ĉe ŝi kaj mi atentis, ke mi ne veku ŝin. Lili dormis. Ĉe mi nenio minacis ŝin. Mi demandis min: kio sonĝas Lili, en kiaj miraklaj mondoj ŝi vagas. Eble sonĝe ŝi dancas belegajn dancojn kaj ŝi aŭdas mirindan melodion.

Ĉinokte Lili denove kuŝis en mian liton. Ŝiaj teneraj blankaj brakoj ĉirkaŭprenis min.

Mi kuŝis, rigardanta al la fenestro, kiu estis preskaŭ super mia kapo. En la ĉielo brilis la steloj, etaj kiel perloj. Ni same estis etaj – mi kaj Lili. Ni similis al etaj steloj en la senlima ĉielo.

–Panjo – flustris Lili – ĉu vi dormas?

–Ne.

24장. 지붕밑 다락방의 행복

우리 둥지, 지붕 밑 작은 방이 점점 마음에 들었다.
그것은 작지만 편리했다.
저녁에 가끔 릴리가 내 침대에서 내 옆에 누웠다.
나를 껴안고 오랫동안 우리는 어두운 방에서 조용했다. 어느새 릴리는 잠이 들었다.
딸의 숨소리는 편안하고 규칙적이었다.
축복 받은 꿈의 파도가 딸을 흔들었다.
나는 옆에 가만히 누워 깨우지 않도록 조심했다.
릴리가 잤다. 내 옆에서 어떤 것도 딸을 위협하지 않았다.
나는 릴리가 무슨 꿈을 꾸고 얼마나 기적같은 세계에서 헤맬까 궁금했다.
아마 꿈에 아주 멋진 무용을 하고 놀라운 선율을 듣는다.
오늘밤 릴리는 다시 내 침대에 누웠다.
부드럽고 하얀 팔이 나를 껴안았다.
거의 내 머리 위에 있는 창을 바라보며 누웠다. 하늘에 진주처럼 작은 별들이 빛났다.
우리 릴리와 나는 모두 작았다. 우리는 끝없는 하늘에 있는 작은 별 같았다.
"엄마" 릴리가 속삭였다.
"자요?"
"아니"

-Hodiaŭ Vladimir donacis al mi dianton.

-Mi vidis ĝin en la vazo, sed mi ne deziris demandi kiu donacis ĝin al vi – diris mi.

-Vladimir. Li ege surprizis min. Lili eksilentis. Mi komprenis. Jen, vekiĝis ŝia unua amsento. La vivo estas antaŭ Lili. Komenciĝas ŝia longa vojo kaj irante sur ĝin ŝi travivos ĝojojn kaj malĝojojn, feliĉajn momentojn kaj senreviĝojn. Lili mem trairos tiun ĉi vojon. En la mallumo kaj silento aŭdeblis ŝia spirado. Eble ŝi meditis pri io, sed mi ne deziris demandi ŝin pri kio ŝi meditas. Kia estos mia kaj ŝia estonto? Ni estas kiel ĉefrolantoj en filmo, sed ni ne scias kia estas la scenaro kaj kio okazos. Lili mallaŭte diris:

-Bonan nokton, panjo.

-Bonan nokton, eta baletistino.

"오늘 블라디미르가 내게 패랭이꽃을 선물했어요."

"그것을 꽃병에서 봤지만 누가 그것을 선물 했는지 묻고 싶지 않았어," 내가 말했다.

"블라디미르 그 아이가 나를 크게 놀라게 했어요." 릴리는 조용해졌다.

나는 이해했다.

정말 딸의 첫 사랑의 감정이 깨어났다.

삶이 릴리 앞에 있다.

긴 인생이 시작하고 그 위를 가면서 기쁨과 슬픔, 행복한 순간과 환멸을 경험할 것이다.

릴리 스스로 이 길을 지나갈 것이다.

어두움과 침묵 속에 딸의 숨소리가 들렸다.

아마 무언가에 대해 생각할 테지만 나는 무엇을 생각하냐고 묻고 싶지 않았다.

나와 딸의 미래는 어떨까?

우리는 영화에서 주연과 같지만

대본이 어떤지 무슨 일이 일어날지 모른다.

릴리가 조용히 말했다. "주무세요. 엄마"

"잘 자. 작은 발레리나."

25.

Dum ĉiu somero en la mara urbo Burgo estis somera baleta lernejo. La konata baletistino Valentina Delijska kolektis knabinojn, kiuj lernis baleton kaj instruis ilin.

Ĉisomere mi kaj Lili veturis al Burgo kaj ni gastis al Ljuba, mia iama kunstudentino. Ŝia loĝejo troviĝis proksime al la mara parko kaj tra la fenestro de la ĉambro, en kiu ni estis, videblis la senlima blua maro kaj aŭdeblis la plaŭdo de la ondoj. Senteblis la agrabla mara bloveto kaj odoris je fritita fiŝo.

La lecionoj en la somera baleta lernejo komenciĝis je la oka horo matene kaj ili daŭris ĝis la dekdua horo tagmeze. Posttagmeze, kiam Lili revenis, ŝi longe rakontis al mi pri la lecionoj, montris diversajn baletajn movojn. Lili admiris Valentina Delijska, kiu vekis la imagon de la knabinoj kaj igis ilin al kreado.

-Panjo, – diris Lili kaj ŝiaj ametistkoloraj okuloj brilis – sinjorino Delijska strebas, ke ni mem faru la plej esprimriĉajn baletmovojn kaj nur poste ŝi montras kiel oni devas fari ilin.

25장. 여름 발레학교

해양도시 부르고에서는 매년 여름에 하계 발레학교가 열렸다.

유명 발레리나 **발렌티나 대리스카**가 발레를 배우는 여자 아이들을 모아 가르쳤다.

이번 여름에 나와 릴리는 부르고에 가서 나의 예전 동급생 류바 집에 손님으로 머물렀다.

류바의 집은 바다공원 근처로

우리가 머문 방의 창을 통해 끝없는 파란 바다가 보이고 파도의 철썩이는 소리가 들렸다.

상쾌한 바닷바람을 느낄 수 있고 구운 생선 냄새가 났다.

하계 발레학교 수업은 아침 8시 시작해 낮 12시까지 계속되었다.

오후에 돌아오면 딸은 오랫동안 수업에 관해 이야기하고 여러 발레 동작을 보여주었다.

릴리는 발렌티나 대리스카가 여자 아이들의 상상력을 깨우고 창의성을 갖도록 한다고 감탄했다.

"엄마" 릴리가 말하며

자색 수정같은 눈동자가 빛났다.

"대리스카 여사는 우리가 스스로 가장 표현이 풍부한 발레 동작을 만들도록 애쓰고 오직 나중에 그것을 어떻게 만들어야 하는지 보여 주어요

Ŝi ne deziras altrudi al ni sian dancstilon kaj tio la plej plaĉas al mi.

Posttagmeze Lili kaj mi kutimis iri al la strando. Ni kuŝis sur la varma sablo kaj ni parolis pri baleto. Antaŭ niaj okuloj la maro sorĉe bluis. La plaŭdo de la ondoj lulis min kaj mi sentis min dolĉe ebria. Mi kvazaŭ havis flugilojn. Ĉiuj miaj zorgoj kaj maltrankviloj restis malproksime. Ĉi tie, sur la mara bordo, mi kiel mevo ŝvebis en la ĉielo.

Antaŭvespere ni promenadis en la mara parko. Ni sidis sur benko, proksime al la kazino kaj rigardis la maron. Ni longe rigardis la maron. Malantaŭ niaj dorsoj la suno subiris malrapide. Antaŭ ni la malhelverdaj maraj ondoj unu post la alia kisis la oran sablon kaj kviete kuŝis por ripozi post la longa mara vojo. Per mola blua tolo la vespero kovris la ondojn. La maro kiel petolema knabo, lacigita de la taga ludo, ekdormis trankvile. Malproksime sur la rokoj la lumturo similis al okulo. Ĉe la haveno tremis la flavetaj lumoj de kelkaj ŝipoj.

Lili kaj mi eliris el la mara parko kaj malrapride ekpaŝis sur la ĉefan urban straton.

우리에게 자신의 춤 스타일을 강요하기를 원하지 않는데,
그점이 제게는 가장 마음에 들어요."
오후에 릴리와 나는 바닷가에 습관적으로 갔다.
우리는 따뜻한 모래위에 누워서 발레에 대해 말했다.
우리 눈앞에 바다는 매혹적으로 파랬다.
파도의 철썩이는 소리가 나를 달래주어 달콤하게 술 취한
듯 느꼈다.
나는 마치 날개를 가진 듯했다.
나의 걱정과 불안은 모두 멀리 날아가 버렸다.
여기 바닷가에서, 나는 하늘을 나는 갈매기 같았다.
저녁이 되기 전에 바다 공원에서 산책했다.
우리는 카지노 근처 긴 의자에 앉아서
바다를 바라보았다.
우리는 오랫동안 바다를 바라보았다.
우리 등뒤에서 해가 천천히 졌다.
우리 앞에서 어두운 초록 바다의 파도가 하나씩 황금 모래
에 입맞추고 오랜 바닷길 뒤에 쉬려고 조용히 누웠다.
부드러운 파란 헝겊으로 저녁이 파도를 덮었다.
낮 동안의 놀이에 지친 장난꾸러기 어린아이처럼 바다는 편
안하게 잠이 들었다.
멀리 바위 위에 등대는 눈동자 같았다.
항구의 몇 군데 배에서 레몬 빛이 떨렸다.
릴리와 나는 바다 공원에서 나와 천천히 주요 도시 거리를
걸어갔다.

Je ĝiaj du flankoj estis kafejoj kaj restoracioj kun diverskoloraj reklamlumoj. Aŭdiĝis muziko, odoris je mara salo, aniza brando kaj kafo. Preter ni iris gejunuloj, kies someraj blankaj vestoj kvazaŭ fosforeskus. En iliaj rigardoj radiis sopiroj, revoj. Pri kio ili revis? Ĉu pri io nova, nekonata? Ĉi tie la mara bloveto kvazaŭ malfermus iliajn korojn, fajrigus iliajn sopirojn, vekigus iliajn imagojn kaj fantaziojn. Ili pretis serĉi neordinarajn belegajn travivaĵojn. Mirinda mondo, kiu igis ilin kuraĝaj.

Iun tagon Lili revenis tre ĝoja.

-Kio okazis hodiaŭ? – demandis mi.

-Io bonega! Sinjorino Delijska invitis min danci en la baleto "Avelrompilo". La premiero estos en decembro. Mi flugas pro feliĉo!

-Bonege.

Mi ne deziris kredi. Kiel rapide pasas la tempo. Kvazaŭ hieraŭ mi naskis Lili, kvazaŭ hieraŭ ŝi iĝis lernantino en la baleta lernejo kaj jen, oni invitis ŝin danci en "Avelrompilo". Mi flustris:

-Bonan vojon, Lili. La vivo estas antaŭ vi.

Sofio, la 29-an de marto 2020

양옆에는 카페와 여러 색깔 광고 불빛이 있는 식당이 있었다. 음악 소리가 나고 아니스 브랜디와 커피, 바다 소금 냄새가 났다. 우리 옆으로 여름 하얀 옷이 마치 나비같은 젊은이들이 지나갔다.

그들의 시선에는 그리움과 꿈이 빛난다.

그들은 무엇을 꿈꾸었는가?

뭔가 새롭고 모르는 것인가?

여기서 바다바람이 마치 그들의 마음을 여는 듯,

그들의 그리움을 불 피우는 듯,

그들의 상상력과 환상을 깨우는 듯했다.

그들은 특별하고 아주 예쁜 경험을 만들려고 준비했다.

놀라운 세계가 그들에게 용기를 주었다.

어느 날 릴리가 매우 기뻐하며 집에 돌아왔다.

"오늘 무슨 일이 있었니?" 내가 물었다.

"뭔가 좋은 일이요.

대리스카 여사가 발레 '아벨롬필로'에서 내가 춤추도록 초대했어요. 상은 12월에 있어요. 행복해서 날아갈 듯해요."

"잘 됐구나." 나는 믿고 싶지 않았다. 얼마나 빨리 세월이 지나가는가. 마치 어제 내가 릴리를 낳은 거 같았다.

마치 어제 딸이 발레학교 학생이 된 거 같았는데 이제 아벨롬필로에서 춤추도록 초대받았다. 나는 속삭였다.

"좋은 길이구나. 릴리. 인생이 네 앞에 있구나."

2020년 3월 29일 소피아.

Pri la aŭtoro

Julian Modest naskiĝis en Sofio. Bulgario. En 1977 li finis bulgaran filologion en Sofia Universitato "Sankta Kliment Ohridski", kie en 1973 li komencis lerni Esperanton. Jam en la universitato li aperigis Esperantajn artikolojn kaj poemojn en revuo "Bulgara Esperantisto".

De 1977 ĝis 1985 li loĝis en Budapeŝto, kie li edziĝis al hungara esperantistino. Tie aperis liaj unuaj Esperantaj noveloj. En Budapeŝto Julian Modest aktive kontribuis al diversaj Esperanto-revuoj per noveloj, recenzoj kaj artikoloj. Tie li estis membro de la Asocio de Junaj Hungaraj Verkistoj. De 1986 ĝis 1992 Julian Modest estis lektoro pri Esperanto en Sofia Universitato "Sankta Kliment Ohridski", kie li instruis la lingvon, originalan Esperanto-literaturon kaj historion de Esperanto-movado. De 1985 ĝis 1988 li estis ĉefredaktoro de la eldonejo de Bulgara Esperantista Asocio. En 1992-1993 li estis prezidanto de Bulgara Esperanto-Asocio.

Li ofte prelegas pri la originala

Esperanto-literaturo. Li estas aŭtoro de pluraj recenzoj kaj studoj pri Esperanto-libroj kaj Esperanto-verkistoj.

Pluraj noveloj de Julian Modest el Esperanto kaj el bulgara lingvo oni tradukis en diversajn lingvojn, albanan, anglan, hungaran, japanan, korean, kroatan, makedonan, rusan, ukrainan k. a. Nuntempe li estas unu el la plej famaj bulgarlingvaj verkistoj. Liaj noveloj aperas en diversaj bulgarlingvaj revuoj kaj ĵurnaloj. Pluraj liaj noveloj bulgaraj kaj Esperantaj estas en interreto. Liaj rakontoj, eseoj kaj artikoloj aperis en diversaj revuoj "Hungara Vivo", "Budapeŝta Informilo', "Literatura Foiro", "Fonto", "Monato", "Beletra Almanako", "La Ondo de Esperanto", "Zagreba Esperantisto" kaj aliaj. Nun Li estas ĉefredaktoro de revuo "Bulgara Esperantisto". Oni ofte intervjuas lin en bulgaraj ĵurnaloj kaj en diversaj radio kaj televiziaj stacioj, en kiuj li parolas pri originala kaj tradukita Esperanta literaturo. Li redaktis plurajn Esperantajn kaj bulgarlingvajn librojn. Li estas membro de Bulgara Verkista Asocio kaj Esperanta PEN-klubo.

저자에 대하여

율리안 모데스트는 불가리아의 소피아에서 태어났다.

1973년 에스페란토를 배우기 시작하여 대학에서 잡지 '불가리아 에스페란토사용자'에 에스페란토 기사와 시를 게재했다.

1977년부터 1985년까지 부다페스트에서 살면서 헝가리 에스페란토사용자와 결혼했다.

첫 번째 에스페란토 단편 소설을 그곳에서 출간했다.

부다페스트에서 단편 소설, 리뷰 및 기사를 통해 다양한 에스페란토 잡지에 적극적으로 기고했다.

그곳에서 헝가리 젊은 작가 협회의 회원이었다.

1986년부터 1992년까지 소피아의 '성 클리멘트 오리드스키' 대학에서 에스페란토 강사로 재직하면서 언어, 원작 에스페란토 문학 및 에스페란토 운동의 역사를 가르쳤고 1985년부터 1988년까지 불가리아 에스페란토 협회 출판사의 편집장을 역임했다.

1992년부터 1993년까지 불가리아 에스페란토 협회 회장을 지냈다.

종종 독창적인 에스페란토 문학에 대해 강의한다. 에스페란토 책을 쓰고 에스페란토 작가에 대한 여러 리뷰와 연구의 저자다.

율리안 모데스트의 에스페란토와 불가리아어 단편 몇 편이 알바니아어, 영어, 헝가리어, 일본어, 한국어, 크로아티아어, 마케도니아어, 러시아어, 우크라이나어 등 다양한 언어로 번역되었다. 그는 현재 가장 유명한 불가리아 작가 중 한 명이다. 단편은 다양한 불가리아어 잡지와 신문에 실린다. 불가리아어 및 에스페란토 단편 소설 중 일부가 온라인에 있다. 이야기, 에세이 및 기사는 다양한 잡지 "Hungara Vivo", "Budapest Newsletter", "Literatura Foiro", "Fonto", "Monato", "Beletra Almanako", "La Ondo de Esperanto", "Zagreba Esperantisto" 등에 실렸다.

현재 "불가리아 에스페란티스토" 잡지의 편집장을 맡고 있다. 불가리아 신문과 다양한 라디오 및 TV 방송국에서 종종 인터뷰를 하며 에스페란토 원본 및 번역된 문학에 대해 이야기한다. 여러 에스페란토와 불가리아어 책을 편집했다. 불가리아 작가 협회와 에스페란토 PEN 클럽회원이다.

Julian Modest estas aŭtoro de jenaj Esperantaj verkoj:

1. "Ni vivos!" – dokumenta dramo pri Lidia Zamenhof. Eld.: Hungara Esperanto-Asocio, Budapeŝto,1983.
2. "La Ora Pozidono" – romano. Eld.: Hungara Esperanto-Asocio, Budapeŝto, 1984.
3. "Maja pluvo" – romano. Eld.: "Fonto", Chapeco, Brazilo, 1984.
4. "D-ro Braun vivas en ni". Enhavas la dramon "D-ro Braun vivas en ni" kaj la komedion "La kripto". Eld.: Hungara Esperanto-Asocio, Budapeŝto, 1987.
5. "Mistera lumo" – novelaro. Eld.: Hungara Esperanto-Asocio, Budapeŝto, 1987.
6. "Beletraj eseoj" – esearo. Eld.: Bulgara Esperantista Asocio, Sofio, l987.
7. "Ni vivos! – dokumenta dramo pri Lidia Zamenhof - grandformata gramofondisko. Eld.: "Balkanton", Sofio, 1987
8. "Sonĝe vagi" – novelaro. Eld.: Bulgara Esperanto- Asocio, Sofio, 1992.
9. "Invento de l' jarcento" – enhavas la

komediojn "Invento de l' jarecnto" kaj "Eŭropa firmao" kaj la dramojn "Pluvvespero", "Enŝteliĝi en la koron" kaj "Stela melodio". Eld.: Bulgara Esperanto-Asocio, Sofio, 1993.

10. "Literaturaj konfesoj" – esearo pri originala kaj tradukita Esperanto-literaturo. Eld.: Esperanto-societo "Radio", Pazarĝik, 2000.

11. "La fermata konko" – novelaro. Eld.: Al-fab-et-o, Skovde, Svedio, 2001.

12."Bela sonĝo" – novelaro, dulingva Esperanta kaj korea. Eld.: "Deoksu" Seulo, Suda Koreujo, 2007.

13. "Mara Stelo" – novelaro. Eld.: "Impeto" – Moskvo, 2013

14. "La viro el la pasinteco" – novelaro, esperantlingva. Eldonejo DEC, Kroatio, 2016, dua eldono 2018.

15. "Dancanta kun ŝarkoj" - originala novelaro, eld.: Dokumenta Esperanto-Centro, Kroatio, redaktoro: Josip Pleadin, 2018

16."La Enigma trezoro" - originala romano por adoleskuloj, eld.: Dokumenta Esperanto-Centro, Kroatio, redaktoro: Josip Pleadin, 2018

17."Averto pri murdo" - originala krimromano,

eld.: Eldonejo "Espero", Peter Balaz, Slovakio, 2018

18."Murdo en la parko" - originala krimromano, eld.: Eldonjeo "Libero", Lode van de Velde, Belgio, 2018

19."Serenaj matenoj" - originala krimromano, eld.: Eldonjeo "Libero", Lode van de Velde, Belgio, 2018

20."Amo kaj malamo" - originala krimromano, eld.: Eldonjeo "Libero", Lode van de Velde, Belgio, 2019

21."Ĉasisto de sonĝoj" - originala novelaro, eld.: Eldonjeo "Libero", Lode van de Velde, Belgio, 2019

22."Ne forgesu mian voĉon" – du noveloj, eld.: Eldonjeo "Libero", Lode van de Velde, Belgio, 2020

23. "Tra la padoj de la vivo" – originala romano, eld.: Eldonjeo "Libero", Lode van de Velde, Belgio, 2020

24."La aventuroj de Jombor kaj Miki" – infanlibro, originale verkita en Esperanto, eld.: Dokumenta Esperanto-Centro, Kroatio, redaktoro: Josip Pleadin, 2020

율리안 모데스트의 작품들

1. 우리는 살 것이다!　　　2. 황금의 포세이돈
3. 5월 비
4. 브라운 박사는 우리 안에 산다
5. 신비한 빛　　　　　　　6. 문학 수필
7. 우리는 살 것이다!
8. 꿈에서 방황　　　　　　9. 세기의 발명
10. 문학 고백　　　　　　　11. 닫힌 조개
12. 아름다운 꿈　　　　　　13. 바다별
14. 과거로부터 온 남자　　　15. 상어와 함께 춤을
16. 수수께끼의 보물　　　　　17. 살인 경고
18. 공원에서의 살인　　　　　19. 고요한 아침
20. 사랑과 증오　　　　　　21. 꿈의 사냥꾼
22. 내 목소리를 잊지 마세요
23. 인생의 오솔길을 지나
24. 욤보르와 미키의 모험
기타 - 바다별에서 꿈의 사냥꾼을 만나다(한글, 한국)